Harry Rowohlt

Der Kampf geht weiter!

Harry Rowohlt

Der Kampf geht weiter!

Schönen Gruß, Gottes Segen und Rot Front

Nicht weggeschmissene Briefe

Herausgegeben
von Anna Mikula

Kein & Aber

Coverfoto: Jim Rakete
Cover und Gestaltung:
Doris Grüniger, Buch & Grafik, Zürich
Satz: Dörlemann Satz, Lemförde
Gesamtherstellung: Ebner & Spiegel, Ulm
ISBN 3-0369-5133-4

www.keinundaber.ch

INHALT

Vorwort
7

Womit wir es zu tun haben
9

Vorübungen
13

Die Briefe
21

Biographisches
454

Personenregister
459

Vorwort

Alfred Polgar beschwerte sich einst, die Kritik habe sein Buch *An den Rand geschrieben* als marginal bezeichnet. Das hat man oft, daß hämische Kritiker, wenn ihnen nichts einfällt, den Titel rezensieren. Deshalb trägt dieses Buch – als Steilvorlage an die Rezensentenschaft – den Untertitel *Nicht weggeschmissene Briefe*. Da aber im Vorwort ausdrücklich auf diese Steilvorlage (und auf nichts anderes) hingewiesen wird, ist leider nichts mit der Steilvorlage.

Hamburg, im Dezember 2004
Harry Rowohlt

Womit wir es zu tun haben

Ins Archiv steigen: das hört sich nach Gewölbe an, nach Staub und Stille. Bei Harry Rowohlt ist das aktuelle Archiv auf der untersten Ebene eines Bücherregals angesiedelt, auf dem Fußboden seines Arbeitszimmers nämlich; antikere Dokumente befinden sich wiederum in der obersten Etage einer Holzkonstruktion in der Wäschekammer (ergo weder Staub, siehe Wäschekammer, noch Stille, siehe Arbeitszimmer – wegen Telefon).
Jedenfalls besteht jenes Archiv aus ca 80 Leitz-Ordnern, so prall gefüllt, daß das Herausnehmen bzw. Wiedereinfügen einzelner Blätter ein scheinbar unlösbares Unterfangen darstellte, von der titanischen Aufgabe der inhaltlichen Auswahl ganz zu schweigen.
Und jedenfalls müssen Harry und ich, die wir seit Dezennien befreundet sind (andernfalls hätte er der Plünderung seiner Korrespondenz vielleicht nicht zugestimmt; anderseits war ihm nach kurzem Zögern und langem Brummen offenbar alles egal, als sein Verleger Peter Haag und ich mit dem Plan des nun vorliegenden Briefbandes herausrückten, sofern »ich mit diesem ganzen Scheiß nichts zu tun habe«); wir müssen also und jedenfalls einen sonderbaren, um nicht zu sagen befremdlichen Eindruck hinterlassen haben bei den Passanten der Eppendorfer Landstraße, Hamburg, an jenem Frühlingstag des Jahres 2004. Als da schoben Harry »Der Penner aus der Lindenstraße« Rowohlt und ich in schönster Berbermanier ausgeliehene Einkaufswagen der Firma »Schlemmermarkt« zu meinem in der Nähe von Harrys Wohnung sich befindlichen Büro, beladen allerdings nicht mit Kolonialwaren, sondern mit oben genannten Leitz-Ordnern. Denn auf meine zaghafte Anfrage, ein Lasttaxi zu engagieren, sagte Harry: »Du spinnst ja wohl, das kostet doch!«

Ein Jahr später: Aus einer ca 30000 Seiten umfassenden Lose-Blatt-Sammlung ist nun vorliegendes Buch entstanden. Der Plan dafür war längst in den Köpfen, denn seit Harry Rowohlt 1997 seine (vorläufig) letzte Kolumne in der ZEIT veröffentlichte, war des jammervollen Gezeters kein Ende: Warum SCHREIBT er nicht mehr? ER.

Tat er aber doch, wußten die Insider, er tat es bereits Jahrzehnte vor dem ersten Auftritt in der oben erwähnten Wochenzeitung, und zwar in Form von BRIEFEN, BRIEFEN, BRIEFEN.

Womit haben wir es nun zu tun? Mit Dokumenten von historischer Bedeutung? Mit intimen Bekenntnissen? Mit politischen Manifesten? Mal sehen.

Harry Rowohlt schreibt an sein »Brüderchen« und an seine Freunde, an die Autoren, die er übersetzt hat, und an seine Verleger; er schreibt an Buchhändler und Journalisten, er antwortet Leserbriefschreibern und Bittstellern. Er schreibt zärtlich und entzückt – oder erbost und (selten) unversöhnlich.

Da liegt der Hase im Pfeffer!

Einerlei, ob Ledig-Rowohlt oder Siegfried Unseld, ob Roger Boylan oder Frank McCourt, ob der anonyme »Lindenstraße«-Fan oder der berühmte Kollege U. die Adressaten sind: Der freie Geist und herausragende Stilist HR unterscheidet nicht zwischen Promi und No-name, er schert sich nicht um Konvention und Contenance; jeder erhält die ihm zugedachte Antwort. Ärgert man den Bären (»... und möchte ich Sie bitten, als Verleger einen Blick auf mein Manuskript zu werfen ...«), wird er zum gnadenlosen Nick'l. Bringt indes, nur z.B., das veilchenfarbige Brieflein einer Demoiselle aus dem Elsaß mehr Licht in den Übersetzeralltag des HR (»Ich bin nur ein kleine Französin.«), wirft er sich in die Brust wie ein Hoch- und Deutschmeister ...

Überflüssig zu erwähnen, daß das gesamte Kompendium überquillt von Anekdoten und Schnurren und Geistesblitzen. Und

wer nicht nur lachen möchte, liest, gleichsam palimpsestartig, viel Nachdenklichkeit und Verletzlichkeit mit.
Bemerkenswert überdies, daß das Freigeistige, Kämpferische, Analytische, Unbestechliche, kurz: das »Harryrowohltsche« bereits in der Adoleszenz seinen Niederschlag findet. Läse man die Briefe undatiert, sozusagen als Blindverkostung, man könnte sie stilistisch und politisch nur schwerlich einer bestimmten Zeit zuordnen – ein Zugeständnis an den sogenannten Zeitgeist findet nicht statt; Harry Rowohlt scheint »links« geboren, wie schon die Bild-Briefe des Elfjährigen eindrücklich veranschaulichen.
Kriterium bei der Auswahl war in erster Linie, eine größtmögliche Bandbreite von Harry Rowohlts persönlicher (Brief-)Sicht auf die Zeitläufte darzustellen, weshalb die vergleichsweise wenigen abgedruckten An- und Antwortschreiben seiner Briefpartner hauptsächlich aufgenommen wurden, um komplexere oder auch kuriose Zusammenhänge darzulegen. Ebenfalls stand eine etwaige Prominenz der Adressaten bei der Auswahl nicht im Vordergrund.
Eine Ausnahme bildet die Korrespondenz mit »seinen« Autoren, die Einblick gewähren soll in Harry Rowohlts Hauptberuf als Übersetzer und die nicht zuletzt beweist, daß nicht nur Witz und Sprachgewalt, sondern auch akribisches Handwerk HR zu einem der besten seiner Zunft werden ließen. Die in der Originalsprache verfaßten Briefe sind nachträglich speziell für diesen Band ebenfalls von ihm übersetzt worden.
Alle Briefe sind chronologisch, ungekürzt und wortgetreu abgedruckt, berichtigt wurden lediglich offensichtliche Tippfehler. Briefe an Menschen oder von Personen, die in keiner relevanten Verbindung mit HR stehen, wurden anonymisiert. Die Anmerkungen sollen nicht abgedruckte Anschreiben, Anspielungen oder Animositäten erläutern.

Anna Mikula

Vorübungen
1956

Aufbau des Sozialismus
durch
Dr. a.c. et rer. polit.
Bedda Babbara Lehner (BAFFE)
Ein Comic-strip-
Bilderbogen von
Harry Rowohlt, Kunstmaler und Tapezierer,
Hamburg-Volksdorf, Mellenbergweg 51
Telephon: besetzt

Als erste Tat sagte sie dem sog. „Sozialistischen Realismus“ den Kampf an:
... doch sorgte sie sofort für Ersatz:
ОДИН
EINS
ONE
UN
VNVS
UNO
1

Die Drahtplastik auf Seite 1 (unten rechts) ist ein Erstlingswerk eines unbekannten Meisters des 20. Jahrhunderts n.u.Z. Das darüber befindliche Standbild wurde uns freundlicheweise vom Bildhauer A.P. Kubalbnukow, Moskau, eigens zum Abbruch zur Verfügung gestellt.

Unsere Heldin besteigt nun ein Flugzeug und wirft Flugblätter verschiedenen Zieles und verschiedener politischer Richtungen ab und fördert auf diese Weise die freie Meinungsbildung:

Sodann schickte sie alle Funktio=
näre in eine Malschule (Zeichner
dieses Bilderbogens ist selbst knapp um
diese Ausbildung herumgekommen!):
3

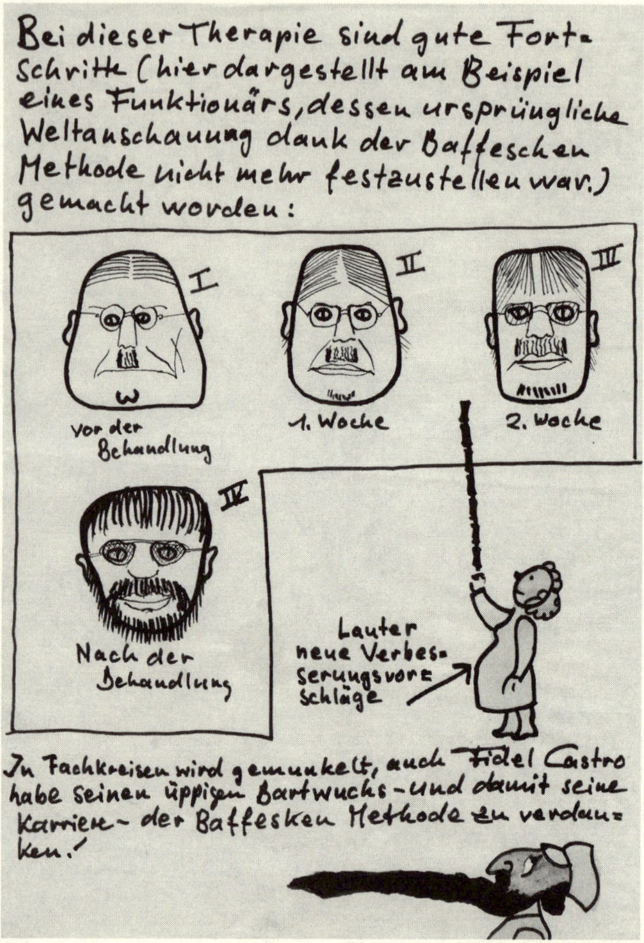
Bei dieser Therapie sind gute Fort-
schritte (hier dargestellt am Beispiel
eines Funktionärs, dessen ursprüngliche
Weltanschauung dank der Baffeschen
Methode nicht mehr festzustellen war.)
gemacht worden:
I
vor der Behandlung
II
1. Woche
III
2. Woche
IV
Nach der Behandlung
Lauter neue Verbes-
serungsvor-
schläge
In Fachkreisen wird gemunkelt, auch Fidel Castro
habe seinen üppigen Bartwuchs – und damit seine
Karriere – der Baffesken Methode zu verdan-
ken!

Bertha Barbara Lehner, genannt Baffe, war eine alte Freundin der Familie.

1966

»Es gibt ja wohl kaum Schlimmeres, als mit
ganz normalen, netten Menschen zusammenarbeiten
zu müssen, noch dazu mit Weibern.«

Liebes Brüderchen, 25-1-1966
(diktiert)

ich fand Deinen an den Verlag gerichteten Brief vom 14. 1. nach Rückkehr von einem erholsamen Skiurlaub vor und damit Dein Plädoyer für eine theologisch-wissenschaftlich zuverlässige Taschenbuchpublikation des Alten Testamentes.

Natürlich, lieber Harry, nehmen wir solche und andere Anregungen immer gern von Dir entgegen. Leider aber ist auf alle Fälle der attraktive Gedanke, die Buber-Rosenzweigsche Fassung bei uns zu publizieren, bei der durch Buber festgelegten Satzanordnung und dem damit wiederum gegebenen Umfang von über 2000 Seiten wirtschaftlich einfach nicht zu realisieren. Es wird Dir vielleicht auch kein Geheimnis sein, daß unsere Taschenbuch-Klassiker ohnedies schon mehr oder weniger ein Zusatzunternehmen sind.

Ich füge Dir hier den Hegner-Prospekt bei, der die Umfänge der 4 Bände noch im einzelnen verzeichnet. Auf die Taschenbuch-Klassiker umgerechnet würden sie hier 4 vierfach-Bände und 2 fünffach-Bände ergeben; davor kapituliert selbst der stärkste Optimismus.

Das Alte Testament in einer zuverlässigen Fassung als Taschenbuch zu publizieren, erscheint auch deshalb nicht sehr verlokkend, da unsere Erfahrungen zeigen, daß die Leser des Alten Testamentes ihre »Schrift« augenscheinlich ungern im Taschenbuchgewand zur Hand nehmen. Jedenfalls war das in der Fischer-Taschenbuchreihe als Band 100 veröffentlichte Neue Testament eine aufgelegte Pleite, und wenn mich mein Gedächtnis nicht täuscht, erschien das Alte Testament früher einmal, ebenfalls ohne Erfolg, in den Goldmann-Taschenbüchern. Ich glaube also, Harry, wir müssen uns hier versagen.

Am Rande sei noch vermerkt, daß eine billige Ausgabe des Alten Testaments bei dem katholischen Verlag Schöningh, Paderborn, zum Preis von DM 6,80 lieferbar ist. Sicherlich keine Ausgabe, auf die Du Deine Studien gründen möchtest, aber ganz gewiss auch eine ernste Preiskonkurrenz für jeden Taschenbuch-Verleger.

Separat schickte ich Dir – in der Annahme, daß es Dir Spaß macht – aus der neuen bei Hoffmann und Campe erscheinenden Serie JAHR UND JAHRGANG Band 1926, auf dessen Vorsatzpapier Dir unser liebes Väterchen in festlicher Runde begegnen wird; nobel ging die Welt zugrunde. Im übrigen finde ich diesen Reihengedanken das letzte an verlegerischer Verlegenheit und billiger Spekulation auf Ratlosigkeit bei der Suche nach Geschenken.

In St. Moritz habe ich mir den Kopf zerbrochen, womit ich Dich post festum weihnachtlich beglücke. Der beste Einfall schien mir eine Lammfell-Lederjacke, wie ich sie selbst besitze und im winterlichen Sachsenwald als Wärmespender geniesse. Um dieses Geschenk jedoch an den Mann zu bringen, fehlten mir die Maße des Mannes. Ich weiß nicht, ob Du in solcher Umhüllung überhaupt daherspazieren möchtest; sie paßte ja an sich ganz gut zur Chruschtschow-Mütze, die ich Dir letztes Jahr verehrte, und die auch von mir in dieser Kombination getragen wird. Es bleibt also bei Dir, mir die nötigen Maße – Ärmellänge/Brustumfang/Schulterbreite sowie Deine Körperlänge – mitzuteilen.

Sonst hatte ich noch an einen Fotoapparat oder einen Feldstecher gedacht, mit welch letzterem Du die Objekte Deiner Aventuren vis-à-vis genauer ins Auge fassen könntest. Für Nacktfotos wäre dann freilich wieder die Kamera besser, also bitte entscheide Dich. Ich habe mich dahingehend entschlossen, meine Börse zu melken, und lasse mich auch davon nicht mehr abbringen.

Bei meiner Rückkehr telefonierte ich ein- bis zweimal mit Maria. Sie reist zu Kiaulehn nach München, der ja, wie Du weißt, gegen viel Geld und noch mehr gute Worte eine etwas animiertere Biographie von Väterchen für uns schreibt, während wir die von Paulchen Mayer in unsere Monographien-Reihe verweisen wollen. Beides soll dann, so Gott und Kiaulehn wollen, rechtzeitig zum Jubiläumsjahr 1967 erscheinen, also zum 80. Geburtstag von Väterchen.

Inzwischen lasse es Dir wohlergehen und vermeide vierrädrige Ärgernisse. Ich spreche aus Erfahrung, denn Steen ist auf nächtlicher Fahrt zu Nabokovs nach Montreux karamboliert, und zwei Welsch-Schweizer durfte ich dann dreimal im Hospital besuchen. Keine angenehme Erfahrung, aber immerhin besser als umgekehrt, würde ich sagen.

Im übrigen heißt der neue Slogan: Koche froh, mit rororo (aber nicht im eigenen Saft).

Dein
Heinrich

PS: Die beiden ersten Bestseller-Plätze im SPIEGEL haben wir für unser Frühjahrsprogramm schon im Sturm genommen, wie sich noch zeigen wird. Natürlich hoffen wir auf erheblich mehr.

/ Unser Prospekt anbei.

Liebster Bruder: 15-2-66

Vielen Dank für die erstaunlich vielen Sendungen der letzten Zeit! Eine feine, vornehme Art hast Du ja, wie Du so gütig & milde mir den BUBER ausredest. Man kommt sich richtig schlecht vor. Und dann noch im selben Brief das Angebot, mich post festum fürstlich einzukleiden. Glücklicherweise aber ist hier längst der Frühling ausgebrochen, so daß ich mich nicht erneut beschämen zu lassen brauche. Einen Fotoapparat hab ich leider auch schon (leider, weil der viel mehr vom Fotografieren versteht als ich & sich nicht ins Handwerk pfuschen läßt: 1 teures Stück also), & ein Fernrohr hast Du mir sogar schonmal geschenkt. Du siehst: Man sollte nicht soviel schenken, um mehr schenken zu können.
Mein einziger Wunsch:

1 Paar Spezial-Hosenträger

so wie Du welche hast.

Dank auch für den unsäglichen ›Jahr & Jahrgang‹-Band mit dem grobgerasterten Väterchen-Vorsatz. Den Vater hätten sie ruhig kenntlicher bringen können, aber vielleicht war da sowas wie Schamgefühl im Spiel.

& sehr gut hat mir ›Am Freitag schlief der Rabbi lang‹ gefallen. Hab selten einen so gemütlichen Krimi gelesen mit so vielen netten Leuten. Gut gefällt mir auch, obzwar das ja in klassischen Krimis verboten ist, daß ein Polizist der Mörder ist.

Was macht der reinbeker Karneval? Hier läßts sich an. Ich gehe als KA-ILI-Opfer. Hoffentlich sagt Dir das was. Wenn nicht, dann mußt Du schleunigst den BEATLES-Film Nr 2, Help!, sehen. Bevor Du mit Jane hingehst, sieh ihn Dir erstmal alleine an, um zu entscheiden, ob sie nicht zuviel Heimweh kriegt beim Anblick jener 4 MBEs. Durch den Film bin ich fast soweit, Albion zu verzeihen.

Etwas über das Gewerbe:
Ich bin jetzt leider nicht mehr in der Herstellung, sondern in der Werbung. Aber da habe ich auch ganz Ähnliches zu tun, allerdings in einem ziemlichen Weiberstall. Es gibt ja wohl kaum Schlimmeres, als mit ganz normalen, netten Menschen zusammenarbeiten zu müssen, noch dazu mit Weibern. Aber der junge Enzensberger nimmt die Sach sehr ernst mit Lehrherr & so und wenn Sie mal Fragen haben, kommen Sie jederzeit zu mir, & das freut ein' denn ja auch.
Ein kurzes Einsprengsel über das Entstehen dieses Briefes: Ich habe mittags TELEFONDIENST, & dabei kann man Briefe schreiben & so. Darunter leidet natürlich der Stil etwas, denn manchmal ist es nicht zu vermeiden, den Hörer abzunehmen oder Ähnliches.
Wenn ich wieder mehr Muße habe, kriegst Du einen rundherum schönen Brief.
Wann kommst Du wieder mal nach Frankfurt? Neulich hörte ich irgendein Gerücht, Du seiest kurz da gewesen. RAJA wird sich ja auch ziemlich nach Dir verzehren. Hat sie wieder geschrieben?

Ich hoffe, von Dir zu hören, daß es Euch wohl & glücklich gehe.

Ex eremo, Dein *Bruder*

HR war von 1965 bis 1968 Lehrling im Suhrkamp Verlag, Frankfurt/M., wo er in allen Abteilungen wirkte.

VON HEINRICH MARIA LEDIG-ROWOHLT

Liebes Brüderchen, 24.3.66
(handschriftlich)

der Tag ist gekommen an dem Du gewissermassen weltläufig wirst und so hätte ich denn allen Anlass denkwürdige pädagogische Worte an Dich zu richten. Aber ich bin nicht der Earl of Chesterfield dessen Todes-Tag mit dem Datum dieses Briefes zusammenfällt. Und wie ich Dich kenne decken sich Deine Lebensideale sicher nicht ganz mit denen eines englischen Gentleman des vorigen Jahrhunderts. Also schreibe ich ganz einfach ein paar brüderliche Zeilen an Dich. Ich sehe schon seit einiger Zeit voller Hoffnung auf den heranwachsenden Bruder, dem ich eines nicht zu fernen Tages die Verantwortung für das was Väterchen uns an Lebensarbeit hinterlassen hat übertragen kann. Sicher liegen davor noch Jahre der Zusammenarbeit zwischen uns und da ich das Gefühl habe, dass wir beide uns gut verstehen, und alle Möglichkeiten uns noch vertrauter miteinander werden zu lassen als das bisher unsere noch getrennten Lebenssphären zuliessen. Darauf also vor allem freue ich mich wenn ich an den Tag Deiner Grossjährigkeit denke. Vor Dir liegen die schönsten Aufgaben im denkbar lohnendsten Beruf, Freuden auch, die ich schon langsam dabei bin zu verlernen aber bei Dir sicher wieder zu entzünden vermag wenn Du mir erst einmal zur Seite stehst.
Ich habe auch mit dem Gedanken gespielt am Sonntag nach Frankfurt zu kommen aber das erschien mir dann doch etwas zu förmlich einerseits und unangebracht sentimental andererseits. Du bist ja auf alle Fälle mit unserem Mariechen zusammen und das ist auch ein Tag der im Grunde ihr gehört. Jedenfalls bin ich in Gedanken bei Dir, bei Euch und hoffe ihr begeht ihn festlich und vergnügt.

Manchmal mache ich mir auch Vorwürfe, dass ich mich in diesen Jahren seit Väterchens Tod wenig Deiner angenommen habe. Aber ich bin nun mal eben alles andere als ein Familientyp und wohl in diesem Sinne auch meinen beiden Töchtern nie ganz gerecht geworden. Schliesslich hat auch der Verlag und diese Besessenheit mit der ich ihn betreibe mir wenig Zeit für das Intimere gelassen.

Aber ich glaube andererseits, dass Du in mir einen Bruder hast auf den Du Dich verlassen kannst und rückt uns das Leben erst einmal einander näher werde ich vielleicht auch Dein guter Ratgeber sein können.

Nun aber schleunigst ein kräftiges Vivat und Prost! Alles, alles Gute für die Zukunft die ich bald mit Dir zu teilen hoffe soweit es den Verlag angeht. – Da Du nichts aus Dir herauslocken lässt und ich Dir ja eine Uhr schon geschenkt habe, bin ich in grosser Verlegenheit was Dich erfreuen könnte und welches Angebinde Dich zugleich länger an den denkwürdigen Tag und Deinen Bruder zu erinnern vermöchte. Nimm also ohne das Gefühl des Fatalen den Schein und verläppere ihn nicht sondern kauf Dir was, was auch mir Freude macht in Deinem Besitze zu wissen!

Sei herzlich umarmt
von Deinem alten
Bruder
Heinz

BEANTWORTUNG EINER AN DEN SUHRKAMP VERLAG GERICHTETEN ANFRAGE

Sehr geehrter Herr K.: 4-4-66

Wir danken Ihnen für Ihre Karte.

Zu Ihren Fragen: Der bereits dreimal angekündigte Band »Verbotene Frucht« von Hermann Schweppenhäuser liegt inzwischen vor.

Ob allerdings eine deutsche Übersetzung von Herbert Marcuses »One-Dimensional Man« bei Suhrkamp erscheinen wird und wenn ja, wann, das wüßten wir selbst gern. Im Augenblick kämpfen wir noch mit dem Luchterhand Verlag um die Rechte.

Ich hoffe, Ihnen mit diesen Auskünften gedient zu haben.

Mit freundlichen Grüßen

(Harry Rowohlt)

Sehr geehrter Herr O.: 5-4-66

Wir danken Ihnen für Ihre Karte.

Obwohl wir eigentlich gehalten sind, die Adressen unserer Autoren nicht bekanntzugeben, glauben wir, in Ihrem Falle eine Ausnahme machen zu können. Außerdem ist die Adresse von Herrn Professor Mitscherlich, wie Sie sehen, ohnehin nicht sehr überraschend:

Prof. Dr Alexander Mitscherlich
69 Heidelberg
Universitätsklinik Heidelberg
Psychosomatische Abteilung

Ich hoffe, Ihnen mit dieser Auskunft gedient zu haben.

Mit freundlichen Grüßen

(Harry Rowohlt)

AUS DEM SUHRKAMP VERLAG

Sehr geehrter Herr S.: 5-4-66

Wir danken Ihnen für Ihren Brief. Das war die erste Reaktion auf unseren Beckett-Sonderprospekt; hoffentlich kommen noch andere, ähnlich begeisterte.

Und die Sage vom wachen, begeisterungsfähigen Sortimenter, sie ist doch kein leerer Wahn.

Aber wir werden uns auch nicht lumpen lassen: fünf Prospekte haben Sie verlangt, und wir schicken Ihnen 20 Prozent mehr.

Und zu Ihrem Referat wünschen wir Ihnen viel Glück.

Mit freundlichen Grüßen

(Harry Rowohlt)

Sehr geehrter Herr Taguchi: 5-4-66

Vielleicht sind Sie gar kein Herr, sondern eine Dame: der Name gibt mir da gar keine Anhaltspunkte: Minoru, was ist das?

Es handelt sich um folgendes: Sie haben ein ›Dichten und Trachten‹ angefordert, und Sie haben es erhalten. Damit wäre eigentlich alles erledigt. Dann geschah aber etwas völlig Ungewohntes: Sie haben sich bedankt. Und zwar mit einer wunderschönen Karte mit herrlichen Briefmarken.

Bei uns kommt es so selten vor, daß sich jemand für etwas bedankt, was ihm sowieso zusteht, daß wir uns wiederum für Ihren Dank bedanken wollen.

Ich gestatte mir, Ihnen auch weiterhin viel Freude am Umgang mit Menschen zu wünschen.

Mit freundlichen Grüßen

(Harry Rowohlt)

Lieber Herr B.: 21-4-66

Wir danken Ihnen für Ihre Anfragen, beantwortete und unbeantwortete.

Wenn Sie wüßten, wie es im Augenblick bei uns in der »Werbung«, denn so heißt irreführenderweise diese Abteilung, aussieht, Sie würden sich erschrocken schwören, nie wieder die Dienste des Suhrkamp Verlages in Anspruch zu nehmen: Eine Kollegin ist schon lange krank, eine andere erst seit kurzem, um sich den Appendix entfernen zu lassen.

Wir haben Ihnen also nicht NICHT EINMAL, sondern NOCH NICHT geantwortet. Sonst bemühen wir uns sehr, immer schnell und gewissenhaft zu sein.

»Wie entsteht der Ruf eines Verlages? Indem man über ihn redet, doch. Sollte Ihnen nicht jeder Redende etwas Wert sein?«

Das saß. Natürlich ist uns jeder Redende viel wert; sonst wären ja auch nicht jene beiden Kolleginnen an Überarbeitung eingegangen.

Also: Ja, man kann ältere Ausgaben von »Dichten & Trachten« noch bekommen, sofern wir jeweils noch genügend davon im Keller haben. Nennen Sie uns bitte die gewünschten Nummern, und wenn wir sie haben, bekommen Sie sie – vielleicht sogar »umgehend«.

Bitte, seien Sie wieder lieb.

Mit freundlichen Grüßen

(Harry Rowohlt)

Sehr geehrter Herr D.: 22-4-66

Wir danken Ihnen für Ihren Brief.

Ich habe Ihnen die Biografien von Inoue, Humo, Sender xerokopiert. Von Fitzgerald hatten wir unerklärlicherweise keine. Aber »Kröners Lexikon der Weltliteratur« ist ja auch ganz schön. Die betreffende Xerokopie ist zwar nicht sehr deutlich geworden, aber lesen kann man sie.

Ihr Vorschlag, die Bände der Bibliothek Suhrkamp (denn um Autoren dieser Reihe handelt es sich bei Ihnen) mit Biografien zu versehen, hat uns alle tief berührt. Denn warum machen wir das eigentlich nicht? – Da gibt es zwei Ausreden: einmal sind die Schutzumschlagklappen nicht lang und breit genug, zum andern waren, als diese Reihe begonnen wurde, ihre Autoren so bekannt, daß »der gebildete Leser« sie und ihr Leben ohnehin kannte oder hätte kennen müssen; inzwischen ist der BS aber soviel Neuland erschlossen worden, daß man Derartiges billig nicht mehr verlangen kann. Sodaß man fast meinen könnte, daß, wenn man die Biografie eines Autors veröffentlicht, diese Handlung als Zugeständnis zu werten sein könnte, der Autor sei unbekannt. Und welcher Autor ist das schon?

Da blieben nur die Biografien im Rahmen der sogenannten »Titelei«, wie das bei Taschenbüchern gebräuchlich ist (auch: edition suhrkamp). Aber die BS soll sich ja nicht nur durch äußeres und inneres, sagen wir: Niveau von einer Taschenbuchreihe unterscheiden, sondern auch durch ä u ß e r l i c h e s.

Ich bin mir darüber im klaren, daß all dies nur Ausreden sind. Aber ein bißchen Vernunft sollte man ruhig dem Image opfern dürfen.

Mit freundlichen Grüßen

(Harry Rowohlt)

AN DIE KFM. BERUFSSCHULE 3 FRANKFURT/M.

Betr.: Antrag auf Beurlaubung 27-4-66

Da sich für mich eine günstige Gelegenheit ergeben hat, zwei Wochen in Griechenland zu verbringen, möchte ich bitten, mich vom Vormittags- und dem Nachmittagsunterricht an den Tagen

17. Mai 1966
und 24. Mai 1966

zu beurlauben.

Da ich das ganze letzte Jahr über keine Möglichkeit hatte, in Urlaub zu fahren, was sich bereits mit überdurchschnittlich vielen Erkrankungen rächte, möchte ich bitten, diesen Antrag zu bewilligen.

Ich werde mich bemühen, das Versäumte nachzuholen.

(Harry Rowohlt)
im Hause Suhrkamp Verlag

AN MARCEL FAUST, PRODUZENT

Verehrter Herr Faust: 23-6-66

Ich hoffe, daß Sie dieser Brief richtig erreicht.

Bevor ich zu meiner Fragebitte komme, erkläre ich kurz, warum ich mich gerade an Sie wende: Herr Fritz Schröder-Jahn sagte mir, als ich von den Eindrücken, um die es gleich gehen wird, noch ganz frisch overdonderd (das ist wirklich Niederländisch) war, was für eine gute & wichtige Rolle Sie in Österreich spielen. Da ich Sie überdies von Ihrer Platte Sylvester 32 »kenne«, sagte ich mir, – wenn der Mann sich einen so guten Namen macht, dann hat er selbst schuld, wenn man ihn kennt & anbettelt.

Also: Ich war gerade zwei Wochen lang in der DDR, & in Berlin hatte ich Gelegenheit, zweimal Wolf Biermann singen & schimpfen zu hören. Es geht ihm schlechter als je. Von Selbstkritik & so, & daß er zunächst erstmal »in die Produktion gehen« wolle, ist natürlich, was immer man auch hört, keine Rede. Warum auch. Biermann ist objektiv im Recht, & nicht er verstößt gegen die Parteidisziplin, sondern die Parteidisziplin gegen ihn. Man hat ihm zwar Höhererseits großzügig & scheinheilig vorgeschlagen, nach Westdeutschland überzusiedeln, aber das ist ja wohl nicht nur unzumutbar für den Kommunisten Biermann, sondern auch symptomatisch für die Einstellung der Alten Genossen.

Die Lage ist, wir alle wissens, so: Die DDR muß den Druck, der von außen auf sie ausgeübt wird, mit Druck beantworten – nach außen. Der gleiche Druck herrscht – anders & viel schwächer – auch innen & muß adäquat beantwortet werden. Aber ausgerechnet einen der besten Botschafter im Außendienst (ich habe Biermann im hamburger Auditorium Maximum erlebt; diese Veranstaltung wurde, von allen außer Biermann selbst unbeabsichtigt, eine Demonstration für die DDR) innen kaltzumachen, das beweist, daß die falschen Leute zum Kaltmachen angestellt sind – nicht nur, daß sie die Falschen kaltmachen.

Ich weiß, & Biermann weiß, wie schwer es den Alten Genossen gemacht wurde, sich die Qualitäten zu erwerben, die man heute von ihnen als Regierenden verlangen kann. Dazu waren die Zeiten zu groß. Von Weimar, Madrid bis Buchenwald wurden sie immer gequält, & jetzt sehen sie natürlich kaum ein, daß Jugend kommunistisch, rotzfrech & ungeschoren zugleich sein kann.

Das hier ist nur ein kurzer Bericht über Atmosphärisches; genauer brauche ich wohl auch nicht zu werden: Was los ist, wissen Sie ja selber. Sicher ist: Biermann wird ständig von zwei SSD-Lackeln beschattet, eine Inhaftierung ist jederzeit möglich, &, was eben das Schlimmste ist, er darf weder veröffentlichen noch schreiben, obwohl das mal jemand Bekanntes aus der DDR in Westdeutschland frech behauptet hat oder behaupten mußte.

Da, haben wir uns gesagt, kann nur ein ganz fest umrissener Kreis von Persönlichkeiten helfen.

Die westdeutschen Fortschrittlichen (VVN am ehesten noch, DFU, die Bekennende Kirche, SDS, der Deutsch-Israelische Studentenbund, & was es da so gibt) laufen höchstens Gefahr, ihr bißchen Reputation in der DDR auch noch zu verlieren, außerdem wird man denen mit Recht sagen: Macht ihr das erstmal nach, in diesem abgeteilten Naziland so unblutig einen derart florierenden Sozialismus aufzubauen, oder, besser: Wir machen unsern Kram, macht ihr euern Kram. Es fehlt also »die befreundete Bruderpartei«, denn von Westdeutschen kann man billig nicht verlangen, nachdem sie jahrelang als Fortschrittliche, Pazifisten, Patrioten, Sozialisten, Christen, Antifaschisten aufgetreten waren, plötzlich in ihrer Eigenschaft als Kommunisten (denn nur das würde nützen) von der SED was auch immer zu fordern.

Die DKP kommt natürlich, da sie eine völlig abhängige Afterpartei der SED ist, nicht in Frage. Ein hiesiger Funktionär, der das wagte, sähe sich wahrscheinlich plötzlich vor der Lage, einen Beruf erlernen zu müssen.

Von anderen KPs kann mans auch nicht verlangen, da diese kaum je Biermann lesen werden. Übersetzt ist er noch nicht, & er ist ja auch 1 Deutscher Dichter.

Als einzige deutsche KP (pardon: ich will Sie nicht heim-führen) bleibt also die KPÖ. Die, wie ich höre, durchaus ihren Togliatti kennt.

Ließe sich da – möglichst geschlossen & möglichst diskret – etwas machen?

Bitte.

Die deutschen Kommunisten sind schon rar genug. Die deutschen Dichter auch.

Entschuldigen Sie den Vorstoß, lassen Sie von sich hören oder verweisen Sie mich wenigstens weiter.

Harry Rowohlt

1968–1969

»Die deutsche etablierte Pop-Musik ist anerkanntermaßen die trostloseste der Welt.«

Lieber Genosse Feltrinelli: 5-7-68

Ich weiß, Du bist kein Resolutionär, aber hier kommt wieder einmal ein schwaches Mittel für einen guten Zweck, dem man sich, glaube ich, nicht entziehen kann. Anbei der Offene Brief von Hochhuth an Podgornij, Solshenyzins wegen. Ich weiß: Es ist ein völlig unpolitischer Text, idyllisch, wolkig, an Menschliche Anständigkeit appellierend mit bürgerlichem Argumenthaushalt, wo Propellieren vielleicht notgetan hätte. Kein kluger Text, und deswegen wohl einigermaßen wirkungsvoll.

Bitte, sei Dir nicht zu fein dazu; es geht ja nicht um Hochhuth, sondern um Solshenyzin, und Hochhuth ist Ergänzungsvorschlägen jederzeit offen. Für die Unterschreiber haben wir uns folgende Weltstarbesetzung ausgedacht: Sartre, Arthur Miller, Lukács, Aragon, Böll, Peter Weiss, Leninpreisträger Niemöller, Max Frisch, Melina Mercouri und Paul Robeson. Das ist, finde ich, eine feine Gesellschaft, und wenn Du unterzeichnet haben wirst, wird es eine Resulotion ohne Bertrand Russell sein; es ist also etwas vergleichsweise Einmaliges, was Du machst.

Genug geblödelt, und entschuldige das trauliche ›du‹; Du hast damit angefangen, und nachdem Heinz mir erlaubt hat, zu Inge Inge zu sagen, brauch ich mir kein Gewissen mehr aus solchem zu machen.
Freundliche Kampfesgrüße.

Harry

AN DIE WEVD RADIO STATION, GERMAN LANGUAGE DEPT., NEW YORK

Sehr geehrte Herren: 2. November 1969

Mit Interesse und gemischten Gefühlen höre ich mir, soweit es meine Zeit erlaubt, Ihre Sendungen an. Dazu fiel mir Folgendes ein:

Verglichen mit anderen ethnischen Sendereihen nämlich, die auch der second und third generation, der Jugend also, etwas bieten, schneidet das deutsche Programm doch recht kläglich ab. Mit den heute gängigen Volksliedern, die in ihrer Mehrzahl während der Romantik verfälscht, nachempfunden, versüßt, entschärft oder schlicht gefälscht wurden, kann man mit Recht niemanden guten Gewissens hinter dem Ofen hervor und vor das Radio locken. Vergleichen wir den Eichendorff'schen Schwulst mit, zum Beispiel, irischen, griechischen, israelischen, amerikanischen oder puertorikanischen Volksliedern, die allgemein und in steigendem Maße konzipiert, rezipiert und reprojiziert werden, so zeigt sich deutlich, daß das deutsche Liedgut ungeliebter schulischer Unterrichtsstoff ist, der bestenfalls ältere Herrschaften an bessere Zeiten zu erinnern vermag; und wie schlecht diese besseren Zeiten waren, wissen wir alle.

Zweitens: Von den Volksliedern abgesehen, gibt es das deutschsprachige Schlagerprogramm. Aber auf diesem Gebiet ist es noch verheerender mit der Substitutionskonkurrenz bestellt. Denn die deutsche etablierte Pop-Musik ist anerkanntermaßen die trostloseste der Welt. Die deutschen Schlagersänger (von denen ich einige kenne) teilen sich in zwei Lager: die Nichtskönner und die Zyniker, die sich in ihr Schicksal gefunden haben, resignierend, daß das deutsche Publikum es eben leider so wolle. Es ist klar, daß die deutsch-amerikanische Jugend angesichts der entwickeltsten Popkultur der Welt, der amerikanischen, nicht den geringsten Anlaß sieht, ausgerechnet WEVD anzustellen. Das zeigt sich nicht zuletzt in den Sponsors Ihres Senders: Fluggesellschaft, Großbäckerei, Möbelhandlung. Nichts also für die Zielgruppe der 14- bis 24jährigen, die, wie Sie wissen, eine solide Mehrheit in den USA darstellen. Noch schwerwiegender finde ich es – als Deutscher, der seine Sprache als eine der schönsten und ausdruckvollsten Sprachen des Westens ansieht –, daß für eventuelle Hörer ein rein prohibitives Programm bereitgehalten wird, welches, da man als junger Mensch einfach nichts Hörenswertes darin findet, dazu beiträgt, daß die deutsche Sprache bei jungen Deutschamerikanern noch mehr in Vergessenheit gerät, als es ohnehin schon geschieht.

»Na und?«, oder, dem Grad Ihrer Integration nach, »So what?« werden Sie fragen.

Um es gerade heraus zu sagen: Ich schmeichle mir, fähig zu sein, in deutscher Sprache ein deutsches Musikprogramm vollverantwortlich zu leiten – etwa alle vierzehn Tage oder so. Ein Gemisch aus echten deutschen Volksliedern, folk songs sozusagen, Underground groups wie Insterburg & Co., der XHOL KARAWANE usw., aktuellen Kurzinterviews mit jungen Deutschen, die es nach New York verschlagen hat, den neuesten Platten und Bändern deutscher Beat-Bands (in Deutschland gibt es mehr Beat-Bands als in England), politischen Volkssängern (Franz-Joseph Degenhardt, Dieter Süverkrüp, Ernst Busch, Kate Kühl, Wolf Biermann usw.); Kurzlesungen – viele davon mit Musik – von Poeten wie Peter O. Chotjewitz, Hubert Fichte, Peter Rühmkorf, Urs Widmer; kurzen neuen Interpretationen von deutschen Klassikern (Heinrich Heine, Goethe, Wolfgang Borchert, Brecht, Tucholsky, Hoffmann von

Fallersleben, – der immerhin Verfasser der deutschen Nationalhymne ist –, Matthias Claudius, Schiller, Benn, Ringelnatz, – alles aber durchaus in einem unterhaltsamen Roundup-Programm koordiniert.

Denn es geht ja nicht nur darum, daß junge Deutschamerikaner das deutsche Programm von WEVD meiden, sondern daß es zu allem Überfluß noch die primitivsten antideutschen Vorurteile zementiert: Wann immer ein Nicht-Deutsch-Amerikaner sich zu Ihrer Sendezeit zufällig auf der Welle von WEVD einschaltet – I get the blame. Und ich finde, daß man das ganz leicht ändern könnte. Denn Deutschland – im Gegensatz zu Yorkville – hat sich geändert. Gott sei Dank.

Das sollte die newyorker deutsche Redaktion von WEVD beachten, wenn sie deutsch bleiben will und nicht wilhelminisch oder adolfisch. Denn, let's face it: Bundespräsident ist Gustav Heinemann, ein gelernter Gentleman und Demokrat; Bundeskanzler ist Willy Brandt, ein unehelich geborener, sozialdemokratischer, antifaschistischer Partisan. Dem, finde ich, sollte ein bißchen Rechnung getragen werden. Oder man bekennt sich offen zum Faschismus.

Das würde übrigens niemanden erstaunen.

Das ist das Traurige. Deswegen möchte ich den jungen Deutschamerikanern zeigen, daß es ein Neues Deutschland gibt, dessen sich niemand zu schämen braucht.

Harry Rowohlt

1971–1973

»Schützt dem Brecht die Gräten!«

VON A. S. NEILL, SCHRIFTSTELLER

Dear Harry, 10 Nov 72

Forgive my lateness in thanking you for the script of the Wolke play … or is it a Kino scenario? You have done an excellent job, much better than I could have done. Pity that you had to cut out the Spanish adventure, but I can see it would have been impossible to stage with its submarines etc. I still don't like your changing my Spike into Sargnagel, but I guess Spike in Deutsch would be, pronounced Speek -ah o.s.e.

I am all in the dark about your plans. Theaterspiel? Kino? Characters played by real kids or cartoon ones?

It puzzles me why the book fell flat in England … only two short reviews, while in Germany it has been a success, but then the Penguin sold 60,000 in three years whereas Summerhill sold a million in Germany and more in USA. Ask 100 people in Oxford Street what S'hill is and I doubt if one would know. My Deutsch ist very poor and some of the G. Wolke is beyond me; in fact it is beyond one of my teachers who is German. He did not know, z.B., that a girl was eine Pfanne and he did not know other new German slang. From the letters I have had from kids in Germany they obviously knew it all.

I am delighted that the Rowohlt Neill, Neill, Orange Peel will be the London and not the New York version. I keep hoping, at 89, that I'll live to read it. Not being a Christian I can't look forward to reading about it in the Paradise Post, or, more likely, The Hades Herald, but later on the Nixon plan there may be a hot like to hell I can use.

Best wishes and thanks,
Neill

Kommentar zu HRs Übersetzung von Neills Buch »Die grüne Wolke«, das später zum Bestseller avancierte – als erstes Kinderbuch, das es auf die »Spiegel«-Bestsellerliste schaffte, illustriert von Friedrich Karl Waechter.

VON PETER ZADEK, REGISSEUR

Lieber Herr Rowohlt! 11. Dez. 1972

Wir haben uns sehr gefreut, daß Sie zur Premiere der »Grünen Wolke« in Bochum waren. Inzwischen werden Sie ja wohl auch die so erstaunlich positiven Kritiken gelesen haben.
Wollen Sie uns nicht das nächste Kinderstück für 1973 schreiben? Ich könnte mir das sehr gut vorstellen und Sie scheinen sich sicher auch schon sehr viele Gedanken in dieser Richtung gemacht zu haben. Zum Glück eilt es ja noch nicht sehr. Es würde mich aber interessieren, von Ihnen zu hören, was Sie von dem Projekt halten.

Mit freundlichen Grüßen
Ihr
Peter Zadek

AN PETER ZADEK

Lieber Herr Zadek: 13-1-73

Ich habe mal ein bißchen telefoniert, und Beiliegendes ist dabei herausgekommen.

Je eher, desto besser, dachte ich mir. Folgendermaßen wollen wir vorgehen:

Der Werner Egli (kaufen Sie sich doch mal sein Neuestes, »Wo Chesterfield geht ...«, Colt Western Nr 6, Pabel; wird auch verfilmt) schreibt die Handlung, und zwar schon ein wenig im Dialogstil.

Dann schickt er es mir, und ich motze es nach alter Weise auf.

Dann schicke ich es den Truck-Stop-Leuten, und die denken sich einige Original-Musiken aus, die sie dann auf ihren chaotischen Konzerten testen und auf Band nehmen.

Dann gehen die damit zu Erich Bender, dem stadtbekannten Kinderschänder, der einen 5-stimmigen Satz macht, damit man es auch in Uelzen spielen kann.

Dann wird das Ganze zu Robert »Jeman« Gernhardt geschickt, und der denkt sich saublöde Couplet-Texte aus.

Dann sieht Thomas Valentin sich den Sums im Speisewagon durch und streicht Sachen raus und rein.

Und inzwischen sind wir schon 10 Leute geworden und majorisieren damit sämtliche esoterischen Schnarchsäcke im Verlag der Autoren.

Billig wird es auch. Der Geiger würde sogar seinen Dr med. dent. in Bochum zu Ende machen, wenn es klappt.

Ich für mein Teil kaufe mir erstmal am Montag einen Ford Transit und verschwinde um den 18. herum in der Gummiabteilung von Rinteln. Post bitte ich dann wieder an obige Adresse zu schicken, bis ich den Betrieb da kenne.

Ein freundliches YIPPIE einstweilen,

Ihr *Harry Rowohlt*

Dies ist, wohlverstanden, erst ein allererstes Treatment für den Theaterzettel. Man muß sich das auf Mitte ausgeschlossen (Italienne mit dicken Seriphen) vorstellen.

LASTWAGEN-TRUPPE PLUS ONE PRÄSENTIERT:

Happy Jack Jones trifft Manitou.

Ein Western für Kinder, der davon handelt, wie ein kleiner Indianer die große weiße Welt in den Griff kriegt

Text: Werner »Billy« Egli & Harry Rowohlt

Bearbeitung für das Theater: Thomas Valentin

Musik: Truck Stop Hamburg

Rainer Bach (Rhythmus-, Steel- & Baßgitarre)

Günter »Cisco« Bernd (Gesang & Baßgitarre)

Christoph Derschau (Schlagzeug)

Erich Doll (5-Saiten-Banjo & Melodiegitarre)

Gina Sowieso ((Nachname folgt)) (Gesang, Klavier & Gitarre)

Burkhard »Lucius« Reichling (Fiedel & Saloon-Piano)

Satz & musikalische Bearbeitung: Erich Bender

Song-Texte: Robert »Jeman« Gernhardt

Verlag: Verlag der Autoren, Frankfurt-am-Main

VON PETER ZADEK

Lieber Harry Rowohlt, 22. Januar 1973

Ihre so prompte und lebendige Reaktion auf meinen Vorschlag begeistert mich geradezu und ich freue mich sehr auf unsere nächste Unterhaltung darüber.
Ich finde den Einfall grundsätzlich fabelhaft.
Alles weitere bis dann.

Gruß

Peter Zadek

Lieber Peter Zadek: (undatiert)

Den heutigen Brief – aus farbbandtechnischen Gründen – in Rot.

Übers Wochenende war ich in Hamburg, und ganz Truck Stop nebst Bräuten dreht seit dem STERN-Anmacher durch vor Freude, Stolz und Vorfreude. Auf dem Konzert am Freitag war eine sehr unauffällige Dame mit einem riesigen Tonbandgerät, die sehr plötzlich wieder einpackte und verschwand, und man munkelte, sie sei von Polydor.

Große Heiterkeit rief ebenfalls meine Adressenliste hervor, die natürlich vorn und hinten nicht stimmt. Lassen Sie bloß dem Christoph Derschau keinen Brief schreiben; der ist nämlich Lyriker oder ähnliches und kein Schlagzeuger. Wenn der von Zadek einen Brief kriegt, er möge sich am Riemen reißen, fängt er noch an, Schlagzeug zu üben, und dann haben wir zwei.

Nun zum Geschäftlichen. Wolf D. Rogosky, mein Kreativdirektor, hat mir einen Brief geschrieben, und das P.S. zitiere ich mal:

> »P.S. Warum sagst Du nicht Zadek, daß wir ihm eine Werbung machen können, die so gut ist wie sein Theater? Wenn er sich interessiert, zeigen wir ihm mal, was Basel für Düggelin getan hat. Und wir für Brecht.«

Es handelt sich da um GGK (Gerstner, Gredinger + Kutter): Stuyvesant, Swissair, Baiersdorf, Kundenkreditbank, Hannover, you name it. Und denen ihre Theaterreklame hat den Vorteil, daß sie aus Alibigründen umsonst ist. Adresse?

Wolf D. Rogosky
GGK
4 Düsseldorf
Immermannstraße 6
0211/364001
Telex 858/7636

Morgen kommt meine Alte und holt mich ab. Dann machen wir noch eine Woche Ferien im Weserbergland, und dann bin ich wieder in Frankfurt.

Haben Sie schon einen Regisseur frei? Dann schlagen wir nämlich los.

SCHÜTZT DEM BRECHT DIE GRÄTEN!, oder, um es mit den Worten meines Freundes Fritz Weigle zu sagen: Jesus schwimmt die hundert Meter / dreimal schneller als der Peter. / Aber Spitzens Weltrekord / Schafft er nicht; er treibt kein' Sport.

Ihr *Harry Rowohlt*

Das Projekt des Kinderstücks »Happy Jack Jones trifft Manitou« hat sich zerschlagen.

1974–1975

»Ich kenne ein paar gute Leute, die durch Flann-O'Brien-Lektüre ein gestörtes Verhältnis zur Gegenwartsliteratur gewonnen haben, weil da schon alles viel schöner drinsteht.«

AN ELISABETH BORCHERS, SEINERZEIT LEKTORIN BEI SUHRKAMP/INSEL

Liebe Frau Borchers: 27-1-74

Ulla kam zurück ins stille Tal und war verwirrt ob der Falschheit des Abendlands, lobte aber etwa ein Bäckerdutzend bessere Menschen drüben in der Zivilisation – wie den Robert und die Almut, den Paulus und die Lydia, den Lutz und die Theë, den Benno und das Schnuckel und die Frau Borchers. Ich darf also hoffen.

Und da wollte ich Sie fragen, ob Sie eigentlich Flann O'Brien kennen. Sein Gesamtwerk besteht aus vier Büchern, A Hard Life, At Swim-Two-Birds, The Third Policeman und The Dalkey Archives. »Ein schweres Leben« ist, von A. und H. Böll übersetzt, bei Witsch erschienen. »Zwei Vögel beim Schwimmen« ist (erstens das schönste Buch der Welt und zweitens), von Lore Fiedler – hervorragend – übersetzt, bei Rowohlt erschienen und ungeheuer vergriffen. Sonst gibt es noch nichts auf deutsch.

In Irland ist Flann O'Brien durchaus ein Volksschriftsteller, obwohl er der erklärte Lieblingsautor von Suhrkamp-Autor Joyce war. Unter seinem richtigen Namen Brian O'Nolan redigierte er die gälische Abteilung der Irish Times, wie ihm überhaupt das Irische geläufiger war als das Englische, weshalb er (folgt ein längerer Horst Krüger).

Und da haben mein alter Schwimmbruder Robert Gernhardt und ich uns gedacht, man sollte vielleicht mal den »Third Policeman« nach dem herstellerischen Konzept des »Wind in den Weiden« machen, nämlich jede Seite einzeln illustriert, aber nicht so flashy, sondern bös und knubbelig.

Und nun ist es nicht etwa so, daß Gernhardt übersetzen will und ich illustrieren, nein, das Gegenteil ist der Fall. Ich habe neulich mal aus reinem Bock die Seite 58 vom »Third Policeman« aleatorisch aufgeschlagen und übersetzt. Die Seite 59 mache ich jetzt gleich anschließend und lege das bei. Ich bin sicher, Sie können sich darunter ein schönes, verwirrendes Buch vorstellen –:

Flann O'Brien, The Third Policeman
Hart-Davis, McGibbon Ltd, Frogmore, St Albans, Hertfordshire & 3 Upper James St., London.
Copyright by Evelyn O'Nolan.

Es ist etwas Seltsames um die Kunst: Als ich in der von J. J. J. Kremer als besinnliche Schlafenszeit verordneten Silvesternacht in meiner pelionitischen Wohnküche saß – auf dem Herd hielten Rotwein und Nelken stumme Zwiesprache – und las (gloated over) mein Sorgenkapitel »Der Pfeifer vor dem Tor zur Dämmerung«, als es klopfte und ein länglicher, abstoßend häßlicher Mensch die Kalive betrat, den ich mein Lebtag nicht gesehen. Er lud mich in wohltönendem Britisch zu einer kleinen Partie Whist ein und stellte sich vor: Roger Waters, Texter und Komponist der Pink Floyd, und verantwortlich für die bahnbrechende LP »The Piper At The Gates Of Dawn«. If this ain't a small world. Eine rechte Künstlerkolonie.
Ich sehe gerade, daß Flann O'Brien noch ein Buch geschrieben hat: The Best Of Myles. Kenne ich auch nicht. Der Doktor Unseld findet doch immer, man müsse als Verleger möglichst ein Gesamtwerk betreuen; drei Fünftel sind noch frei, und wenn man sich anstrengt, gibt es immer noch die Zeitungsartikel … ein irischer Polgar … und so. Dabei hat Nolan/O'Brien immer glaubwürdig den Eindruck zu erwecken verstanden, er sei ein stinkfauler Muffsack. Da sind wir Deutschen anders.
Aber wie ich Sie kenne, kennen Sie den längst, und es gibt schwerwiegende Gründe, weswegen gerade heute und im Zeichen der Energiekrise.
Aber wenn Sie ihn noch nicht kennen und aus allen möglichen

Gründen nicht bei Insel »sehen«, möchte ich Ihnen hiermit diese Kenntnis geschenkt haben, ganz uneigennützig und für den Nachttisch. Ich kenne ein paar gute Leute, die durch Flann-O'Brien-Lektüre ein gestörtes Verhältnis zur Gegenwartsliteratur gewonnen haben, weil da schon alles viel schöner drinsteht.

Aber Sie können ja gottlob lesen und schreiben. Nun lesen Sie mal. Und schreiben Sie auch bitte mal. Jetzt mache ich mich an die Seite 59.

Katina, die Nachbarin, brachte eben einen großen Kalamaren und fünf Seeigel, denn das Meer war heute spiegelglatt. Vor einer Woche zog Kostas, ihr Mann, einen kapitalen Aal aus unserer Wasserleitung. Ferner habe ich heute einen Radieschen-Corral angelegt und saure, zu hoch hängende Pomeranzen geerntet. Die Fauna – Asmus, Rosa und Ingrid (Katzen) und Dankwart (Hund) – ist seit fünf Wochen um ein munteres Lämmchen angeschwollen, das auf den wenig schönen Namen Paska-Zack hört, nach dem Gesetz, nach dem es angetreten. Na ja, es hört ja auch gar nicht drauf. Wir versuchen immer, an diesem agnus dei vorbeizukucken, umsomehr, als es bei der hiesigen Kochkunst ohnehin zu Ostern schmecken wird wie »spätpelionitischer Vorstehdackel« (J. J. J. Kremer). Hitler hatte schon recht, was den Verzehr unserer nichtlesenden Genossen anlangt.

Sie sehen: Wenn man hier mal einen Brief schreibt, artet er auch schon aus.

Ihr *Harry Rowohlt*

P.S.: Ulla zeigt, daß sie in der Berufsschule nur selten Kreide geholt hat und meint: »Du mußt ihr aber sagen, daß sie mal checkt, was wirklich noch frei ist. Es gibt ja Verlagshäuser, die kaufen Rechte und machen dann nichts.« Ich sage: »Aber die Borchers ist doch nicht erst seit gestern dabei; die wird das schon selbst …«

AN DIE AGENTUR GGK

Liebe Agentur, lieber Berthold: 6-8-74

Wenn GGK das kauft, kann sie sich als gemeinnützigen Verein eintragen lassen.

Zu dem im Drama genannten »VW-Zeichen«. Das gibt es sicher schon, aber mir ist es so eingefallen, und da dachte ich … –:

Als Fahrer, der ja nie beide Hände vom Steuer nehmen kann oder sollte, läßt sich das mit Beifahrer machen; er den rechten Arm nach rechts, sie den linken nach links. Da muß man natürlich üben, üben und nochmals üben, aber von nichts kommt, wie Ihr wißt, nichts.

Euer Euch liebender

Harry

Das Nadelöhr

Posse in einem Aufzug

Personen: Der Nörgler
Der Heißsporn
Der Hasenfuß
Der Schmunzler

Der Wirt
Das Wirtstöchterlein
Verschiedene Zecher, Gaffer, Schlenderer,
Lauerer, Plauderer und Existenzen

(Schauplatz ist die Gaststätte »Beim Waldemar« in einer Vorstadt von Drangfurt am Rhein, zwischen TÜV-Gelände und Südfriedhof. Früher Nachmittag. Die Musik-Box spielt »Theo, wir fahrn nach Lodz«.)

Nörgler: Das sind original die letzten Korinthenkacker, die ziehen sich doch die Gummihose mit der Flansch an, bei denen hat doch der Zeiger am Brutkasten geklemmt, die sind doch gehirnamputiert, diese verstörten Beamtenseelen, diese ...

Wirt (verständnisvoll): Wohl beim TÜV gewesen, was? Was darf's denn sein, der Herr?

Nörgler: Was dachten Sie? (Sich beherrschend) Ein großes Pils und einen doppelten Aufgesetzten. Jetzt kann ich hier in drei Tagen nochmal anschwirren. Und warum? Weil die Bremsen links nicht ganz so schnittig anziehen wie rechts. Da steuert man eben gegen, das weiß doch jeder Sonderschüler.

Hasenfuß: Na, ich weiß nicht ...

Heißsporn: Ich finde, wenn einer seinen Wagen so wenig im Griff hat, daß man ihm nicht hin und wieder mal ein bißchen Gegensteuern zumuten kann, gehört ihm der Führerschein entzogen. Ganz brutal. Welche Marke fahren Sie denn?

Nörgler: Einen ... (Der Name geht im Getöse unter, denn die Musik-Box intoniert soeben »Bergkameraden sind wir«) ... 280 D.

Heißsporn: Was?! Bei diesen Schleichern werden immer noch Bremsen eingebaut? Die bleiben doch schon stehen, wenn der Rückenwind ausfällt. Ich hab einen …

Hasenfuß: Herr Wirt, nochmal dasselbe!

Heißsporn: … und den hab ich mir neulich von meinem Schwager heißmachen lassen. Eine Pracht, wie der jetzt abzieht! Der läßt die Pferdchen tanzen, mein Schwager! In Nullkommanichts von Null auf Hundert. Und jetzt kommen diese Schnarchsäcke vom TÜV angepetert und sagen: ›Eher geht ein Kamel durch's Nadelöhr, als daß Sie Ihre Kiste durch den TÜV kriegen.‹ Dabei war mein Schwager beim Bund in der Panzerwartung tätig. Der hat im kleinen Finger mehr Motorenverstand als diese Steuerschlucker …

Hasenfuß: Ich will ja nichts gegen Ihren Herrn Schwager sagen, aber …

Heißsporn: Das will ich Ihnen auch nicht geraten haben. Was fahren Sie denn? Können Sie überhaupt mitreden?

Hasenfuß: Ich habe eine … (Das Wort geht im Lärm unter; die Musik-Box spielt »Theo, wir fahrn nach Lodz«.)

Heißsporn, Nörgler (gleichzeitig): Hohoho, da müssen Sie ja wie ein geölter Blitz durch den TÜV gekommen sein. So eine Mühle hat doch gar nichts, was kaputt gehen könnte.

(Heiterkeit)

Hasenfuß (unbehaglich): Der Sicherheitsgurt klemmte … und der Auspuff war durchgerostet. Aber das hat bisher noch keinen gestört.

(Nörgler, Hasenfuß, Heißsporn, Wirt und Wirtstöchterlein treten an die Rampe, fassen sich bei den Händen, singen.)

Chor: Ja, ist denn das zu fassen?
Ja, ist denn das normal?
Brüder, hoch die Tassen!
Stimmt ein in den Choral!
Dem Sünder wird verziehn
Dereinst am Himmelstor,
Doch kommt der TÜV-Termin,
Verstummt der Engel Chor.
Unerbittlich, grausam, ätzend,
Des Fahrzeughalters Stolz verletzend –
Brüder, in den Ruf stimmt ein:
Ein dreifach Pfui dem Technischen Überwachungsverein!

(Wirt und Wirtstöchterlein begeben sich wieder hinter den Tresen. Nörgler, Hasenfuß und Heißsporn lassen sich erregt auf ihren Plätzen nieder.)

Heißsporn (sich an den Schmunzler wendend): Und Sie, was ist mit Ihnen?

Schmunzler (der bisher geschwiegen hatte): Nichts.

Heißsporn: Nichts?

Schmunzler: Sie sagen es.

Heißsporn: Sie waren wohl nicht beim TÜV?

Schmunzler (schmunzelnd): Ei freilich war ich beim TÜV.

Alle: Und?

Schmunzler: Nichts war.

Nörgler (lauernd): Und was fahren Sie für ein Wunderauto?

(Die Antwort geht in den Klängen von »Fußball ist unser Leben« unter. Deshalb reckt der Schmunzler beide Arme zum VW-Zeichen, siehe Anlage.)

Hasenfuß: Sie Glücklicher; da müssen Sie aber eine Stubenlage schmeißen.

Schmunzler: Das will ich recht gern tun. Herr Wirt, lassen Sie mal bei allen Herrschaften die Luft aus den Behältern. Aber machen Sie den Preis ab; es soll ein Geschenk sein.

Wirtstöchterlein: Gut gesprochen.

(Alle formieren sich zum Schlußchoral.)

Chor: Und so kommt zum guten Schluß
Alles, wie es kommen muß:
Durch den TÜV kommt jeder schnell,
Wenn von VW das Fahrgestell.
Brüder, in den Ruf stimmt ein:
EIN DREIFACH HOCH DEM TECHNISCHEN
ÜBERWACHUNGSVEREIN!

(Die Orgel braust auf, und während der folgenden Verbrüderungsszene senkt sich langsam der Vorhang.)

VW-Fahrers kleines Triumphlied
(nach der Melodie »Das Wandern ist des Müllers Lust« zu singen)

Wenn ich so in der Schlange steh
Und meinen Vordermann beseh –
Zum Heu-eu-len!
Das macht, sein linker Wischer klemmt,
Das Fernlicht ist entschlußgehemmt,
Der Fahrer selbst ist ungekämmt –
Zum Heu-eu-len.

Wenn ich dagegen im VW
Gelassen bin und ganz blasé –
Zum Wi-i-mmern!
Denn mein VW ist inspiziert,
Geprüft, gecheckt und abgeschmiert,
Und ich bin säuberlich frisiert –
Wie i-i-mmer.

VW hat das Treatment nicht akzeptiert.

AN DAN McCALL, SCHRIFTSTELLER

Dear Dan McCall: September 24, 1974

I'm the friendly fuzzy German translator of »Jack The Bear«. Some book, man. I even shed some tears onto the keys of my typewriter, twice.

But there are a couple of things I don't understand, and all the Americans around here who I know of (Gee-Gee, Doug, Miss Champion of the Amerikahaus, and 500 GIs), I asked them and they couldn't tell me. So there are 9 questions left; »a fligh ball in the bottom of the ninth in the seventh game« is really simple; I won't ask you about stuff like that.

Cool? –:

What kind of book is The In And Out Book? What kind of game is Dunk The Swami? What does Clean Cassamassima/ Cockamamey/Conglomerate mean? An American librarian told me Cassamassima was a fairy tale princess, but that was about it. »On Woolsey«; I couldn't get an Oakland map; is it Woolsey Avenue or Woolsey Street? What's King's X? What's That's Enough? Seems like radio shows or something to me.

Please answer soon. The manuscript is due on October 1st, and I wanted to wait with this letter until I really had finished the Book, Scout's fucking honor, so as not to pester you with single questions.

I really dug that book, brother, and I wasn't able to write anything else until it was over; I physically lived inside that book and didn't know how to get out, it's really strong.

Well. Whenever you are in Germany, make sure to drop by. Give my love and Ulla's and the love of all the kids down at the filling station to Dorothy and Steven (ha-Ha! reading that dust jacket cover again!) and stay rough, it'll come (I didn't find anything German for »Bag Hung Low«, so I chose »Blieftlägel«, K?); it certainly already did.

Keep up da good woik,
Harry

Neben »Jack der Bär« hat HR noch den Roman »Triphammer« von Dan McCall übersetzt.

Lieber Dan McCall: *24. September 1974*

Ich bin der nette krause deutsche Übersetzer von Jack der Bär. Tolles Buch, Mann. Ich habe sogar ein paar Tränen auf die Tasten meiner Schreibmaschine vergossen. Zweimal.

Aber es gibt ein paar Sachen, die ich nicht verstehe, und alle Amerikaner hier in der Gegend, von denen ich weiß (Gee-Dee, Doug, Miss Champion vom Amerikahaus und 500 GIs) –, ich habe sie gefragt, und sie konnten es mir nicht sagen. Es sind also noch 9 Fragen übrig; »a fligh ball in the bottom of the ninth in the seventh game« ist echt einfach; sowas würde ich Sie nie fragen.

Cool? –:

Was für eine Art Buch ist The In And Out Book? Was für ein Spiel ist Dunk The Swami? Was bedeutet Clean Cassamassima/Cockamamey/Conglomerate? Eine amerikanische Bibliothekarin hat mir gesagt, Cassamassima sei eine Märchenprinzessin, das war's aber auch schon. »On Woolsey«; es ist mir nicht gelungen, einen Stadtplan von Oakland zu besorgen; ist das die Woolsey Avenue oder die Woolsey Street? Was ist King's X? Was ist That's Enough? Kommt mir wie eine Radiosendung oder sowas vor.

Bitte antworten Sie bald. Das Manuskript ist am 1. Oktober fällig, und ich wollte mit diesem Brief warten, bis ich wirklich mit dem Buch fertig bin, Pfadfinderscheißehrenwort, um Sie nicht mit einzelnen Fragen zu belästigen.

Das Buch hat mir echt gut gefallen, Bruder, und ich war außerstande, etwas anderes zu schreiben, bis es vorbei war; ich habe physisch in dem Buch gelebt und wußte nicht, wie ich wieder rauskomme, so stark ist es.

Wenn Sie mal in Deutschland sind, lassen Sie sich bitte ganz bestimmt blicken. Richten Sie meine Liebe und Ullas Liebe und die Liebe aller Kinder von der Tankstelle Dorothy und Steven aus (ha-Ha! wieder mal den Klappentext gelesen!), und bleiben Sie hart; irgendwann kommt es (für »Bag Hung Low« habe ich nichts Deutsches gefunden und mich für »Blieftlägel« entschieden, -kay?); es ist ja ganz gewiß bereits gekommen.

Weiter so,

Harry

VON DAN McCALL

Dear Harry Rowohlt: October 20, 1974

Hello, »friendly fuzzy German brother.« From your fine letter I know Jack The Bear is in excellent hands over there, and that of course defuckinglights me.

Due to mail problems here, your letter didn't reach me until this week-end, and if you have an October 1st deadline, this won't help much, but anyway:

The In and Out Book is just a fun »educational« children's book published by the outfit that does the TV show »Sesame Street« (that's on German TV now, isn't it?).

»Dunk The Swami« is an impromptu hippy exhibit-game at the annual »Pleasure Faire« – you know, you get some baseballs and try to hit a target that trips a lever that dumps a guy on a platform into a tub of cold water.

I don't see how you can translate »Clean Cassamassima/ Cockamamey/Conglomerate« because it's a nonsense combination of Henry James's novel, The Princess Cassamassima, »Cockamamey« (Idiot), and »Conglomerate« (Business corporation).

I forget whether it's Woolsey Street or Woolsey Ave.

»King's X« is what you say to mean »Stop the game for a minute« – like if you're playing »Hide and Go Seek« and you're about to get caught, you shout, »King's X.«

»That's Enough« has no hidden meanings or allusions.

Return my love to Ulla and the kids at the filling station. Best to Blieftlägel (whaaa?).

Keep in touch – I'll be interested to hear how things go.

And your letter was poifect. *Dan*

Lieber Harry Rowohlt: *20. Oktober 1974*

Hallo, »netter krauser deutscher Bruder«. Aus Ihrem schönen Brief erfahre ich, daß Jack der Bär da drüben in hervorragenden Händen ist, und das entscheißenochmalzückt mich natürlich.

Wegen hiesiger Postprobleme hat mich Ihr Brief erst dieses Wochenende erreicht, und wenn Ihr Abgabetermin der 1. Oktober ist, wird dies keine große Hilfe sein, aber was soll's.

The In And Out Book ist nur ein komisches »pädagogisches« Kinderbuch von der Truppe, die auch die Sesamstraße macht (die gibt's jetzt auch im deutschen Fernsehen, stimmt's?).

Dunk The Swami ist eine improvisierte Hippy-Jahrmarktsvergnügung auf dem jährlichen »Pleasure Faire« ––, man kriegt ein paar Schlagbälle und versucht, eine Zielscheibe zu treffen, wodurch ein Hebel betätigt wird, und ein Typ fällt von einer Plattform in einen Bottich mit kaltem Wasser.

Ich weiß nicht, wie ich Clean Cassamassima/Cockamamey/Conglomerate übersetzen soll, weil es eine Nonsenskombination aus Henry James' Roman Prinzessin Casamassima, Cockamamey (Idiot) und Conglomerate (Firmenzusammenschluß) ist.

Ich weiß nicht mehr, ob es Woolsey Street oder Woolsey Avenue ist.

»King's X« sagt man in der Bedeutung »Kurz das Spiel unterbrechen!« ––, wenn man z. B. Verstecken spielt und kurz davor steht, gefunden zu werden, ruft man: »King's X!«

That's Enough birgt keinerlei verborgene Bedeutungen oder Anspielungen.

Alles Liebe auch an Ulla und die Kinder von der Tankstelle. Beste Grüße an den Blieftlägel (wiiiiiiebitte?).

Melden Sie sich wieder ––; würde mich interessieren, wie es läuft.

Und Ihr Brief war poifekt.[1]
Dan

1) In Anlehnung an den newyorker Akzent in der Abschlußfloskel des vorhergegangenen Briefs – »Keep up da good woik!«

AN DAN McCALL

Dear Dan McCall: 30-10-74

Thanx a hell of a fucking lot for your nice letter. I thought I might as well drop you a line about how things are going with Jack. Insel Verlag, you know, is one of the oldest and most dignified German publishers, and they didn't print anything as obscene as »Jack the Bear« since the Kin Ping Meh. And now they are depressing me shitless by changing »ficken« (the accurate German term for »to fuck«, a pristine genuine word) into »bumsen«, which would be the correct thing to say for »to ball«, maybe. And then they came up with that incredible subtitle: Geschichte einer amerikanischen Familie. That's really Faulkner and Delta Queens and Singing Slaves.

But I had something else in store, and they bought it. Now you'll have about the longest subtitle in German publishing history. Wanna hear it –:

Jack-der-Bär
Die Geschichte von Jack (13), von seinem Vater, dem Zeremonienmonster, vom kleinen Bruder »Mehr-Brot!«-Dylan, vom blöden Dexter, vom verrückten Norman, der jeden Tag sein Auto wäscht; die Geschichte von Cheyenne, dem einäugigen Hund, die Geschichte von der superhippen schwarzen Sondra mit dem karottenroten Afro, von Karen Morris, genannt »die Bohnenstange«, vom Ehepaar Mitchell, genannt die »Monogamen Alkoholiker«, die Geschichte von Erdbeben McGoon Festinger, der wahrscheinlich Nixon gewählt hat, von Cäsar Asparagus, von Marcus Überflüssig, vom Lagunen-Monster, vom Hippie, der aus 2000 Faden Tiefe kam und schließlich von den wahnsinnigen Dobermännern, von ihm selbst (Jack) erzählt.

Even if you don't understand a single word of German you'll certainly recognise a couple of old friends.

Your hints were a great help because I can change those words in the galleys. »Dunk a beauty« I know from the annual Frankfurt Rodeo (did you know we had a rodeo? We even have an E.R.A., a European Rodeo Association; that's one good thing about being a colony), and I figured something like that. And I'm making good for all those deleted »ficken«s by translating Robert Crumb right now where I can let it all hang out.

I met Joan Daves at the Book Fair, and you sho' nuff got yourself some very nice agent. Say (wink) hello to her.

It's just great to have translated a book I really liked; I've done so much shit before, like … okay, no names.

I can't return your love to Ulla; she's in Israel right now, I wonder why.

There's a fine parallel between Jack and me: the other day I shouted at a red traffic light which wouldn't change to amber and green: »You traahnaah meckah point, mayun?«, like some brazzz spade dude, and that very moment a live Black walked by my open car window, looked inside and was totally freaked 'cause it was Whitey himself at the steering wheel.

And that's about it for today.

Harry

Lieber Dan McCall: *30-10-74*

Vielen verdammte Kacke herzlichen Dank für Ihren netten Brief. Ich dachte, ich kann Ihnen auch genausogut mal eben schreiben, wie es mit Jack läuft. Der Insel Verlag ist nämlich einer der ältesten und würdigsten Verlage Deutschlands, und so etwas Obszönes wie Jack der Bär haben sie seit dem Kin Ping Meh nicht mehr gedruckt. Und nun deprimieren sie mich dumm und krumm, weil sie »ficken« (den akkuraten deutschen Begriff für »to fuck«, ein altehrwürdiges deutsches Wort) durch »bumsen« ersetzen wollen, was, vielleicht, das korrekte Wort für »to ball« wäre. Und dann kamen sie mit diesem unglaublichen Untertitel an: Geschichte einer amerikanischen Familie. Das ist wirklich Faulkner und Delta Queens und Singende Sklaven.

Aber ich hatte noch etwas anderes in petto, und sie haben es gekauft. Jetzt werden Sie den wahrscheinlich längsten Untertitel in der deutschen Verlagsgeschichte haben. Wollnsie mal reinhören?

Jack-der-Bär
Die Geschichte von Jack (13), von seinem Vater, dem Zeremonienmonster, vom kleinen Bruder »Mehr-Brot!«-Dylan, vom blöden Dexter, vom verrückten Norman, der jeden Tag sein Auto wäscht; die Geschichte von Cheyenne, dem einäugigen Hund, die Geschichte von der superhippen schwarzen Sondra mit dem karottenroten Afro, von Karen Morris, genannt »die Bohnenstange«, vom Ehepaar Mitchell, genannt die »Monogamen Alkoholiker«, die Geschichte von Erdbeben McGoon Festinger, der wahrscheinlich Nixon gewählt hat, von Cäsar Asparagus, von Marcus Überflüssig, vom Lagunen-Monster, vom Hippie, der aus 2000 Faden Tiefe kam und schließlich von den wahnsinnigen Dobermännern, von ihm selbst (Jack) erzählt.

Auch wenn Sie kein einziges Wort Deutsch verstehen, werden Sie bestimmt ein paar alte Freunde erkennen.

Ihre Andeutungen waren eine große Hilfe, weil ich diese Wörter in den Fahnen ändern kann. Dunk a beauty kenne ich vom jährlichen Frankfurter Rodeo (wußten Sie, daß wir ein Rodeo haben? Wir haben sogar eine E.R.A., eine Europäische Rodeo Association; das ist ein Vorteil, wenn man eine Kolonie ist), und ich hatte mir schon sowas ausgemalt. Und für all die getilgten »ficken«s halte ich mich an Robert Crumb schadlos, wo ich es alles gepflegt raushängen lassen kann.

Auf der Buchmesse habe ich Joan Daves kennengelernt; Sie haben sich wirklich eine sehr nette Agentin zugelegt. Schönen (zwinker) Gruß an sie.

Es ist einfach toll, ein Buch übersetzt zu haben, das mir wirklich gefallen hat. Ich habe vorher soviel Scheiße gemacht, wie z.B. … okay, keine Namen.

Ulla kann ich nicht zurückgrüßen; sie ist in Israel, weiß auch nicht, warum.

Es gibt eine schöne Parallele zwischen Jack und mir: Neulich habe ich eine rote Ampel angeschnauzt, die partout nicht auf Gelb und Grün wechseln wollte: »Willst du was beweisen, Mann?«, wie ein gemeingefährlicher 100% Neger, und in genau dem Augenblick ging ein echter Schwarzer an meinem offenen Autofenster vorbei, sah herein und war total beflippt, weil der Weiße Mann persönlich am Steuerrad saß.

Und das war es auch so ziemlich für heute.

Harry

AN PETER RÜHMKORF, SCHRIFTSTELLER

Lieber Püngi: 12-12-75

Nur schnell die nun ja wohl fast schon zur Tradition gewordene Lobhudelei.

Als ich neulich einem Buchmann gegenüber erwähnte, ich hätte die letzte Nacht mit Walther, Klopstock und … verbracht, und das sei doch wirklich die am meisten gelungene Mischung aus Gelahrtheit und Herzblut, und wo gebe es denn sowas noch in unserer schnellebigen Zeit, da sagte dieser, Du habest nachts zuvor in der Autorenbuchhandlung aus eigenen Werken deklamiert.

Da werden wir synchron gelesen haben, Du laut, ich leise für mich hin. Nur daß Du nicht bei uns abgestiegen bist: das nehme ich Dir übel. So nimm denn unsere münchner Adresse zur Kenntnis und mache fleißig Gebrauch von ihr. Darfst Dich auch wieder einbarrikadieren; Poeten verzeiht man manches.

Ernsthaft: ein großer Wurf, wieder mal. Ohne Dich und Artmann wäre im deutschsprachigen Raum doch alles zu spät.

Schon gut, Dein treuer

Harry

VON PETER RÜHMKORF

Lieber Harry, Hamburg den 13.12.75

ich hänge allmählich an Deinen Glückwünschen und hätte gern mal eine Nacht Glas an Glas mit Dir verbracht. München ist mir auf eine neue Art lieb und teuer geworden, und ich kehre bei sich bietender Gelegenheit liebstens dahin zurück. Dann auch bei Dir ein. Die Lese in der Autorenbuchhandlung ließ sich leider etwas flau an. Man sitzt mit dem Gesicht gegen ne Bücherwand und kann bloß bei Bonmots mal eben nach rechts oder links blicken – das halbe Leben ist verfehlte Technik.

Herzlichst grüßt Dich/Euch

Dein alter *Lüngi*

1982–1986

»Lacht, worüber Ihr wollt, aber nicht über
Marcel Reich-Ranicki!
Wenigstens ein Jahr lang nicht!«

Lieber Harry, 18. Mai 1983

ich versuchte, Sie anzurufen, aber leider ohne Erfolg. Ich möchte Ihnen einen höchst sittlichen Antrag machen: Hätten Sie Lust, William Least Heat Moons »Blue Highways« zu übersetzen? Ich habe das Buch gelesen und finde es eine sehr schöne Saga auf ein unbekanntes Amerika. Der Autor ist, wie schon am Namen zu sehen, leicht indianischen Ursprungs und von seinem Blut ist manches zu seiner Tinte geworden. Also, ich frage Sie, hätten Sie Lust? Das Buch hat freilich 416 Seiten. Da ich selbst es zu verstehen vermeinte, dürfte es für die Übersetzung wohl keine besonderen Schwierigkeiten bedeuten. Melden Sie sich?

Herzliche Grüße
Ihr
Siegfried Unseld

AN KURT VONNEGUT, SCHRIFTSTELLER

Dear Mr Vonnegut: Páltsi / 'Argalastí, Greece, May 29, 1983

Having had the honor and the pleasure of translating The Sirens of Titan into mein geliebtes Deutsch I take the liberty of informing you that I broke a blue director's chair (with the inscription GAULOISES on its back) while reading Palm Sunday and cracking up over the definition of a twerp. That chair had cost me 50 deutschmarks.

Ah, well … Never mind.

I thank you for your attention.

All yours,

Harry Rowohlt

Neben »Die Sirenen des Titan« hat HR drei weitere Bücher von Kurt Vonnegut übersetzt.

Lieber Herr Vonnegut: *Páltsi, 'Argalastí,*
Griechenland, 29. Mai 1983

Nachdem ich die Ehre und das Vergnügen hatte, Die Sirenen des Titan in mein geliebtes Deutsch zu übersetzen, nehme ich mir die Freiheit, Sie davon zu informieren, daß ich einen blauen Regie-Klappstuhl kaputtgemacht habe (mit der Inschrift GAULOISES auf der Rückenlehne), während ich Palm Sunday las und mich über die Definition eines twerp beeimerte. Dieser Stuhl hatte mich 50 Deutschmarks gekostet.

Naja, gut … Auch nicht weiter wichtig.

Ich danke Ihnen für Ihre Aufmerksamkeit.

In Gänze der Ihre,

Harry Rowohlt

VON BURGEL ZEEH, UNSELDS ASSISTENTIN BEIM SUHRKAMP VERLAG

Lieber Harry Rowohlt, am 15. Juni 1983

ob Sie wohl Ferien haben? Ich frage nochmals nach Ihrem Interesse an einer Übersetzung von
– William Least Heat Moons »Blue Highways«
und da wir heute ein Exemplar erhalten haben, schicke ich Ihnen das mit getrennter Post und mit der Bitte von Herrn Dr Unseld, sich doch bald mit einem Ja oder Nein zu äußern. Einstweilen grüße ich Sie herzlich und hoffe, es geht Ihnen gut!

Ihre
Burgel Zeeh

AN SIEGFRIED UNSELD

Lieber Doktor: 24-6-83

Da mein Ausbildungsverhältnis mit Ihrem Haus seit mehreren Jahren beendet ist, bin ich für sechs Wochen weggefahren, ohne mich vorher bei Ihnen abzumelden. Das wird sich nicht wiederholen.

Heute bekam ich nun W. Least Heat Moons ›Blue Highways‹, und das erste Durchblättern hat mir gut gefallen. Wenn ich es gelesen habe, sage ich Bescheid.

Schönen Gruß und schönen Dank,

Ihr *Harry Rowohlt*

Lieber, sehr verehrter Herr Doktor: 6-8-83

Es ist lieb, daß Sie an mich gedacht haben. Aber

William Least Heat Moon,
Blue Highways

ist denn doch ein bißchen zu blöd. Ich würde nicht froh dabei. Denken Sie aber bitte weiterhin an mich, sogar wenn es sich um Literatur handeln sollte.

Schönen Dank und schönen Gruß,

Ihr *Harry Rowohlt*

Es ist schön, es ist angenehm, es ist eine Wohltat, nunmehr verläßlich jede Woche etwas von Eckhard Henscheid im ZEIT-magazin zu finden; wenn man TITANIC kauft, oder den RABEn, oder SZENE Hamburg, erfährt man zwar etwas über Birne, Arno oder Schmusekatze (W., 33 J. zieht demnächst aus Elmshorn zu; sucht M., der auch schon mal abtrocknet, bartlos, bis 40), aber Henscheid ist Henscheid, und jede Woche ist jede Woche, und nur auf Verlaß ist Verlaß. Und bisher war ich auch immer gern dabei, wenn er die Schwurbelhirne von Luise Rinser bis Franz Strauß vorführte. Aber bei »unserem Lautesten«, und mag er noch so schön nachzuäffen sein, mache ich nicht mehr mit. Marcel Reich-Ranicki hat mir in der FAZ eine meiner ältesten Fragen (Warum hat sich Heine, dieser coole Typ, ständig über August v. Platens Schwulität lustig gemacht?) so würdig und lehrreich beantwortet (Weil Platen ihn jahrelang als Judensau beschimpft hat.), daß ich ihn nur noch lieben kann. Wer wußte das denn schon? Ich wußte das vorher nicht. Und außerdem, ganz körperlich: Bei einer Fernsehsendung von Werner Höfer mit Peter von Zahn, Elisabeth Gräfin von Plessen und Marcel Reich-Ranicki zum Gedenken Ernst Schnabels sagte Werner Höfer: »Jetzt habe ich schon wieder ›Ernst von Schnabel‹ gesagt ... Herr Reich-Ranicki, soll ich Sie auch mal mit einem Adelsprädikat versehen?« Und Marcel Reich-Ranicki fuhr, von echtem Entsetzen gebeutelt und wie von tausend Taranteln gestochen, zusammen und schrie: »NEIN! ES REICHT!« Dies muß man gesehen haben, das muß man gelesen haben: Er ist nicht der Übelste. Deshalb rufe ich von hier aus die beiden hamburger Eckhard-Henscheid-Fan-Clubs auf, den Eckhard-Henscheid-Fan-Club Hamburg und den Eckhard-Henscheid-Fan-Club

Hamburg (M/L): Kehrt um! Spaltet Euch massenhaft! Lacht, worüber Ihr wollt, aber nicht über Marcel Reich-Ranicki! Wenigstens ein Jahr lang nicht!

Harry Rowohlt / Eckhard-Henscheid-Fan-Club Hamburg (Revisionisten)

Lieber Jörg: 9-6-86

Erst vorgestern bin ich in der Wanne dazu gekommen,

Vor dem Durchbruch noch ein Bier

zu lesen. So möchte ich auch schreiben können. So möchte ich auch reden können. Wer ist denn Wolf Reiser? Wo kann man mehr von ihm lesen? Das ist, als würde Mindy's Restaurant vom alten Herrn Mentz bewirtschaftet.

Übermorgen fahre ich endlich wieder nach Dublin, um ein Leben zu retten (oder zwei oder drei; wie's grad kommt) und einen neuen Flann O'Brien zusammenzustellen. Sonst für heute nichts Neues.

Mit Gott!

Harry

VON JÖRG FAUSER

Dear Harry, 10. 6. 86

Wolf Reiser spricht tatsächlich so, wie er schreibt, leider schreibt er noch nicht so viel. Im Sportheft, das gerade druckt, ist er aber mit einer Arie über das Duell Werder–Bayern vertreten – nicht ganz der große Blues, aber doch ein starkes Stück. Schön, wenn einer Leben retten darf, und dann noch in Dublin! Machs's gut + bis bald!

Jörg

Jörg Fauser war damals Redakteur der Zeitschrift »Transatlantik«.

VON FRIEDER FAIST, AUTOR

Sehr geehrter Herr Rowohlt, 25. Juni 1986

Sicher ist Ihnen mein Name nicht der geläufigste, doch der kleine Hinweis mag genügen, daß Sie ihn vielleicht schon einmal in einem Verlagsprospekt des Hauses Haffmans gesehen haben.

Mir scheint, es gibt reichlich Dinge, die man immer tun möchte, und dann nie tut. Wie ich aus eigener Erfahrung weiß, kann sich das in extremen Fällen ziemlich aufs Gemüt schlagen. Um schon dem Ansatz einer solchen Gefahr aus dem Wege zu gehen, mache ich hiermit etwas, was ich schon vor einigen Monaten tun wollte. In welcher Reihenfolge weiß ich jetzt nicht mehr genau, jedenfalls las ich in der ZEIT drei Beiträge von Ihnen. Der über Flann O'Brien hatte ein sehr direktes Ziel, das er in meinem Fall auch erreicht hat, indem ich mir die greifbaren Bücher gekauft habe. Zum Lesen bin ich zwar noch nicht gekommen, aber es wird auch nicht mehr lange dauern. Den Beitrag über das kubanische Filmfestival wollte ich zuerst gar nicht lesen. Von Augsburg aus gesehen, einer sehr engen Stadt, in der ich in einer kleinen Wohnung in einem sehr, sehr engen Zimmer sitze, ist Kuba weiter weg, als der Vollmond, der mich in manchen Nächten schlecht schlafen läßt. Hätte ich diesen Artikel tatsächlich nicht gelesen, hätte ich natürlich auch nie erfahren, was mir da entgangen wäre, origineller, respektloser, frecher, einfallsreicher, liebevoller und sehr persönlicher Journalismus, wie er nur jammervoll selten stattfindet. Ein Höchstmaß an Bewunderung freilich empfand ich für die Kinderbucherinnerung. Das war einfach einer der schönsten Aufsätze über Bücher und das Lesen, den ich je vor Augen hatte.

Ihre hohen Übersetzerqualitäten höre ich von allen Seiten rühmen. Dazu sagen kann ich wenig, da ich die Originale nicht kenne, bzw. sie in der Originalsprache nicht verstehen würde. Darum geht's mir auch gar nicht. Ich wundere mich einfach grenzenlos, daß ein Mann, der mit seiner eigenen Sprache so umgehen kann, wie Sie, nicht Artikel um Artikel, Buch um Buch veröffentlicht. Nach meinem Geschmack könnten Sie einer d e r Autoren sein.
Das, wie gesagt, wollte ich Ihnen eigentlich schon vor ein paar Monaten sagen.

Mit den besten Grüßen und Wünschen
Ihr
Frieder Faist

AN FRIEDER FAIST

Lieber Frieder Faist: 2-7-86

Uijuijui, so schön gepriesen wurde ich ja noch nie in meinem Leben. Das geht runter wie 5 pints of Guinness kurz vor 11, wenn der Mann »Time, gentlemen, please, now drink up, will you!« schreit. Im Gegenzug habe ich mir »Schattenspiele« gekauft und lese sie jetzt wie gebannt. Das Buch klingt genauso traurig wie Ihr Brief; Augsburg muß eine ziemlich enge Hölle sein. Ich bekomme direkt Lust, Sie dort mal zu besuchen und den Laden gepflegt von hinten aufzurollen, Rücken an Rücken.

Leider gibt es zwei Journalisten, die ich besser finde als mich: Uwe Kopf und Wolf Reiser.

Ach so, und einen Fehler (von den unzähligen Satzfehlern abgesehen) habe ich bisher in den »Schattenspielen« gefunden. Einmal hat sich der Taxifahrer »verfranst«, wie Sie schreiben. Grundfalsch. Im I. Weltkrieg wurden den Piloten schwundbedingt ständig wechselnde Navigatoren zugeteilt, und weil man sich deren Namen nicht merken konnte/wollte, wenn man nur einen Einsatz lang mit ihnen zu tun hatte, hießen sie alle Franz.

So, und jetzt greife ich mir wieder Ihr schönes Buch und gehe damit in den Park.

HOCH
DIE
INTERNATIONALE
SOLIDARITÄT,

Ihr *Harry Rowohlt*

AN GERTRAUD MIDDELHAUVE, VERLEGERIN

Liebe Mutter Middelhauve: 24-11-86

Heute ist das rattenscharfe neue Briefpapier gekommen, und Sie kriegen gleich den ersten Brief damit.

Und warum waren Sie nicht bei meinem Vorturnen in Köln? Es gab noch drei oder vier leere Stühle.

Doch nun zum Geschäft. Kennen Sie Shel Silverstein?

Ich kenne und liebe ihn seit Jahren als vielseitigen (und großenteils schweinischen) Liedermacher, der ausschließlich die Gruppen und Interpreten bedient, die auch ich mag, und der am besten ist, wenn er selbst singen darf. Ferner ist er auch als Cartoonist weltbekannt.

Nun war ich eben gerade in Amerika, und da ist er merkwürdigerweise im schlichten Volke als Kinderbuchautor am berühmtesten. Hierhergeschleppt habe ich

Who wants a cheap Rhinoceros?
The Giving Tree
Where the Sidewalk Ends
The Missing Piece
The Missing Piece Meets the Big O
A Light in the Attic
Lafcadio (The Lion Who Shot Back),

und da habe ich mir gedacht usw.

Nebenan, im LiBri der Buchhandlung Seifert, ist überhaupt kein Silverstein als lieferbar verzeichnet; das will zwar nichts heißen, aber wäre das nicht eine wunderbare Entdeckung für Sie? Soll ich Ihnen mal ein, zwei Bücher xerokopieren? Und dann machen wir zuerst die leichten und dann, nach dem überwältigenden Erfolg, die schweren, in Versen abgefaßten, gereimt? Ja?

Schönen Gruß, auch an dat Veralinchen,

Ihr *Harry Rowohlt*

Liebe Frau Middelhauve: 22-12-86

Anbei

Shel Silverstein, Lafcadio: Ein Löwe schießt zurück

Neulich ist mir aufgefallen, daß ich bisher erst einen einzigen Juden übersetzt habe: den unsäglichen Leonard Cohen; es ist eine Schande. Jetzt hat sich die Statistik auf einen Schlag und noch im alten Jahr gebessert.

Nun bleibt mir nur, Ihnen/Euch beiden einen reichen Weihnachtsbaum und eine schnittige Schußfahrt im wohlverdienten Skiurlaub zu wünschen. Und: Überlassen wir uns dem Wind unseres Herzens, solang er noch die Segel bläht (sagt das Radio gerade).

Ihr *Harry Rowohlt*

Die Paginierung des Manuskripts folgt im Maßstab 1:1 der Paginierung des Originals, obwohl letzteres gar keine hat, falls Sie verstehen, was ich meine.

D. O.

Neben »Lafcadio« hat HR zwei weitere Titel von Shel Silverstein übersetzt, ein vierter erscheint demnächst.

1987–1988

»Entweder die Beatles, oder die Stones,
entweder Gina Lollobrigida, oder Sophia Loren,
entweder Paris, oder London.«

AN DIETER GOLLEK, SEINERZEIT LEITER DER DRUCKEREI CLAUSEN & BOSSE IN LECK

Sehr geehrter Herr Gollek: 28-2-87

Haben Sie vielen Dank für die schöne Festschrift. Auch ohne sie wird mir meine Zeit in Leck immer unvergeßlich bleiben. Andere Suhrkamp-Lehrlinge sind für ihr Volontariat nach Heidelberg gegangen und haben dort »nebenbei« Vorlesungen belegt. Nachträglich weiß ich, daß ich in Nordfriesland viel besser aufgehoben war. Besonders die Herren Tesch und Folquardsen möchte ich im Personal meines Gedächtnisses nicht missen.

Und jene Nacht, in der ich den Schlüssel vergessen hatte und mich, um Frau Dr des Arts nicht zu wecken, in einen frisch shampoonierten Teppich gewickelt habe, der draußen zum Trocknen hing und gegen Morgen gefror, so daß man mich ganz vorsichtig auswickeln mußte, damit er nicht bricht. Und Schichtführer Biegalk, der stolz darauf war, kein einziges rororo gelesen zu haben. Und meinen Bart habe ich ebenfalls Leck zu verdanken; als er schon einigermaßen lang, aber immer noch unsichtbar war, mußte mir meine Nichte in der Drogerie heimlich Färbe-Shampoo kaufen, und seitdem sieht man ihn. Und Wiehießernochgleich, der sagte: »Laßt den Kleinen doch; wenn er jetzt kein Kommunist ist, wird ja nie ein anständiger Sozi aus ihm.«

Schönen Dank und schönen Gruß,

Ihr

Harry Rowohlt

AN HANS MAYER, LITERATURWISSENSCHAFTLER

Lieber und verehrter Hans Mayer: 19-3-87

Eigentlich wollte ich ein langes Telegramm schicken, weil aber eine Grippe meinen lyrisch timbrierten Kavaliers-Bariton so verzerrt hat, daß die Frau von der Telegrammaufnahme beim besten Willen nichts verstehen konnte, wird es ein kurzer Brief.

Vor vielen Jahren – ich hatte gerade den Führerschein gemacht – habe ich Sie mal von Volksdorf zum »Atlantic« gefahren, und als tatsächlich unvermittelt das Hotel auftauchte, sagten Sie: »Wie die alten Juden zu sagen pflegten: ›Und was tut Gott?‹« Und immer, wenn ich am »Atlantic« vorbeikomme, erzähle ich Dem/Der, der/die gerade bei mir ist: »Vor vielen Jahren – ich hatte gerade den Führerschein gemacht – habe ich mal Hans Mayer von Volksdorf zum ›Atlantic‹ gefahren, und als tatsächlich unvermittelt das Hotel auftauchte, sagte er: ›Wie die alten Juden zu sagen pflegten: Und was tut Gott?‹«

Präsenter kann man nicht sein.

Masl tov, und bis hundertzwanzig Jor,

Harry

AN HANS APEL, SEINERZEIT MdB

Sehr geehrter Genosse Apel: 23-3-87

Für mich sind Sie seit einiger Zeit der einzige Grund, nicht SPD zu wählen. Es gibt aber immer wieder soviele Gründe, es doch zu tun, daß meine politische Moral nicht ernstlich in Gefahr geraten ist. Wenn Sie sich aber nicht entblöden,

> BMW
> Brandt muß weg

zu sagen, kann ich nur erwidern:

> HSV
> Hänschen soll verduften.

Schönen Gruß,

Ihr

Harry Rowohlt

VON TILMANN P. GANGLOFF, JOURNALIST UND AUTOR

Lieber Herr Rowohlt, 24-3-87

ich bin verzweifelt, und indem ich mich an Sie wende, greife ich zum letztmöglichen Strohhalm – in der Hoffnung, daß Sie einem Kollegen seine kleine Bitte nicht abschlagen werden. Worum geht's? Seit ich vor einigen Jahren im »Willi Busch Report« Thilo Prückner mit einem Leuchtkugelschreiber im Kino sitzen sah, wollte ich auch einen haben (weil ich auch immer im Kino Notizen machen muß). Fortan versuchte ich alles mögliche, um an einen solchen Kuli heranzukommen (»Ein Kuli, der das, was man mit ihm schreibt, gleichzeitig beleuchtet? Ich kann Ihnen einen Kuli und eine Taschenlampe verkaufen!«).

Als ich dann vor gut einem Jahr in der »Zeit« Ihre Besprechung von »Subway« las, in der Sie schrieben, Ihr Leuchtkuli habe Sie mindestens ebenso fasziniert wie der Film (wär mir bestimmt auch so gegangen), schöpfte ich neue Hoffnung – vergebens. Wenn Sie mir nicht helfen, gebe ich auf. Ich bitte Sie, stehen Sie mir bei: Wo bekomme ich so einen verdammten Leuchtkugelschreiber? Ich hoffe auf Ihre Antwort, und: ganz herzlichen Dank im voraus,

T. Gangloff

Lieber Harry, Tübingen, den 27. 3. 1987

über Ihren Brief habe ich mich sehr gefreut. Warum ging der Kontakt zwischen uns verloren? Wir waren früher doch recht gut miteinander.
Am Dienstag nach Ostern (21. 4.) soll ich im Rathaus die Medaille für Kunst + Wissenschaft erhalten. Bist Du dann in Hamburg? Dann sollte man sich sehen.

Nochmals herzlichen Dank

hm

Lieber Hans Mayer: 28-3-87

Am 21. April bin ich leider nicht in Hamburg, weil ich in Winterthur lese. Und am Tag drauf in Sowieso und am Tag drauf in St Gallen. Ich habe nämlich auf meine alten Tage nicht nur eine Karriere als Hobby-Journalist begonnen, sondern auch noch eine als Vortragskünstler und tingele über die Dörfer, um dort gegen Gage und Getränke aus Selbstübersetztem vorzuturnen.

Sobald ich aber den Duse-Teller der Stadt Radolfzell verliehen kriege, hoffe ich, Sie in Tübingen besuchen zu können, und vielleicht sieht man sich noch früher.

Herzlichen Gruß,

Ihr

Harry Rowohlt

AN TILMANN P. GANGLOFF

Lieber Herr Gangloff: 28-3-87

Weil ich die schwarze Verzweiflung Ihrer Zeilen nicht ertrage, antworte ich postwendend.

Der/die Leuchtkugelschreiber stammen von Elisabeth Bethge, der Doyenne des Hamburger Schreibwarenhandels. Sie haben nur den Nachteil, daß sie nach anderthalb Filmen kaputt sind. Ich-selbst habe bisher zwei verschlissen und schreibe inzwischen wieder dunkel. Ich kann Ihnen nur abraten. Man ist, wenn man einmal das Licht gesehen hat, unglücklicher als zuvor. Es ist eine Schande, aber so ist es. Man könnte darüber lachen, wenn es nicht so traurig wäre. Und der Staat? Der Staat legt die Hände in den Schoß. Und fühlt sich nicht zuständig. Dabei kann man mit den bewußten Kugelschreibern – solange sie noch leuchten – nicht nur schreiben, sondern man kann sie sich auch in die Nase stecken und so der gesamten Mimik etwas Transparent/Sublimes geben. Aber eben nur für kurze Zeit.

Verbittert, aber ungebrochen,

Ihr

Harry Rowohlt

Liebe Genossinnen und Genossen! 30. März 1987

Ausgehend von einer Bemerkung im »SPIEGEL«, werde ich immer wieder mit dem Satz »BMW – Brandt muß weg« zitiert.

Ich lege darauf Wert, daß Euch der Sachverhalt bekannt wird:

Am Dienstag, 17. März 1987, wird in der Fraktion aufgrund von Agenturmeldungen bekannt, daß das Präsidium eine Nicht-Genossin zur Sprecherin des PV bestellt hat. Es gibt kritische Anfragen und Kommentare über die Entscheidung, die uns als Wille Willy Brandts dargestellt wird.

Ich sitze neben Freimut Duve und sage blödelnd: »BMW.« Duve antwortet: VW – von wegen. Er meint, er sei witziger und besser. Ich bitte ihn, mit diesem Quatsch aufzuhören. »Sonst steht das noch in der Zeitung.« Am Donnerstag sage ich dem ZDF, wie wütend ich über diese Personaldebatte sei, auch deswegen, weil sie unsere erfolgreichen Angriffe auf die Regierungserklärung von Kohl zudecke.

Am Montag stehe ich im »SPIEGEL«. Freimut Duve erklärt mir, er sei doch so empört gewesen über meine Äußerung, daß er nicht hätte schweigen können.

Bei Willy Brandt habe ich mich in der Sitzung des PV am 23. 3. 87 entschuldigt und ihm meine Betroffenheit dargelegt.

Mit bestem Gruß

Euer *Hans Apel*

AN PAUL HAUBRICH, JOURNALIST

Lieber Alter Hein: 12-4-87

Da es das – Dir mit getrennter Post zugehende – Buch noch nicht im Buchhandel gibt, schicke ich Dir mein leicht angeranztes Belegexemplar.
Als ich im Krankenhaus war, mit Hepatitis, liebte mich Stationsschwester Regine, ich hatte Blick (unverbaubar!) auf die Docks 12 bis 15, und unter meinem Fenster murkelten die Stadtstreicher friedlich herum, so daß ich ein Gelübde tat: Wenn ich dies hier alles fein überstehe, gebe ich einen aus. Und als es dann so weit war, kaufte ich je eine Flasche Scotch, Korn, Gin, Rum und Weinbrand; Blödmann, der ich bin, hatte ich, weil ich das für eine milde Beleidigung hielt, keinen Wermut gekauft. Aber immerhin wurde ich doch angestaunt wie Pieter Stuyvesant beim Erwerb von Manhattan, bzw. so, wie ich möchte, daß mich meine Ameisen in Páltsi (Griechenland) in Erinnerung behalten werden, die ich immer mit selbsterschlagenen Fliegen füttere: als Große Weiße Hoffnung. All das wünsche ich Dir auch. Außerdem habe ich mir sagen lassen, die ersten zwei Infarkte seien die erlebnisprallsten; alle weiteren seien matte Routine.

HOCH
DIE
INTERNATIONALE
SOLI
DARI
TÄT,
Dein *Harry*

Paul »Old Hein« Haubrich war ein alter Freund der Familie, inzwischen verstorben.

AN FRITZ WEIGLE (F. W. BERNSTEIN), ZEICHNER UND DICHTER

Lieber Fritz: 13-4-87

Fix und fertig konzipiert ragte eine Ansichtskarte mit westberliner Motiven vor meinem geistigen Auge auf.

> Lieber Fritz: Da liest man nun aus Selbstübersetztem vor und gibt sein Bestes und sogar sternhagelvoll noch dem RIAS ein Interview und hat gleich darauf Geburtstag, und wer steht am nächsten Tag im »Tagesspiegel«? –: Du. Da verschlägt es einem doch wirklich die Spra

Aber irgendwie ist es nie so recht zu dieser Ansichtskarte gekommen, und dann war auch der Groll allmählich verraucht, umsomehr, als es im »Alabama« wirklich sehr schön und sehr laut war, und die Kapelle spielte eins ums andere Mal

> So pour me another tequila,
> Sheila

und ich mußte sie fast alle selber trinken, weil die anderen immer nur fast manchmal einen getrunken haben, so daß es wie gesagt doch noch sehr schön wurde, so daß Ihr selbst schuld wart.

Und nun Deine Karte.
Tja.
Schnief.

Auf der Buchmesse werde ich mir wieder erlauben, Dir orig. Frankfurter Würstchen zu spendieren.

Dein *Harry*

AN MICHAEL BRAUN, DELTA FILMVERLEIH BERLIN

Lieber Michael Braun: 28-6-87

Ja. Wie gesagt. Deutsch ist, wie wir alle wissen, viel länger als Englisch, deshalb muß man furchtbar kürzen, und ein sehr ordentlicher, differenzierter englischer Satz hört sich dann auf deutsch plötzlich so lakonisch an wie die 10 Gebote.

Einen Film übersetze ich, glaube ich, nie wieder, und, ebenfalls, wie gesagt, habe ich den Eindruck, daß Sie dies als pädagogische Maßnahme geplant haben, damit ich nie mehr über Synchronisationen meckere.

Naja. Wenn der Regisseur soviel Erfahrung hat, soll er meine Übersetzung als Vorschlag verwenden und alles tun, was nötig ist. Ich bin jedenfalls skandierend und silbenzählend auf und ab gegangen und habe in englischer Sprache das Maul verzogen, und alle haben mich gehaßt. Zur Authentizität trägt vielleicht bei, daß die Übersetzung ähnlich wie die verschneiten Außenaufnahmen bei 40° im Schatten entstand.

Aber eine positive Erfahrung habe ich gemacht: Ich liebe es, wenn jemand im Off spricht. Dann kann man plötzlich wieder wie ein richtiger Übersetzer vor sich hin labern. Praktisch sieht das dann natürlich so aus, daß ein Mann eine Frau einsilbig anmufft, dann geht er ins Badezimmer, man hört, wie er, sich die Zähne putzend, in gewundene Panegyriken ausbricht, schließlich kommt er zurück und blafft: »Klamotten runter.«

Und diese Satzstellungen! Wie ich sie hasse. Immer wieder habe ich mich nach meinem geliebten Latein gesehnt. Da klötern die Wörter wie aus dem Klammerbeutel, und man verwendet sie, wie es einem in den Kram paßt und danke, Abpfiff, hat mich gefreut.

Ich werde, wenn ich in Berlin bin, anrufen und meine Aufwartung machen.

HOCH
DIE
INTERNATIONALE
SOLI
DARI
TÄT!
Harry Rowohlt

HR hat das Drehbuch zu John Hustons Film »Die Toten« (nach James Joyce) lippensynchron übersetzt.

AN TILMANN P. GANGLOFF

Lieber Herr Gangloff: 19-10-87

Inzwischen sind die Leuchtkugelschreiber wieder lieferbar, und weil ich so ein guter Mensch bin (und weil heute der Todestag von Dekan Swift ist), habe ich zwei Leuchtkugelschreiber gekauft, und einen davon kriegen Sie!

Na?

Schönen Gruß und frohes Munkeln,

Ihr *Harry Rowohlt*

VON TILMANN P. GANGLOFF

Lieber Harry Rowohlt, 25. 10. 1987

Sie können sich vorstellen, wie platt ich war, als Ihr Päckchen kam! Meine Frau schlug mir vor, ich sollte die ersten Notizen, die ich im Kino mit dem Leuchtkuli niederschreibe, einrahmen und Ihnen zukommen lassen. Aber ich denke mir, daß Sie mit der Filmbesprechung, die ich dann aus den Notizen gemacht habe (»Die Familie«), mehr anfangen können. Und damit Sie einen Vergleich haben zu den Werken meiner leuchtkulilosen Zeit, habe ich Ihnen noch ein paar ältere Kritiken beigelegt. Hoffentlich macht Ihnen das Lesen so viel Spaß wie mir das Schreiben!

Ich glaube, ich mache Ihnen keine leere Versprechung, wenn ich Ihnen versichere, bei jedem beruflichen Kinobesuch an Sie zu denken! Möge unser lucifer portabilis dem Musenkuß den rechten Weg leuchten ...

Ganz, ganz herzlichen Dank und liebe Grüße,

Tilmann Gangloff

PS. Und möge das Schicksal für Sie und mich ein angenehmeres Ende gewähren, als es dem geschätzten Mr. Swift beschieden war ...

AN MICHAEL BRAUN

Lieber Michael: 15-11-87

Schönen Dank für die Kohle.

Und nun hätte ich gern noch zum Zwecke der stillen Selbstvergötzung die beiden Plakate.

Ich bin ja, wie ich Dir vielleicht mehrmals erzählt habe, auf meine alten Tage Vortragskünstler geworden, und dabei habe ich nie Lampenfieber. Alle anständigen Versteller haben immer Lampenfieber –: ich nicht. (Liegt wahrscheinlich ganz schlicht daran, daß ich meinen Text nicht zu können brauche, sondern vom Buche ablese, aber egal.) Als ich aber im Kino saß, und der schöne stille Vorspann von »The Dead« wurde abgewickelt, und leise spielte es auf der Harfe, dachte ich: »Omann, gleich sieht man lauter Leute, und die sagen etwas, und es ist alles, alles meine Schuld.« Lampenfieber. Toll.

Und schöne Stimmen; kann man nicht meckern. Dabeigewesen wäre ich trotzdem gern; dann hätten sie nicht immer »Gelvey« statt »Galway« gesagt. Außerdem setzten die Herrschaften gern eine Zehntelsekunde zu spät ein, so daß es wirkte, als sei der – ursprünglich deutsche – Text nochmal nachsynchronisiert worden. Und ich hätte immer brav »Delta Film Delta Film Delta Film« geschrieben. Oder, wenn ich broiges gewesen wäre, leicht verschlüsselt »Phi Film Phi Film Phi Film«.

Ich war jedenfalls sehr zufrieden und habe zweimal geweint. Schönen Gruß und schönen Dank an den Herrn Regisseur.

Hast Du nun eigentlich Joffi die Lindenstraße ausgeredet? Ich glotze immer brav, und nichts ist.

Und nun zurück in die Salpetermine (ich schreibe nämlich gerade mein erstes Buch, hoho. D.h. ich betexte vorgefundene Bilder. Das ist zwar nicht schwer, aber es gefällt mir nicht, und ich habe den Verdacht, daß es genauso sein soll. Im »Kürschner«: sehen wir uns wieder).

Erhalte Dich.

Dein *Harry*

AN HORST WANDREY, LEKTOR DES HENSCHEL VERLAGS, BERLIN

Lieber Horst Wandrey: 11-3-88

Herzlichen Dank für den lieben Brief von Ihrer lieben Frau.

Ich hab da mal ne Frage. Meine Mutter hat zwei Bilder von Ernst Rowohlt, eins von Kokoschka (wie es im »Schwejk« heißt: »... der Maler Kokoška, der was den Hundsdreck sammelt ...«) und eins von Gulbransson. Das von Kokoschka kriegt mein Bruder, und nach seinem Tode kommt es als Dauerleihgabe ins Marbacher Literaturarchiv, und das von Gulbransson wollte meine Mutter (»Die wichtigste Zeit von Ernst war doch in Berlin«) ans (West-)Berliner Stadtmuseum geben. Die waren aber zu blöd dafür. Danach wollte sie es der (West-)Berliner Akademie der Schönen Künste (oder wie der Laden heißt) leihen, aber die hatten ebenfalls noch nie was von Ernst Rowohlt gehört. Daraufhin habe ich ihr gesagt, sie soll es doch der Karl-Marx-Universität in Leipzig leihen; dort ist der Alte immerhin Ehrendoktor, und eine Ernst-Rowohlt-Straße gibt es auch in Leipzig, und die freuen sich bestimmt. Also an wen wendet sie sich da am besten?

Na? Habe ich mich nicht wieder schön verdient gemacht um Eure Republik?

Als hätte ich sonst nichts zu tun. FÜNF Gedichte habe ich heute übersetzt. Und alle reimen sie sich, daß es nur so glitscht.

Schönen Gruß, auch und besonders zu Hause,

Harry Rowohlt

AN GERTRAUD MIDDELHAUVE

Liebe Mutter Middelhauve: 21-3-88

Anbei

Shel Silverstein, Ein Licht im Oberstübchen

»Der Eisschrankbär« ist bereits irgendwo bei Ihnen unter Leitz zu finden. Sonst mach ich ihn natürlich gern noch mal; die Übung hab ich ja.

Als ich das letzte Gedicht, »Diese Brücke«, rausgehauen hatte, habe ich ganzganz vorsichtig umgeblättert … … …, und WER beschreibt mein Entzücken, als tatsächlich nicht doch noch ein Gedicht kam, sondern nur das Inhaltsverzeichnis.

Mehrere, um nicht zu sagen einige bzw. viele Gedichte sind nicht so toll, und das liegt, glaube ich, daran, daß sie im Original auch nicht so doll sind, sowie daran, daß Uncle Shelby, wie Edite Kroll sagt, null Abstand zu seinen Werken hat und alles gleich irre findet.

Muß ich da wirklich im Berliner Literaturhaus lesen? Noch dazu an einem Sonntag, wenn all die gruusigen Grün/Alternativen ihre Gören mitbringen, anstatt sie zu verdreschen? Wenn Sie meinen.

Ich habe nicht nochmal korrekturgelesen, weil ich das ja noch à gogo tun werde, und es muß jetzt auch aus dem Haus und vom Tisch, damit Dylan Thomas sich breitmachen kann.

MEIN ARBEITSPLATZ – MEIN KAMPFPLATZ FÜR DEN FRIEDEN!

Harry Rowohlt

Liebe Frau Middelhauve: 14-4-88

ZEILENANFÄNGE BITTE GROSS!

Schönen Dank für Ihren Brief.

ZEILENANFÄNGE BITTE GROSS!

S. 65: Von Leihgebühr ist doch auch gar nicht die Rede (davon abgesehen, daß ich nicht gewußt hätte, daß es keine Leihgebühr gibt, weil ich mir zum letztenmal 1971 in einer Öffentl. Leihbücherei ein Buch ausgeliehen habe).

ZEILENANFÄNGE BITTE GROSS!

S. 83: Habe ich im Original auch besser verstanden.

ZEILENANFÄNGE BITTE GROSS!

S. 135: »Scharnier« oder »Angel« oder »Gelenk« war mir zu unklar. Also habe ich das Bild illustriert. Zusammen mit der Überschrift wird, finde ich, durchaus ein Schuh draus.

ZEILENANFÄNGE BITTE GROSS!

S. 152: Die letzten beiden Zeilen finde ich im Deutschen besser. Denn wieso ist das Balg not ready yet? Nie wird es ready sein. Weshalb Gott sich sagt: »Naja, war nur so ne Idee.«

ZEILENANFÄNGE BITTE GROSS!

Was ist denn nun mit meiner Lesung in Berlin? Nachdem ich mich durch Selbsthypnose davon überzeugt habe, daß es mir doch fast nichts ausmacht, ist nun plötzlich nichts mehr. Oder sind Sie davon abgekommen, weil Sie die Gedichte zu beschissen und/oder die deutschen Blagen zu blöd finden?

Wie wäre es denn mit

EIN LICHT UNTERM DACH

? Denn selbst Veralinchen, das Maß aller Dinge, würde doch durchaus sagen (oder zumindest verstehen): »Du Christ gleich was aufs Dach.«

A propos Christ: Ein Türke hat vorgestern zu mir gesagt: »Mohammed hatte keinen Kühlschrank, er hatte Schiß vor Weiber, und nach zwei Bier war er besoffen. Da hast du den ganzen Islam.« Jetzt habe ich's amtlich und konzis, was ich selbst immer diffus gedacht hatte.

Schönen Gruß,

Harry Rowohlt

P.S.: Zeilenanfänge bitte groß!

Liebe Frau Middelhauve: 14-4-88 19:40 h

Nachschrift

Bitte fangen Sie jetzt nicht in dem Maße an zu redigieren. Ich streich es ja doch wieder raus.

Eben habe ich nochmal Ihre inkriminierten Beispiele betrachtet (ich hatte angenommen, es wären vielviel mehr und ganzganz andere), und da muß ich sagen, daß ich, wenn ich

Gäb' es

mit Apostroph schreibe und

scheints

ohne, mir was dabei gedacht habe. Ich hab keine Lust (und leider auch keine Zeit), um sowas zu kämpfen.

Ich dachte, Sie hätten meine Eindeutschungen schön gefunden. Dann geben Sie sie doch in Satz; sauber getippt sind sie; was solls.

Und wenn Sie das meiste »Altmännerkram« finden, kann ich Ihnen nur sagen (und mit 43 weiß ich, was ein alter Mann ist), daß die allermeiste Literatur (usw.) Altmännerkram ist. Das »Kinder-« in »Kinderbuch« ist ein genetivus obiectivus. Gestern z.B. habe ich den ganzen Tag mit großem Genuß »Pu baut ein Haus« korrekturgelesen. Hat auch ein alter Mann geschrieben.

Die allermeisten Gedichte sind doch aber ganz toll (oder steil) … Ein paar Durchhänger gibt es, und die sind auf deutsch ebenfalls nicht der ganz große Blues. Ich weiß das doch; ich hab sie doch getestet.

Außerdem gibt es viele verschiedene Arten von alten Männern. Es gibt alte Männer, die sind Jahrhundertgenies, und es gibt alte Männer, die schneiden aus Buntpapier Mäuse aus.

Harry Rowohlt

AN ALMUT GERNHARDT, MALERIN

Liebe Knallwine: 29-6-88

Anbei ein paar Aufnahmen, mal mehr, mal weniger schmeichelhaft, meist mit, mal ohne Brille, meist ohne, mal mit Oma Gerda. Krieg ich sie wohl zurück?

Aufgebahrt wie Ché müßte es vielleicht sein, und von Pfeilen durchbohrt wie der Hl. Sebastian, und mit einer kleinen Übergangsharfe für vor die Tür. Und natürlich reichlich nackte Weiber, damit die Kasse stimmt. Du mußt dann auch mit nach Zürich zum Verbeugen, ich, und Du, und mein Kompagnon Helmut Mennicken M. A., am 13. März 1989, wenn es O-Saft gibt und Schnittchen, Le Trio Infernal, die rechte und die linke Hand des Teufels, Mennicken M. A. die linke, ich die rechte, und Du, Klangwine, so über den Wassern schwebt und bebt; das ziehen wir dann alles einwandfrei durch. Ich rauche auch wieder nur ganz wenig und möglichst zum Fenster raus.

Eben habe ich getippt

> und die klaren, kalten Blasen des Biers spülten ordentlich durch, stachen durch die Fichtennadel-, Knebel-, Watte-und-Ammoniak-Luft der frisch gefeudelten Bar, und nach einem guten, har-

und als nächstes kommt

> ten Gefeudel, von dem man ins Schwitzen kam, und ein paar guten kalten Kalten, um die Augen zu reinigen, taumelten wir zur weit offenen, hellen Tür und sahen reine Luft und Hitze an und Bonaparte, wie er pützte, und die Konvektionsströmungen, die

Und so geht es für und für und hört nie auf. Dein *Harry*

Almut Gernhardt hat die Titelillustration für die im Haffmans Verlag erschienene Ausgabe von »In Schwimmen-zwei-Vögel« gezeichnet.

AN MATTHIAS ALTENBURG, SCHRIFTSTELLER

Lieber Matthias Altenburg: 3-8-88

Danke für den schönen Artikel, danke für das schöne Lob. Und einen schönen Gruß an die Anglistin aus Göttingen, aber gegen die »Ulysses«-Übersetzung von Wollschläger habe ich nie gemosert, weil ich nur die von Goyert kenne. Die von Wollschläger habe ich nicht aus Angst oder sonstwas nicht gelesen, sondern aus Blödheit, weil ich nämlich Flann-O'Brien-Fan bin; das ist nichts Persönliches; das ist wie Mannschaftssport. Entweder oder. Entweder die Beatles, oder die Stones, entweder Gina Lollobrigida, oder Sophia Loren, entweder Paris, oder London. Und zu unserem Westkurven-Selbstverständnis gehört nun mal, daß man das Ansehen Joyce' schmälert, wann immer man kann. Ich hoffe, am 16. Juni einigermaßen gute Vereinsarbeit geleistet zu haben.

Vielleicht gibt es im nächsten Jahr auf Kampnagel wieder eine Mammutlesung, am 13. März, von »In Schwimmen-zwei-Vögel«, dem besten Buch der Welt, welches auf den Kopp genau 50 Jahre nach dem 1. Erscheinen bei Haffmans in neuer Übersetzung rauskommen wird. Da gibt es dann auch wieder keinen Premieren-Sekt, sondern was Ordentliches.

Sláinte,

Harry Rowohlt

AN MICHAEL NAUMANN, EHEDEM LEITER DES ROWOHLT VERAGES

Lieber Mike: 18. Aug 1988

Du hast natürlich recht, mit einer kleinen Einschränkung: Du hast nämlich unrecht. Wenn ich Naumann hieße, brauchte man mich nicht dazu breitzuschlagen, etwas für den Naumann-Verlag zu tun; vgl. Hamburger Telefonbuch (Rowohlt: 6 Eintragungen, Naumann: 228 Eintragungen).

Und wenn einem auf der Straße Köpfe wie Uli Mack (also doch eher Insider) begegnen und sagen: »Na, machst immer noch schöne Übersetzungen? Für den Verlach?« und man betreibt dieses gentleman's hobby nun schon seit 59 Büchern, und die Menschen haben immer noch nicht gemerkt, daß dies auch um des Ruhmes willen geschieht, dann usw.

Außerdem dachte ich, ich hätte erstmal mit der Kater-Geschichte mein Versprechen abgegolten, denn die ist optisch ja auch wieder son Scheiß.

Schön und tröstlich war Heepes Spruch, »Gut, dann machen wir mal was zusammen, wenn Sie erwachsen sind«, und gut ist auch Dein kryptischer Rat, endlich das Stück Seife aus der Hand zu legen, aber ich bin dem Haffmans Verlag seit mehr als 500 Jahren freundschaftlich verbunden, und, und das wiegt fast noch schwerer, ich heiße nicht Haffmans.

Und vielleicht wird die Milne-Übersetzung ja auch die hinterletzte Affenpisse, die Du von vier Lektoren am Brahmsee in Klausur umschreiben lassen müßtest. Haste wieder gespart.

Sei mir bitte schon mal und auf jeden Fall nicht böse. Das wäre fast so schlimm, wie wenn Tommy Bodmer mir böse wäre.

Schönen Gruß und Dank an Christa: Ich habe nur die ersten siebeneinhalb Minuten lang vorgelesen, was im Buche stand; danach habe ich, soweit es direkte Rede war, aus dem Hute improvisiert, weil ich es sonst nicht hätte vorlesen können. Wir sind eben ziemliche Säue, wir Versteller.

MEIN ARBEITSPLATZ –

MEIN KAMPFPLATZ FÜR DEN FRIEDEN!

Dein *Harry*

<— geknickt

Naumann hatte HR um eine Übersetzung gebeten.

VON MICHAEL NAUMANN

Mit freundlichen Empfehlungen (undatiert)
Pears.

Lieber Harry, das Stück Seife, gar nicht kryptisch, trug Poldi einen Tag lang durch Dublin. Für Molly. I love you. I löw you.

Mike

AN JOSEPH VON WESTPHALEN, SCHRIFTSTELLER

Lieber Joseph: 24-10-88

Von einem längeren Ausflug ins Zombietum zurückgekehrt, habe ich eben den Vorabdruck in der taz gelesen, und in Selbstverpflichtung (wie es in der Ostzone heißt) verspreche ich hiermit, daß in einer meiner nächsten (möglichst der nächsten, falls es irgend paßt) Filmkritiken die Wörter »Soldat« und »Mülltüte« vorkommen werden.

FC St PAULI:
NIE WIEDER FASCHISMUS!
NIE WIEDER 2. LIGA!

Dein *Harry*

(Ers.-Res. II)

Joseph von Westphalen hatte in seinem Briefwechsel mit Monika Maron im ZEITmagazin den Satz geschrieben: »Mir ist eine Mülltüte am Waldesrand lieber als ein Soldat«, worauf es mächtigen Ärger mit den Herausgebern sowie der Bundeswehr gab.

AN MOGENS WENZEL ANDREASEN,
DÄNISCHER ÜBERSETZER

Lieber Kollege: 20-12-88

Ich schreibe Dir unhöflicherweise auf deutsch und nicht – neutral – auf englisch, weil Du ja, indem Du mein Buch übersetzt hast, bewiesen hast, daß du Deutsch kannst.

Warum hast Du den Schluß verbessert?

In einem Krimi (und damit in jedem Buch) kommt im Idealfall der Überraschungsschluß auf der letzten Seite. Wenn der Idealfall noch idealer ist, im letzten Satz. Bei »Ich, Kater Robinson« ist der Idealfall so ideal, daß der Knüller erst im letzten Wort kommt: »… Du.«

Und jetzt kommst Du und klebst noch drei Wörter dran und machst damit rückwirkend das gesamte Buch zur klebrigen Schnulze.

Ich habe bisher 59 Bücher übersetzt, aber ich fand es noch nie nötig, das Original zu verbessern. Das ist eine Frage – nicht nur des Geschmacks, denn den hat man, oder man hat ihn nicht – des Berufsethos, mein Alter.

Sorge bitte dafür, daß Deine drei Wörter, falls es eine Neuauflage von »Jeg, Robinson Hankat« geben sollte, ersatzlos gestrichen werden.

Danke und schönen Gruß,

Harry Rowohlt

AN HEINRICH MARIA LEDIG-ROWOHLT

Mein liebes Brüderchen: 20-12-88

Gestern kam ich aus dem Krankenhaus zurück – Pauline, mach das Bruchband los; jetzt geht der Rummel los – und fand Deine Liebesgabe vor … Ist zerbrechlich und gluckert … Was mag das sein?

Laut aufgeschrien … Eben habe ich die beiden Bücher geholt, um sie für Dich einzutüten, und mich beim Hinsetzen falsch abgestützt … Husten, Naseputzen, Lachen und Bewegungen aller Art tun noch höllisch weh. Geniest habe ich gottlob noch nicht; das wird fürchterlich. Hattest Du auch schon mal einen Leistenbruch? Der hatte mich eigentlich gar nicht gestört, nur die Operation ist lästig.

Und heute muß ein Artikel fertig sein für »Saison – das Reisemagazin von GEO«, über Ein Wochenende auf der Schönheitsfarm, von dem natürlich noch keine einzige Silbe steht. Etwas Bleibendes habe ich mir dort geholt, damit der Fotograf ein Vorher/Nachher-Bild machen konnte: gefärbte Wimpern. Sieht man aber glücklicherweise nicht, wenn mans nicht weiß.

Hoffentlich gefallen Dir die beiden Baxters. Wir wünschen Euch beiden einstweilen einen besinnlichen Jahreswechsel (»Rücken an Rücken«, wie Dieter v. Holtzbrinck in seiner Tischrede sagte), und ich werde versuchen, an etwas anderes zu denken als an die Fäden, die ich mir am Freitag werde ziehen lassen, z.B. in Liebe an Dich, und das ist ja eine ganz leichte Übung.

Dein *Harry*

1989

»Es gibt eins, was ich gut kann: Nicht verlieren.«

AN THOMAS BODMER, SEINERZEIT LEKTOR BEIM HAFFMANS VERLAG

Lieber Tommy: 6-2-89

Vorgestern hatte ich ein Erlebnis, und das ging so:

Ich war in den »Golden Temple« gegangen, ein vegetarisches Sikh-Restaurant, um ein Shakti zu essen, und setzte mich und schlug die taz auf und las die Tagesdeutung auf der 1. Seite des Lokalteils: »Die wenigsten wissen, daß auch das Nichtschreiben die Frucht langer und mühseliger Arbeit ist. – Anton Kuh« Ich lachte leise in mich hinein, und dann kam Karin Struck und setzte sich an meinen Tisch, und ich habe ihr nicht die betreffende Seite gezeigt und nicht zu ihr gesagt: »Da, lesense das mal, Frau Struck.« Und wer mich in Zukunft als ungehobelt bezeichnet, holt sich einen Satz warme Ohren.

Außerdem habe ich Frieder Faist angerufen; er saß aber auf dem Klo, und als er fertig war, sagte ich zu ihm: »Schade, jetzt mußt du mit dem Auftrag noch etwas warten. Ich wollte dich nämlich bitten, weil du doch so günstig in Augsburg wohnst, bei Herrn Seiler ins Treppenhaus zu scheißen.«

Und nachträglich die allerherzlichsten Glück- und Segenswünsche fers Böbbelsche; ich habs erst beim Kalenderblattabreißen bemerkt, und da wars zu spät.

Für heute sonst nichts Neues.

Dein *Harry*

P. S.: Karin Struck las in einem dicken Buch mit dem Titel »Die Dynamik des Reichtums« und bestellte einen Kakao mit Sahnehaube, den sie so laut schlürfte, daß ich mir das linke Ohr zuhalten mußte, um mein Shakti essen zu können. Danach hat sie sich noch 4 Kugeln Eis (2 Karo, 2 Erdnuß) reingefaxt. Ebenfalls mit Sahne. D. O.

AN WIGLAF DROSTE, SCHRIFTSTELLER UND SÄNGER

Lieber Wichlaf, 15-5-89

Ich wähle diese Anrede, weil ich Deinen Namen zum erstenmal von Renée aus Dor'mund ausgesprochen gehört habe.

Was gibt es Schöneres als nach einer langen Bahnreise in die Wanne zu steigen, und zwar mit 20 Tropfen Olbas, Pond's Pflegebad mit natürlicher Aloe vera, »Palmolive« Hautbalance-Pflegebad, Badeöl aus dem »Body Shop« (was auf deutsch Karosseriewerkstatt heißt, Blödsäcke, die sie sind), Duftrichtung »Samarkand«, sowie Salz aus dem orig. Toten Meer, Marke »Sodom«? Dies ist keine rhetorische (in der taz würde es »rethorisch« heißen, jede Wette) Frage, sondern die Antwort kann nur lauten: Eins gibt es, das schöner ist, als nach einer langen Bahnreise mit 20 Tropfen Olbas, Aloe vera, Hautbalance, Badeöl und »Sodom« in die Wanne zu steigen, und das ist: Mit Olbas, Aloe, Balance, Öl und Salz und Deinem Sammelband »Kommunikaze« in die Wanne zu steigen.

Und der Bericht von den Flying Pickets wäre, glaube ich, gern von mir gewesen.

Schönen Gruß,

Harry

AN JÜRG LAEDERACH, SCHRIFTSTELLER UND MUSIKER

Lieber Jürg Laederach: 3-6-89

Ein schöner Spruch ist das, ein rundherum schöner Spruch. Hier nochmal den schönen Spruch.

Harry Rowohlts Übersetzer-Arm wuchtet im Deutschen
aus dem Text heraus, was gar nur möglich ist;
mitunter liest sich das Spott-Heroische wie
ein wildgewordener Gustav Schwab, was das Vergnügen genrehaft verengt.

Und nun lies den Spruch noch mal.
Na?
Hab ich mich darum gerissen, »At Swim-Two-Birds« neu zu übersetzen? Hättest Du das lieber getan? Warum hast Du es dann nicht getan? Weil Du nur zu Sätzen fähig bist, wie wir sie eben gelesen haben.
Ich verstehe den Spruch nicht. Du verstehst den Spruch nicht. Aber wenn ich Dich mal treffe, haue ich Dir dermaßen einen in die Fresse, daß wir beide was verstehen.

Es gibt eins, was ich gut kann: Nicht verlieren. Und der Tag, an dem Du aus freier Willensentscheidung beschlossen hast, mich zum Feind haben zu wollen –: Das ist der Tag, an dem Deine Niederlagen begonnen haben. Zähl sie nach. Ab jetzt wird Dir nie wieder etwas gelingen.
Und falls Du glaubst, dies sei ein Fluch –: Dies ist einer. Lern Klavierspielen.
Sálü,

Harry Rowohlt

Anläßlich einer Rezension des Schweizer Schriftstellers J. Laederach von »In Schwimmen-zwei-Vögel«.

liebster Harry 7. 6. 89

Sie wurden mir allerseits als eitler Pfau geschildert, der auf jede seiner luftwärts gespreizten spitzen Federn aufpasst. Ich komme überdies grad vom TV-Programm von France 2, wo ich im Cartoon einen Stierkampf sah, zwischen einem Stier, der sich persönlich die Hörner auf einem Schleifstein schärfte, und einem Hasen, der einen 2 m breiten Sombrero trug. Lassen Sie mich der Hase sein, der dem als Pfau getarnten Stier (od. umgekehrt) neben dem Horn was ins Ohr flüstert: Sie wurden kaum geruffelt, ad eins. Der von ihnen citato Satz enthält mehrere Komplimente, ad zwei. Wer Flann O'Brien übersetzt, kann kein schlechter Mensch sein, auch wenn er mehrere Tiere ist, ad drei. Ernest Hemingway schoss sich mit seiner fuchtelnden grossen Büchse selbst in den Kopf, ad vier. Ich kann sehr gut Klavier spielen, ohne Noten, Bar-Klavier, ad fünf.

Conclusio: Sie wollten mir mit Ihrem ruffelnden Brief herzlich für meine Kritik danken, und Ihnen ist bewusst, dass Sie lange werden warten müssen, bis Sie wieder einmal so gut bedient werden. Andernfalls: stellen Sie mir bitte die Komplimente des Konkurrenz-Rezensenten zu, damit ich sie sogleich übertreffe.

mit fürchterlichem Gruss

Ihr

Laederach

AN JÜRG LAEDERACH

Lieber Jürg Laederach: 27-6-89

Auch wieder so ein schönes Bild: »… eitler Pfau, … der auf jede seiner luftwärts gespreizten spitzen Federn aufpaßt.« Wenn alle Federn luftwärts gespreizt sind –: Wie soll der arme Pfau denn ein anständiges Rad schlagen?

Nein, nein, lieber Jürg Laederach, ich bin gar nicht eitel; ich bin nur sehr, sehr gut.

Mit liebem Gruß,

Harry Rowohlt

(nach Diktat eingeschnappt)

Sehr geehrter Herr Rowohlt! 28. 6. 89

ich bin gerade dabei, Ihre hervorragende Übersetzung von Robert Crumb zu lesen – genauer, seine »Endzeit-Comics« – und entdecke auf Seite 148 Ihre Anmerkung, daß der die »Psychopathia Sexualis« herausgebende Verlag auch antisemitische Hetzschriften herausgibt! Meines Wissens wird dieses höchst vergnügliche Lebenswerk des Herrn von Krafft-Ebing aber vom Matthes & Seitz-Verlag veröffentlicht, und DEN hatte ich bis jetzt immer als eher linksgerichteten Verein mit Öko-Appeal betrachtet. Zugegebenermaßen kenne ich von Matthes & Seitz aber nur wenig, ich erinnere mich jedoch ziemlich deutlich an eine zweibändige Rimbaud-Übersetzung, die die konservative Romanisten-Professorenschaft an meiner Uni locker vom Stühlchen gefegt hat. Tja, und jetzt lese ich sowas!! Deswegen will ich hiermit anfragen, ob Sie tatsächlich Matthes & Seitz gemeint haben?! Immerhin, deren Verlagsort ist ja München …

Über eine Klärung meiner Frage wäre ich Ihnen wirklich sehr dankbar, und außerdem wünsche ich Ihnen auch weiterhin so viel tolle Ideen für Ihre Übersetzungen.

Mit besten Grüßen

Ihre

U. H. B.

AN HENNING VOSCHERAU, SEINERZEIT ERSTER BÜRGERMEISTER VON HAMBURG

Sehr verehrter Herr Erster Bürgermeister, 1-7-89
lieber Genosse Voscherau:

Die Kampnagelfabrik soll, wie ich höre, durch Streichung von Mitteln abgeschafft werden. Das fände ich schade. Schade? Nein, ich wäre persönlich beleidigt, denn Veranstaltungen wie der »Bloomsday« (die Marathon-Lesung des gesamten »Ulysses« von J. Joyce am 16. Juni letzten Jahres) oder die Zelebrierung des Werks »In Schwimmen-zwei-Vögel« von Flann O'Brien am 12. März waren, so empfand das jeder, der dabei war, Jahrhundert-Ereignisse.

Immerhin: 2 Jahrhundert-Ereignisse in nur 2 Jahren. Und die wären ohne diesen ganz besonderen Zauber, der auf dem Kampnagelgelände und all seinen Mitarbeitern ruht, nicht möglich gewesen.

Hannah Hurtzig, die Intendantin, sagte neulich, wenn sie mit Kampnagel baden geht, macht sie einen original österreichischen Würschtlstand auf, und das ist eine verlockende Alternative, aber beleidigt wäre ich trotzdem.

Machen Sie lieber die Staatsoper dicht; davon würde ich dann wenigstens nichts merken.

Schönen Gruß und schönen Dank für Ihre – stell ich mir mal so vor – Aufmerksamkeit,

Ihr *Harry Rowohlt*

VON HENNING VOSCHERAU

Sehr geehrter Herr Rowohlt, 20. 7. 1989

ich danke Ihnen für Ihre Zuschrift, mit der Sie sich für den Erhalt von Kampnagel einsetzen.

Seit Ende 1988 mußte allen Betroffenen klar sein, daß die im Rahmen der Haushaltsberatungen 1990 zu treffenden Entscheidungen über die Zukunft von Kampnagel keine Frage von Entweder – Oder sein würde, sondern eine der Rechtsform und der Höhe der öffentlichen Subventionen.

Auf dieser Basis hat der Senat seine Entscheidung getroffen. Das Ergebnis lege ich Ihnen bei.

Mit freundlichen Grüßen

Henning Voscherau

AN GUNTER SCHÄBLE, SEINERZEIT REDAKTEUR DES SÜDWESTFUNKS

Sehr geehrter Herr Dr Schäble: 21-8-89
17:15h

Jetzt ist es endlich passiert. Ich habe das »Palaver« von Max Frisch gelesen. Ich wollte Sie gleich anrufen, war aber ein bißchen spät dran.

Ich lasse mich gern unterhalten, oder ich lasse mich gern informieren, um dann leichter selbst denken zu können, und ganz besonders gern laß ich mich unterhaltsam informieren –, aber wenn mich jemand belehren will, noch dazu so, wie es in den »Nichtarischen Arien« von Georg Kreisler heißt, »... doch wenn mir wer was Dummes sagt, was ich doch gar nicht brauch, dann hau ich ihm auf seinen Kopf und tret ihm in den Bauch.«

Und genau das möchte ich beim hochverdienten Max Frisch nicht tun, schon gar nicht anläßlich meines Einstands beim Radio.

Außerdem ist es ja gar nicht so schlimm, daß es vielleicht was Dummes wäre oder falsch, nein, viel schlimmer: ES STIMMT ALLES, UND ICH BIN GENAU DERSELBEN MEINUNG UND HAB DAS ALLES LÄNGST GEWUSST!

Weil ich nicht weiß, ob wir uns morgen telefonisch verpassen, schreibe ich Ihnen schnell und grüße Sie vielmals.

Ihr *Harry Rowohlt*

Auf eine Anfrage, M. Frischs »Palaver« fürs Radio zu lesen.

AN DIE LESERIN U. H. B.

Sehr geehrte Frau B.: 8-9-89

Vielen Dank für Ihr schönes Lob.

Ach, ist das lange her. Auf der vor- oder vorvorletzten Buchmesse ging ich zum Matthes-&-Seitz-Stand, um eine »Psychopathia Sexualis«-Ausgabe mit Messe- (und, wenn möglich, mit Kollegenrabatt) Ermäßigung zu kaufen, und dazu sagte ich dem leitenden Herrn (ob es Matthes oder Seitz war, weiß ich nicht mehr; es gibt da nur einen, und ich vergeß immer, welches der andere war), wozu ich das Buch brauche, und der Verlag würde auch angemessen erwähnt usw., und da hat mich der Quidam dermaßen angebölkt, was 2001 betrifft und überhaupt, daß ich einen richtigen Schreck kriegte. Später klagte ich dann am Haffmans-Stand darüber und sagte: »Das wird meine gute Tat dieser Messe sein: Irgendwie Matthes & Seitz auf Null bringen.« Jan Philipp Reemtsma meinte dazu, dies hörend: »Dies ist ein Ziel, aufs innigste zu wünschen. Sehen Sie sich allein schon mal dieses angeblich poststrukturalistische Schwein Baudrillard an …: Na!« Naja, und bei Baudrillard stehen ja tatsächlich Hämmer; Juden, heißt es dort, seien zu wirklicher Literatur unfähig, weil sie der HEIMAT entbehrten, weshalb nur oberflächlicher Asphaltkram bei ihnen herauskäme und was dergl. mehr ist. Nun hätte ich liebend gern noch mal Reemtsma angerufen, um das für Sie zu verifizieren, aber er hat natürlich eine Geheimnummer, und bis ich Rauschenbach angerufen habe, der mir J. Ph. R.s Nummer gibt, und bis ich Reemtsma beruhigt habe, daß ich seine Nummer unverzüglich wegschmeiße, kriegen Sie nie eine Antwort.

Und das wollen wir doch nicht.

Schönen Gruß, *Harry Rowohlt*

VON JÜRG LAEDERACH

lieber Harry 23. 10. 89 Basil

ich litt letzte Woche an Buchmessenbronchitis und las erst heute-montags die ›Zeit‹. Sie sind absolut und völlig rundherum brillant. Man kann nur erblassen vor dem, was Sie so mirnixdirnix erb-lassen. Ein Fehler, den der Eifrige nur Feller nennen kann, unterlief ihnen bei Laederach: er schreibt sich am Schluss ohne N! Der Name kennt keinen Akkusativ, und diese grammatikalische Besonderheit verunmöglicht es, mit Laederach als affiziertem Objekt etwas anzustellen. Ich sah übrigens, wie Sie beim Rühmkorfempfang den alten Rowohlt küssten: schon vom Namen her hätte ich eine Verwandtschaft für unmöglich gehalten. Aber heut ist ja alles möglich. Beim Haffmansempfang sprach die Frau Mikula mir gegenüber wahnsinnig freundlich von Ihnen und nannte Sie Harrylein. Gerade nun wo der Wettkampf entbrennt, wer grösser sei als wer, tobt jetzt der Kampf um die Diminutive. Dämliches Gewerbe, nein, oder?

herzlich Ihr *Wasimmer-chen*

AN DANIELA DAHN, SCHRIFTSTELLERIN

Liebe Daniela: 26-10-89

Na, Ihr macht ja Sachen.

In der taz stand, wie glücklich die Brüder und Schwestern sich schätzen können, die dem Unrechtsregime hinter Mauer und Stacheldraht entronnen sind; darum sollte sich amnesty international mal kümmern; die Folterspuren sieht man ihnen jetzt noch an: Fettleibigkeit und Dauerwelle.

Anbei mein Bericht von der diesjährigen frankfurter Buchmesse in der ZEIT.

Ferner habe ich festgestellt, daß ich zu den Mitherausgebern der »Satanischen Verse« gehöre. Irgendwann, zwischen Achternbusch und dem Zytglogge Verlag, bin ich dran. Zwar werde ich meine Haut so teuer wie möglich verkaufen, aber man tut gut, wenn man mich sobald wie möglich bucht … Und dann liege ich im Märtyrerhain, und das wird dann wieder schön.

NIE WIEDER FASCHISMUS!
NIE WIEDER KRIEG!
NIE WIEDER 2. LIGA!

Dein *Harry*

»die goldene Freiheit. Nur echt ohne Gebrauchsanweisung.«

Sehr geehrter Harry Rowohlt (undatiert)

Das obige Zitat aus Ihrem Buch »Ich, Kater Robinson« mutet in diesen Zeiten fast politisch an.

Aber deswegen schreibe ich eigentlich nicht!

Nachdem mir Ihr Name in der ZEIT bei den Filmkritiken aufgefallen war (Stichwort: Mehr Bär), fand ich das Katerbuch auf der Buchmesse und habe mich ein wenig verliebt:
Ich verbringe mein Leben damit, Kinder für das Fach Deutsch zu begaben (Lehrer an der Oberstufe eines Gymnasiums, um keine Mißverständnisse bezüglich »Kinder« aufkommen zu lassen!) und habe beschlossen, mir für das Nachsehen jeder großen Klausur ein Kinderbuch zu schenken. Daß der »Kater Robinson« kein Kinderbuch ist, das kriegen wir später. Da die Schülerinnen und Schüler bei der Rückgabe von Klausuren meist nur an der Note interessiert sind und dann im Rest der Stunde weder ihre Fehler noch überhaupt sachdienlich Deutsches machen wollen, lese ich ihnen meist meine Neuerwerbung vor. Inzwischen habe ich das Buch sehr oft vorgelesen und bin immer wieder begeistert vom System »Löwe« und allem anderem. An solchen Büchern kann ich den Meinen auch klar machen, daß jedes Wort so stehen muß, wie es steht: »Das« Wort und an dem Platz! – Etwas, was sie bei den meisten Gedichten nicht einsehen (wollen).
Aber zurück zum Schreibgrund: Ein Kinderbuch ist es ja nicht. (Nun liebe ich sowieso nur die Bilderbücher, die auf den ersten Blick Kinderbücher zu sein scheinen.) Ich möchte gerne wis-

sen, für wen so ein Buch geschrieben wird? Nun können Sie natürlich als Autor sagen, daß das natürlich nicht Ihr Problem ist. Natürlich! Aber dann ist es das Problem des Verlages. Ich brauche wohl nicht zu sagen, daß ich das Buch in Geschäften schon in der Kinderbuchabteilung gesehen habe. (Aber spätestens wenn man versucht, den Kindern zu erklären, warum ein schwanzloser Kater im Rotlichtviertel geschäfts-schädigend ist, müßte es jedem dämmern!) Schreibt mir der Autor für den Text, wie so eine Teamarbeit mit Herrn Schössow aussieht und was er sich gedacht hat? Es würde mein Denken anregen!

Ich schreib' mal nicht mit freundlichen Grüßen

Georg Mergard

Anlage: Ein Text von Kästner zu diesem Thema!

AN GERTRAUD MIDDELHAUVE

Liebe Mutter Middelhauve: 31-10-89

»Ein Licht unterm Dach« geht bei mir weg wie Briefmarken bei der Post. Meinen Sie, Sie können mir ein 11/10 zu gewohnt günstigen Konditionen überlassen? Auf meinen törichten ZEIT-Artikel über die Buchmesse hin hat mir Jürg Laederach eine Krachkassette geschickt, auf welche er »What Archie Shepp is to tenor sax Harry Rowohlt is to prose« geschrieben hat, und da wollte ich ihm ein Dach mit der Aufschrift »Why prose?« senden, aber nun habe ich gar kein Dach mehr.

Schönen Gruß,

Ihr *Harry Rowohlt*

VON FRITZ WEIGLE

Lieber Harry, Berlin, 1.11.89

Herr Palm aus Wien hat angerufen und ich hab ihm gesagt, daß ich bei der im Januar anstehenden neuerlichen Flann O'Brien-Lesung diesmal nicht mitspielen kann – Harry: es wär mir zu viel, es ist zu knapp – Hochschulkram, sehr hektisches Hin- und Herreisen wär nötig; und so gut bin ich nicht in Form – Harry: Dank für den neuerlichen ehrenvollen Antrag und Auftrag – aber ich glaub, ich wär ihm diesmal nicht recht gewachsen, und mit halber Kraft two Birds at Swim zu lesen – sag selber!

Du wirst für Deinen Buchmessen-Artikel in der Zeit viel verdienten Applaus abgekriegt haben – auch ich patsch verspätet in die Hände und bedank mich begeistert für die Nachrichten aus Messehallen und Telemannstraße.

Herzlich

Dein *Fritz*

AN FRITZ WEIGLE

»Mein Jesus trägt mit mir.« (NDR 3)

Lieber Fritz: 5-11-89

Das ist ja sehr betrüblich.
Da wird man nun Professor, um sich in Wien als »wirklicher Professor« anreden lassen zu können, und dann muß man doch seinem alten Mitleser Harry krampflos das Feld überlassen, wenn er sich von derjenigen der Schwestern Novak im »Gmoakeller«, welche sprechen kann, mit Titeln schmücken läßt: »Naa, der Herr Professor kriegt kan Obstler mehr; der kann ja scho ga net mehr stehen.« Und ihren Gewissenskonflikt überwindet sie dann, indem sie mir einen doppelten Obstler einschenkt, diesen aber nicht berechnet, um nicht mitschuldig zu werden.
Du siehst: Schade.
Denn gerade bei einer Herrnpartie ist es um jeden Herrn – und dazu zähle ich Dich im Gegensatz zu Existenzen wie mir und Hans Kantereit –, der fehlt, schade.
Geht es Dir denn wenigstens einigermaßen? Ich meine, <u>mir</u> geht es ja auch nicht besonders, und dazu kommt dann noch die Gesundheit, von der ewigen Arbeitsüberlastung ganz zu schweigen (Klaus Rainer Röhl z. B. möchte, daß ich für sein neues Senioren-Fachblatt alte UFA-Produktionen bespreche), aber irgendwie siegt ja dann doch immer wieder das Pflichtgefühl.
Ach, und die Interviews, die wir gegeben hätten! »Haben Sie etwas mit dem Rowohlt Verlag zu tun?« »Stimmt es, daß Sie der Sohn von Hans Weigel sind?«
Aber irgendwann bin ich wieder in Berlin, und dann wirst Du wieder gequält; weiß nur noch nicht, wie.

Dein *Harry*

AN GEORG MERGARD

Sehr geehrter Georg Mergard: 15-11-89

Das war aber ein lieber Brief. Da beantworte ich ihn am besten sofort, solang er noch dampft.

Da gab es irgendeinen Fernseh-Menschen, der für »Die Sendung mit der Maus« einen Handlungsfaden ersann. (Daher auch der dämliche Titel »Ich, Kater Robinson«, denn im Fernseh heißt der Kater Robinson, und wegen des Wiedererkennungswerts mußte der Robinson im Titel vorkommen; mein Titel war »Ein Kater namens ICH«.) Dieser Handlungsfaden wurde von Peter Schössow üppig und episch und detailreich in Bilder verwandelt. Das wurde gesendet. Dann trat der Wunderlich Verlag (eine Dépendance und Deponie des Rowohlt Verlags) an mich heran: Ob ich wohl bitte die Bilder betexte? Da habe ich gesagt, was ich immer sage: »DAS KANN ICH NICHT«, und sie meinten, es müsse jemand sein, der was mit Hamburg und mit Katzen am Hut hat, und ich meinte, genau das habe der Dichter R. ebenfalls, und da meinten sie, den hätten sie schon gefragt, aber der habe eine Schaffenskrise, und da meinte ich, dann sollen sie eben den Dichter P. fragen, und da meinten sie, den hätten sie schon gefragt, aber der könne gar nicht schreiben, und ich sagte: »Ich bin aber doch kein gottverdammter Dichter«, und dann fiel mir ein, daß ich ja früher mal Werbefiffi war und für »Mehr erleben in der Welt der Peter Stuyvesant« auch nix anderes getan habe als Bilder zu betexten. Also habe ich die 42 Bilder, Bild für Bild, sozusagen illustriert (daher auch die völlig schwachsinnigen drei Pünktchen manchmal mitten im Satz; Bild-für-Bild hatten die einen Sinn, denn …

… der Satz ging dann ja später weiter), und nach zwei Stunden hatten wir hier eine Fête, so daß ich aufhören mußte und erst am nächsten Abend – nochmal zweieinhalb Stunden – weitermachen durfte, wobei die Hauptarbeit das saubere und idiotensichere Abtippen war.

Und nun ging der Ärger los. Statt eines Layouters machte eine normale Herstellerin das Layout, nach dem Schema »verspieltes Fotoalbum«, und der Zuhälter flog »wegen des Umfangs« sowieso raus. Es gab viel Schreierei; ich spreche nämlich entweder viel zu leise (97%) oder viel zu laut (3%), und ernst nimmt mich sowieso nie jemand, so daß ich morgens um 3 in meine Stammkneipe ging, um mein 12fingerdarmgeschwür mit samtigem Guinness auszukleiden. Am Tresen saßen nur noch mein Freund und Kollege Hubert und ein mir unbekannter Linksradikaler, beide Herren bis zum Eichstrich abgefüllt. »Na, Harry, warum weinst du denn so?« wurde ich gefragt, und ich begann zu klagen. Der mir unbekannte Linksradikale lallte eins ums andre Mal: »Alles wegen der Profitmaximierung«, und auf meine ungehaltene Frage, was denn, also wirklich, der rausgeschmissene Zuhälter mit Profitmaximierung zu tun habe, lallte er: »Kinderbücher werden nicht von Kindern, sondern von Erwachsenen gekauft, und jeder fehlende Zuhälter bedeutet soundsoviel mehr verkaufte Exemplare«, und Hubert sagte: »Laß mich mal nachdenken.« Ich ließ ihn nachdenken. Dann kam es – mühsam zwar, aber immerhin – aus Hubert heraus: »Was dem Buch fehlt, ist, wenn ich das richtig verstanden habe, ein fähiger Layouter. Den mußt du finden. Und er muß zwei Voraussetzungen erfüllen: Er muß (a) eine anerkannte Autorität sein, so daß die Herstellerin sich nicht düpiert fühlt, und er muß (b) irgendwie locker aber doch dem Rowohlt Verlag verbunden sein, so daß der Verlag sich nicht düpiert fühlt. Aber so jemanden gibt es bestimmt gar nicht.« Ich sagte: »Peter Wippermann.« Wir soffen weiter, bis Ravels »Bolero« erklang, ein Musikstück, welches zwei Voraussetzungen erfüllt: Es bedeutet (a) unwiderruflich Feierabend, und es ist zufällig in derselben Tonart wie Huberts Bambusflöte, so daß er immer mitspielen kann. Bis 8 (also eine halbe Stunde) hielt ich mich zu Hause vor dem Telefon wach, weil ich mir dachte, da weck ich Peter Wippermann zwar, aber um 5 nach 8 ist er möglicherweise schon weg, und so entstand das Layout, und »Ich, Kater …« wurde als einziges Kinderbuch in diesem Jahr von der »Stiftung Buchkunst« in den Katalog der »Schönsten Bücher« aufgenommen.

Der amerikanische Verleger, der sich für die Rechte interessiert hatte, lehnte ab, weil zuviel Müll auf den Straßen herumliegt.

Der schwedische Verleger, der sich für die Rechte interessiert hatte, lehnte ab, weil es brutal ist und schädlich für Kinderseelen, wenn einem Kater der Schwanz abgehackt wird. (Ich weiß es aber zufällig besser: Einer der größten schwedischen Kinderklassiker, noch berühmter als »Pippi Langstrumpf«, heißt »Pelle Svanslös«, und der Held ist ein Kater ohne Schwanz, so daß man davon ausgehen kann, daß der schwedische Markt, was schwanzlose Kater betrifft, gesättigt ist.)

Der japanische Verleger, der sich für die Rechte interessiert hatte, lehnte ab, weil es auf japanisch kein Wort für »ich« und kein Wort für »Kater« gibt; nur Umschreibungen, und das hätte nichts gebracht.

Der dänische Verleger, der das Buch auch tatsächlich brachte, ließ es geschehen, daß der Übersetzer den Schluß (»… Du.«) um erläuternde drei Wörter ergänzte (»… Du og … Jeg.«) und damit für meinen Geschmack (und auf meinen Geschmack kommt es in diesem Fall an, verdammtnochmal) die gesamte Plotte rückwirkend zu einer klebrigen Schnulze machte.

Viereinhalb Stunden Arbeit und zweieinhalb Jahre Ärger. So schnell schreibe ich kein Buch mehr. Ich nicht.

Sehen Sie sich doch bitte den Film »Der Club der toten Dichter« an. Ich glaube, Sie sind ein ähnlich guter Lehrer wie der, den Robin Williams dort spielt.

Wobei mir einfällt, daß ich, glaube ich, mal eben einen 30-Zeiler darüber schreiben müßte.

Schönen Gruß,

Harry Rowohlt

1990

»Es ist wohl so:
Die Unsensiblen sind meist die Empfindlichsten.«

AN EINEN LESERBRIEFSCHREIBER DER »ZEIT«

Lieber Herr G.: 3-1-90

> »... ein x-beliebiger Action-thriller, den man zwei Minuten nach Verlassen des Kinos wieder vergessen hat. Empfehlenswert.«

Das hätte Ihnen besser gefallen? Ja? Dann lesen Sie in Zukunft solche Kritiken. Die sind nämlich für Menschen wie Sie gedacht. »Ein Filmkritiker hat eine wichtige Aufgabe und trägt hohe Verantwortung.« Wenn ich das schon höre. Ich trage nicht die allergeringste Verantwortung. Ich bin doch keine Kindergärtnerin. Wer sich nach mir richtet, kann mir leid tun.

Die Filmkritik, die Ihnen gefällt, besteht zu 90% aus Inhaltsangabe und zu 10% aus Belehrung. Geben Sie's zu: Gelernt haben Sie aus meiner »Black Rain«-Rezension etwas. Im »stern tv« zum Beispiel steht über ebendiesen Film, Japaner könnten kein R sprechen, weshalb sie nicht »Rock 'n' Roll« sagen, sondern »Lock 'n' Loll«. Wenn Sie lesen können und ein ganz kleines bißchen lernfähig sind, haben Sie aus der Lektüre meiner »Black Rain«-Rezension gelernt, daß »Rock 'n' Roll« (Wissen Sie überhaupt, was das ist?) auf japanisch »rokunuroru« heißt.

Im Februar fahre ich zur »Woche des ungarischen Films« nach Budapest. Dann bringe ich Ihnen bei, wie man Ungarisch ausspricht.

Es gibt viel zu tun.

Hamburg, den … (Ist Ihnen überhaupt aufgefallen, daß Sie Ihr albernes bamberger Datum nachstellen? Gegeben zu Bamberg, im Jahr des Heils. Das Edikt von Bamberg. Leserbriefschreiber sind schon was ganz Besonderes. Immerhin besser, als wenn Sie Ihre Frau schlügen.)

Schönen Gruß,

Harry Rowohlt

ANTWORT DES HERRN G.

Lieber Herr Rowohlt! 8. 1. 1990

Ihre prompte und heftige Antwort auf meinen – im übrigen gar nicht an Sie gerichteten – Leserbrief zeigt, daß dieser Sie empfindlich getroffen haben muß. Man könnte über die Unterstellungen und unflätigen Formulierungen empört sein, oder von psychopathologischen Anzeichen sprechen, so wie das Freunde von mir taten, denen ich Ihren Brief zeigte. Kennt man jedoch Ihre Artikel, bietet Ihr Brief keine Überraschung, sondern bestätigt aufs deutlichste den schon attestierten Zwang zur Selbstdarstellung, zu dem Ihre Unfähigkeit, sich der Kritik zu stellen, sehr gut paßt.

Sie tragen »… nicht die allergeringste Verantwortung«? – Ein Journalist – und auch Filmkritiker sind Journalisten – der jegliche Verantwortung von sich weist, sollte schleunigst seinen Beruf wechseln, und zwar im Interesse der Allgemeinheit, für die er eigentlich schreiben sollte. Haben Sie sich das einmal überlegt? Einem Journalisten beispielsweise, der in einem Land unter schwierigen Umständen für eine Oppositionszeitung schreibt, müßte es bei Ihren Worten den Magen umdrehen.

Was kann man jemandem wie Ihnen wünschen? Ich fürchte, nichts weiter als: viel Spaß auf dem weiteren Ego-Trip!

Gruß

G.

AN EINE LESERIN IN FREETOWN, SIERRA LEONE

Liebe – was sage ich! – liebste Christiane K.: 18-1-90

So ein schöner Leserinnenbrief. Und dann auch noch aus Westafrika. Hat nicht jeder. Sowas nicht. Am nächsten war ich an Westafrika, dran, als ich auf die Albert-Schweitzer-Schule in Hamburg Klein-Borstel ging. Albert Schweitzer war auch persönlich einmal zur Namensverleihung da, was in Hamburg nicht einfach ist, weil hier nichts nach Lebendigen benannt werden darf, da man nicht weiß, was sie danach noch für einen Scheiß bauen. Er war dann auch entsprechend gerührt und sagte in seiner Dankesrede beständig »Frankfurt« statt »Hamburg«.

Mit getrennter Post werde ich mir erlauben, Ihnen einen Text zu schicken, den ich für »SAISON – Das Reisemagazin von Geo« geschrieben habe. Ich sollte ihn am 20. Dezember abliefern, habe ihn am 16. Dezember abgeliefert, und erscheinen wird er wahrscheinlich im August. Der Text ist unredigiert, hat aber den Vorteil, daß er nicht von irgendeinem Zahnarzt-Layout entstellt zum Einsatz gelangt.

Ach so: Schönen Gruß an Mr B. Foggerty. »If you're Irish«, wie wir Amerikaner sagen, »you can't be all bad.«

Und natürlich nochmal vielen Dank für den schönen Leserinnenbrief. Ich werde ihn mal hier, mal dort einfließen lassen, behutsam, aber schamlos.

Harry Rowohlt

AN RALF SOTSCHECK, JOURNALIST UND AUTOR

Lieber Ralf: 4-2-90

Nein, für Dich habe ich nichts geschrieben, aber über Dich. Ich schicke Dir mal zur Ansicht den Riemen, den ich für »SAISON – Das Reisemagazin von Geo« geschrieben habe. Erscheinen wird das (der 20. Dezember war Abgabe; geliefert habe ich am 16.) irgendwann im Sommer. Bis dahin darf Euch nichts zustoßen, weil dann der Artikel nicht mehr aktuell ist.

Außerdem – hetzhalber – zwei weitere Spuren von meinen Erdentagen. Es hat also geklappt, das Wiener Flann-O'Brien-Marathon, und zwar mit allem Drum & Dran. Eine Schlägerei gabs im Foyer (unter Frauen; die sind lauter), einen GV hinter der Bühne (über den ich bei einem Auftritt gestolpert bin, so daß der Auftritt ein richtiggehender Auftritt war), und in der Garderobe sah es aus wie bei einem Stones-Konzert. 16 Stunden hat es gedauert, und ich habe zum erstenmal in meinem Leben vor zahlendem Publikum gesungen. Das Bühnenbild bestand aus Lesepult, FO'B-Porträt im Goldrahmen und riesigem Messingbett, welches ständig überbelegt war. Gegen drei Uhr morgens erschien sogar ein Typ von der irischen Botschaft, schlief sofort ein, wachte zwei Stunden später auf, sagte, er fände alles ganz toll, und ging wieder. Weil Wiglaf seine Freundin mitgebracht hatte, konnten wir nicht in die Waschbecken pissen, und ich hatte noch am nächsten Vormittag eine Flasche Guinness, weil ich sie versteckt hatte, wo sie niemand vermutet hätte, und zwar wo? Du wirst es auch nie erraten: im Kühlschrank. Bernd Rauschenbach hat richtig gut gelesen, richtig gut und mit Sinn, dann hatte er fünf Stunden Pause und fuhr in die Pension, pennen, und wir waren zu schnell gewesen und erwogen schon, alles zügig durchzuziehen und ihn zu wecken, aber dann war Lokalmatador Fritz Ostermayer dran, und der brauchte für einen Text, den ein normaler Mensch in 20 Minuten gelesen hätte, eine Stunde, und schon waren wir wieder prima in der Zeit. Davon abgesehen, war es ein einsames Highlight, wie der Fritz V. Wright, the backer's friend, in subproletarischem Wienerisch vorgetragen hat. Und Chris Duller, ein dortiger DJ und Saalkandidat der letzten Veranstaltung, war ebenfalls eine angenehme Überraschung; er ging ernsthaft und methodisch an die Sache heran und ließ sich von mir die Aussprache so schwieriger gälischer Wörter wie »Airedale« erklären.

Die Flann-O'Brien-Biografie von Anthony Cronin habe ich nur angelesen, und ich glaube, sie ist wirklich ein ziemlicher Scheiß. Wie er sich gegen Ende darüber alteriert, daß der Meister so gesoffen hat …; es regt sich ja auch niemand darüber auf, daß er so wenig säuft … und daß er damals zu jung und zu dumm war und offenbar nur geduldet wurde … Ein Literatur-Groupie, noch dazu männlich … Und nun rächt er sich dafür, daß er noch lebt und niemand widersprechen kann.

Oder?

So. Nun werde ich mal in die Kirche gehen; es ist nämlich Sonntag. Grüß Áine,

Harry

Leserbrief

Sehr geehrter Herr Rowohlt, 22. Februar 1990

immer wieder fällt mir auf, daß Sie Gottfried Benn falsch zitieren. So schreiben Sie in Ihrem letzten Artikel in der ZEIT vom 23. Februar: »Leben heißt hoffen.« Korrekt muß es heißen: »Leben heißt Brücken schlagen.« Ebenfalls falsch ist das Handke-Zitat: »Rauchen verboten.« Korrekterweise mußte es heißen: »E pericoloso sporgersi.« Das Kleist-Zitat (»Das Faß zum Überlaufen«) ist ebenfalls falsch: »Der zerbrochene Krug«, an den Sie dachten, er läuft nun langsam doch über.

Mit kritischem Gruß,

Ihr

Michael Naumann

AN MICHAEL NAUMANN

Sehr geehrter Herr Dr Naumann: 25-2-90

Ja.

Bis hierher bin ich gekommen, und dann fällt mir nichts gleichwertig Pampiges ein.

Mein Brüderchen, welchem ich Deinen Brief vorgelesen habe, wollte mich trösten, er sei gar nicht ernstgemeint gewesen, sondern eher ironisch. Das wußte ich aber schon, so daß ich ihn zurücktrösten mußte.

Aber man muß den Brief tatsächlich bis auf etwa halbe Höhe lesen, um zu merken, was es mit ihm auf sich hat. »Gottfried Benn falsch zitiert«, dachte ich gekränkt, »ich habe noch nie Gottfried Benn zitiert, geschweige falsch.«

Wenn ich etwas zitiere, dann die »Lindenstraße«, und da sagte in der letzten Folge ein Taxifahrer zu Frau Kling: »Kümmern Sie sich um Ihren eigenen Kram, Sie altes Schandmaul.«

Das wäre dann (a) zitiert und (b) pampig und (c) nicht von Gottfried Benn und (d) trotzdem nicht so ganz das Wahre. Ich weiß nicht. So ein schöner Anfang – »Sehr geehrter Herr Dr Naumann:« – und dann nada.

Vielleicht ein andermal,

Harry Rowohlt

AN HANS SAHL, SCHRIFTSTELLER

Lieber Hans Sahl: 27-2-90

Vor zwanzig Jahren war ich mal im newyorker Goethe-Institut grob zu Ihnen, sehr grob. Seitdem leide ich darunter.

Damals schien mir alles ganz klar und säuberlich in Wir und Die unterteilt. Ich bin sicher, Sie waren auch mal in dem Alter. Trotzdem, wie gesagt, leide ich seitdem, denn für mich gibt es Dinge, die nicht verjähren, schon gar nicht eigene Dummheit.

Meinen Sie, Sie nähmen unter Umständen meine Entschuldigung an?

Das wäre schön.

Ihr *Harry Rowohlt*

Das Café Kaputt wird abgerissen, und ich werde 45; beides wirklich kein Grund zum Feiern.

Wir wollen es trotzdem tun.

Wenn es jetzt nicht geschieht, bin ich nächstes Jahr möglicherweise noch älter, und das Café Kaputt ist nur mehr wehmütige Erinnerung. Und wenn ich noch länger warte, habe ich vergessen, wie man feiert, und in Hamburg stehen nur noch der Anglo-German Club und der Künstlerclub »Die Insel« zur Verfügung, in den ich schon dreimal in meinem Leben nicht reingelassen worden bin, weil ich keinen Schlips umhatte.

Es muß also jetzt sein, bzw. nicht jetzt gleich, sondern

am 27. März 1990
im Café Kaputt
2000 Hamburg 60
Gertigstraße 32
von 19:00h bis zur Polizeistunde.

Es gibt Guinness und Paddy und einen bis zwei Piccolo für die Damen und reichlich zu essen, und die im In- wie im Umland bekannte Kapelle

Twelve-Bar Seven

wird zum Tanz aufspielen. Wenn GästInnen auch Musik machen wollen, sollen sie das ruhig mal tun. »Nur das Hausrecht«, gibt Gerd, der Wirt, zu bedenken, »das behält natürlich der Wirt. Ist also nichts mit Randale und so, daß wir da klarsehen.«

Das ist zwar schade, aber wohl nicht zu ändern. Vielleicht wird es ja trotzdem ganz schön.

Besonders, wenn

DU

kommst. Und wenn Dir jemand nahesteht: einfach mitbringen. Gestempelt werdet Ihr alle sowieso fachmännisch am Eingang.

Dann einstweilen bitte bis zum 27.,

Harry Rowohlt

U.A.w. wegen der Essensbestellung dringend g.

Lieber Herr Rowohlt, 9. 3. 1990

ich habe keine Ahnung, wovon Sie sprechen. Sie haben mich beleidigt? Es sei Ihnen verziehen! Sie haben mir so einen überaus netten Brief geschrieben, daß ich Sie gern kennenlernen und noch einmal von Ihnen beleidigt werden möchte. Kommen Sie einmal in diese Gegend?

Mit herzlichen Grüßen

Hans Sahl

DANKESBRIEF

Liebe Freund(inn)e(n), Genoss(inn)en und Brüder(innen): 2-4-90

Soviele Geschenke… Ich komme mir vor wie Nicolae Ceauşescu in seinen besten Zeiten.

Eigentlich wollte ich nur ein Geschenk pro Tag aufmachen, so daß ich, wenn alle ausgepackt sind, schon wieder Geburtstag habe, aber die Neugier war dann doch stärker, und nun sind alle Geschenke ausgepackt, ausgetrunken, aufgegessen, angelesen, ins Wasser gestellt, angehört, justiert und abgefeuert, aufgeblasen, angespitzt, eingeklebt, herumgezeigt und weggeschlossen, deutlich sichtbar aufgehängt, auf der Veranda abgestellt, im Korridor verlegt, im Badezimmer eingedübelt, angezogen, ausgezogen, gewaschen, an die Wand genagelt, ins Tierheim gebracht, gestimmt, geraucht, befeuchtet, entschlüsselt, eingerieben, untergelegt, vorsichtig wieder zugeschraubt, in wuchtig vorgetragenem Angriff über den grünen Rasen getrieben, belacht, beweint und in gute Hände abgegeben.

Ich ergreife die Gelegenheit dieses Rundschreibens, um mich bei all denen zu entschuldigen, denen die Musik zu laut war; bei all denen, denen sie zu leise war, ebenfalls. Mir hat das Fest gefallen, und darauf kommt es schließlich an.

Danke. Verdammt, die Rührung. Danke. Ich muss jetzt schließen. Danke.

Schnief,
Harry Rowohlt

Lieber Jörg Drews: 20-4-90

Von Kris Kristofferson gibt es eine alte Schnulze, »Why Me, Lord?«, in der er sich bei seinem Schöpfer darüber beklagt, daß es ihm so gutgeht; womit hab ich das verdient? fragt er: »Why me, Lord?«

Mein Hausarzt Werner, der mein Hausarzt ist, weil er im selben Haus wohnt und auch liest und säuft, hält aus Heimweh die »Süddeutsche«, damit es vergeht, und der rief mich gestern an und strahlte am Telefon wie ein Dreckeimerchen, las mir den letzten Absatz Ihrer »Drown«-Kritik vor, versprach, sie auszuschneiden und in den Briefschlitz zu werfen, seufzte und meinte: »Jetzt werd ich wieder ein bißchen Praxis spielen.«

Ja. Vielen Dank.

Jetzt werde ich Sie auch irgendwann mal loben, irgendwann, wenn Sie am wenigsten damit rechnen.

»Was hat der Übersetzer denn sonst schon gemacht?« hatte sich Padgett Powell ängstlich bei seiner Agentin erkundigt, bevor ich »Edisto« übersetzen durfte. Als er hörte »Flann O'Brien«, sagte er: »Dann ist es gut; dann darf er. D.h. so gut ist es gar nicht, denn jetzt ist er ein verwöhntes Arschloch, und mein Buch wird dagegen furchtbar abstinken.«

Wissen Sie eigentlich, was das »Roach« in »Roach Motel« außer »Kakerlake« noch bedeutet? Ja. Entschuldigung. Ich sage es trotzdem: einen völlig runtergerauchten Joint.

Und nun wieder zurück! in die Salpetermine.

Harry Rowohlt

AN ÁINE UND RALF SOTSCHECK

Liebe Áine, lieber Ralf: Freitag, der 13. Juli 1990

Das Wichtige steht auf den Seiten 133/134.

Die SAISON-Wichte sind eingetragene, vereidigte Arschlöcher. Ich habe gekämpft wie ein Löwe, damit der Textteil ein bißchen ... nüchtern bleibt, nicht durch Fotos aufgelockert, von keinem prohibitiven Zahnarzt-Layout verunstaltet wird. Allenfalls durch kleine grüne Shamrocks sollten die einzelnen Episoden voneinander getrennt werden. Shamrocks? Mit **drei** Blättern, nicht mit vieren wie Dosenmilch von der Firma Glücksklee, und dann gehen sie frei Auge mit dem Shamrockstreuer über den Text, und Jürgen Drommert, der zwischendurch kurz mal dafür zuständig war, sagt: »Sei doch froh. Normalerweise ballern sie sowas mitten in den Satz.« Und dann dieser schwachsinnig zwangsalliterierte Titel: »Besuch beim Barden«. Wenn Irland je einen klassischen »Asphaltliteraten« hervorgebracht hat, denn Flann O'Brien. Und was man zu kämpfen hatte, damit die BUs FO'B-Zitate werden und kein redaktioneller Scheiß. Hat auch nur teilweise was genutzt: »Wie ein Tafelberg ragt ...« Und trotz hochheiligen Zusicherungen, nichts zu kürzen und/oder zu verändern, wurde eine Episode über die Fußball-WM gekippt. Wäre ihnen wohl – siebeneinhalb Monate nach Ablieferung – immer noch zu aktuell gewesen.

Macht aber nichts.

Denn im Irland-RABEn erscheint der ganze Scheiß nochmal, und der RABE ist ja nun weiß Gott wichtiger als SAISON, das Reisemagazin von Geo.

Das Swim-2-Birds-Marathon in Zürich findet nun endgültig am 27./28. Oktober statt.

Und Ihr? Seid Ihr froh und gesund? Ja? Wie schön.

Heáraídh

VON GÜNTER HERBURGER, SCHRIFTSTELLER

Sehr geehrter Herr Rowohlt, 19.7.90

es gibt, um mich zu vergnügen, stets zwei Rubriken, auf die ich lauere: Einerseits, wenn Gremliza auf der letzten Seite von Konkret Zeitungsschau veranstaltet, wobei ich immer auf die neuesten Grammatiksottisen von Theo S., dem Helden, erpicht bin, und Sommer läßt nie im Stich; andererseits Ihre wunderbaren Stolperaufsätze, und heute, in der ZEIT, lachte ich über ›altri egi oder wie das heißt‹ Tränen, denn mir fiel gleich eine ganze Südtiroler Familie dieses Namens ein, Battista Altri Egi, Alphonse und Marie Altri Egi, deren Cousinen Moisele e Pirenne A. E. usw., usf. Ich hoffe, Sie lassen nicht nach.

Mit freundlichen Grüßen, Ihr

Günter Herburger

AN GÜNTER HERBURGER

Sehr geehrter Herr Herburger: 24-7-90

Vielen Dank für Ihre schöne grüne Karte mit Ihnen selbst drauf. Ich habe nur ein schönes grünes Buch mit mir selbst drauf, und das ist kein Vergleich, weil man es nicht so versenden kann wie eine Karte. Daß Sie mir so ein nettes »Weiter so« geschickt haben, freut mich sehr, denn sonst bekomme ich von Männern immer nur knurrige Leserpost, aber Männer können sowieso sehen, wo sie bleiben. Ich werde Ihre Karte – Ihr stillschweigendes Einverständnis vorausgesetzt – xerokopieren und die Kopie an Greml weitergeben, mit dem Tenor »Es ist erreicht«. Schönen Gruß, Ihr

Harry Rowohlt

AN CHRISTOPHER MILNE, SCHRIFTSTELLER

Dear Mr Milne: July 26th, 1990

I don't want to write this letter.

But I have to write this letter, I'm afraid. It's about mythical yet existing places. I wrote about Snamh-da-En, or Swim-Two-Birds, near Shannonbridge, Co. Athlone, Ireland. »Is there any other mythical yet existing place you would like to write about?« they asked. »Sure«, I said. »The 100-Acre-Forest.« »Go ahead«, they said. »We'll fix you up with a top-notch photographer (How about Lord Snowdon?), you get in touch with Christopher Robin to show you around, and we've got ourselves an article on mythical yet existing places.«

»But do you know how Mr Christopher Milne feels about Pooh?« I asked.

»We don't. So ask him.«

I think I don't have to ask you. I read »The Enchanted Places« (and I am more than willing to read both »The Path Through the Trees« and »The Hollow on the Hill«), I re-translated »Winnie-the-Pooh« and »The House at Pooh Corner« (and »The Wind in the Willows« <which I hated> plus give or take 65 other books) into German, and I have a column in DIE ZEIT, a (a? the) leading German weekly, called

Pooh's Corner
Meinungen eines Bären
von sehr geringem Verstand

or, in other words, »Pooh's Corner. Opinions From A Bear Of Very Little Brain«. It was time I introduced myself anyway.

And I happen to have a famous last name I'm being pestered with.

Do you think it might work? An interview? You give the answers you always give? And I don't ask anything? We'll just take a stroll and knock down a couple of pints afterwards?

Please drop me a line. And please drop it fast. You know how Lord Snowdon is. Just can't wait. Neither can I.

(This was the most delicate letter I ever wrote. »Guess who«, I asked my mother, »I'm writing the most delicate letter I'll ever have written to?« »Probably one of your flooooozies«, she said. »No –: It's Christopher Robin«, I said. And she believed it. Although it was true.)

Sláinte,

Harry Rowohlt

Lieber Mr Milne: *26. Juli 1990*

Ich möchte diesen Brief nicht schreiben.

Aber leider muß ich diesen Brief schreiben. Es geht um mythische, aber existierende Orte. Ich habe über Snamh-da-En oder Swim-Two-Birds, nahe Shannonbridge, Grafschaft Athlone, Irland, geschrieben. »Gibt es noch einen mythischen, aber existierenden Ort, über den du gern schreiben würdest?« haben sie gefragt. »Klar«, habe ich gesagt. »Den Hundertsechzig-Morgen-Wald.« »Nur zu«, haben sie gesagt. »Wir verpassen dir einen erstklassigen Fotografen (Wie wär's mit Lord Snowdon?), du kontaktierst Christopher Robin, damit der dir alles zeigt, und wir haben einen Artikel über mythische, aber existierende Orte.«

»Aber kennt ihr denn Mr Christopher Milnes Einstellung gegenüber Pu?« fragte ich.

»Kennen wir nicht. Also frag ihn.«

Ich glaube, ich brauche Sie nicht zu fragen. Ich habe The Enchanted Places gelesen (und brenne darauf, sowohl The Path Through the Trees und The Hollow on the Hill zu lesen), ich habe Pu der Bär und Pu baut ein Haus neuübersetzt (und den Wind in den Weiden <den ich gehaßt habe>) plus etwa 65 Bücher ins Deutsche gebracht, und ich betreue eine Kolumne in der ZEIT, einer (einer? der) führenden deutschen Wochenzeitung, namens

Pooh's Corner
Meinungen eines Bären
von sehr geringem Verstand

. Es wurde sowieso Zeit, mich vorzustellen.

Und ich habe zufällig einen berühmten Nachnamen, mit dem man mich plagt.

Meinen Sie, das könnte funktionieren? Ein Interview? Sie geben die Antworten, die Sie immer geben? Und ich frage gar nichts? Wir machen einfach einen Spaziergang und kippen uns danach ein paar hinter die Binde?

Bitte schreiben Sie mir eine kurze Nachricht. Und schreiben Sie sie schnell. Sie wissen ja, wie Lord Snowdon ist. Kann einfach nicht warten. Und ich auch nicht.

(Dies war der heikelste Brief, den ich je geschrieben habe. »Rate mal«, habe ich meine Mutter gefragt, »wem ich gerade den heikelsten Brief schreibe, den ich je geschrieben haben werde?« »Bestimmt einem deiner Flittchen«, sagte sie. »Nein –: an Christopher Robin«, habe ich gesagt. Und sie hat's geglaubt. Obwohl es wahr war.)

Sláinte,

Harry Rowohlt

AN HERMANN L. GREMLIZA, HERAUSGEBER »KONKRET«

Lieber Hermann L.: 26-7-90

Es ist erreicht.

Per 19. huius schreibt mir Günter Herburger, und ich zitiere:

> »... es gibt, um mich zu vergnügen, stets zwei Rubriken, auf die ich lauere. Einerseits, wenn Gremliza auf der letzten Seite von Konkret Zeitungsschau veranstaltet, wobei ich immer auf die neuesten Grammatiksottisen von Theo S., dem Helden, erpicht bin, und Sommer läßt nie im Stich; andererseits Ihre wunderbaren Stolperaufsätze, und heute, in der ZEIT ...«

Es ist erreicht.

Kann man nicht meckern. Hätt ich nicht gedacht. Ich freu mich jedenfalls, wenn ich mit Dir verglichen werde. Ob Du Dich freust, wenn Du mit mir verglichen wirst, das bleibt – wie so manches – Dir überlassen.

MEIN ARBEITSPLATZ –
MEIN KAMPFPLATZ FÜR DEN FRIEDEN!

Harry Rowohlt

Dear Mr Milne: August 16th, 1990

Thank you so much for your sad yet prompt letter.

(And it wouldn't have been Lord Snowdon anyway, just Marco de Valdivia; Lord Snowdon is on vacation – and his assistant tells us he doesn't take photographs. His assistant takes them.)

Since the December 1989 issue of ›Vanity Fair‹ describes you as a charming, wiry man of sixty-nine I figured that your 70th birthday is due this August 21st. Many happy returns of the day, dear Mr Milne!

Last night I re-read the part about the Ashdown Forest pageant. Then I went to sleep and dreamt it all over again. Henry VIII, Anne Boleyn, neatly decapitated, the witch smoking her pipe (and reading ›An Poblacht‹ and yourself, surrounded by Pooh, Piglet, Tigger, and a merry gang of smallish, fuzzy, chubby lads, mildly bellicose but mainly playing lute, dulcimer, flute, and – strangely enough – five-string banjo. When I woke up I walked over to my desk and looked up »excise«. The haze cleared, the Excise Men lost their musical instruments, and I lost interest in the Excise Men.

Is there anything I could send you from Germany for your birthday? Like a plane-iron only to be had in Germany?

Naturally, I'll send you my article which remains to be written.

I could have sent you the one and only book I have ever written but I am too shy, I'm afraid. It is a kids' book about a stray cat in

Hamburg's red light district. I like it a lot. Nobody else seems to, though. But the happy ending is great. It consists of only one word:

»… You.«

My very fondest thoughts will be with you on your birthday.

Yours,

Harry Rowohlt

(who'll never become an investigative journalist)

Der Antwortbrief von Christopher Milne durfte aus rechtlichen Gründen nicht im Wortlaut abgedruckt werden. Sinngemäß schrieb Mr. Milne, daß er den Huntertfünfzig-Morgen-Wald seit seiner Kindheit nicht mehr aufgesucht und auch »nicht die geringste Lust« dazu habe. Überdies wolle er nicht dabei fotografiert werden, »wie ich sauer und unglücklich aussehe«.
Bekannt ist, daß Chrithoper Milne zeit seines Erwachsenenlebens unter seinem Alter Ego »Christopher Robin« gelitten hat, als den ihn sein Vater, A. A. Milne, in »Pu-der-Bär« verewigte.

Lieber Mr Milne: *16. August 1990*

Vielen Dank für Ihren traurigen, aber prompten Brief.

(Und es wäre ohnehin nicht Lord Snowdon gewesen, nur Marco de Valdivia; Lord Snowdon ist in Urlaub –, und sein Assistent hat uns gesagt, daß er keine Fotografien macht. Sein Assistent macht sie.)

Da Sie in Vanity Fair vom Dezember 1989 als charmanter, drahtiger Mann von neunundsechzig beschrieben werden, habe ich mir ausgerechnet, daß Sie an diesem 21. August 70. Geburtstag haben. Alles Gute zum Geburtstag, lieber Mr Milne!

Gestern nacht habe ich den Teil über das Ashdown-Forest-Dramolett wiedergelesen. Dann bin ich eingeschlafen und habe alles von vorn bis hinten nochmal geträumt. Heinrich VIII.; Anne Boleyn, sauber enthauptet; die Hexe, die ihre Pfeife raucht (und An Poblacht liest); und Sie selbst, von Pu, Ferkel, Tieger und einer fröhlichen Schar eher kleiner, behaarter Burschen umringt, milde kriegerisch gestimmt, aber hauptsächlich Laute, Dulcimer, Flöte und – merkwürdig genug – Fünf-Saiten-Banjo spielend. Als ich aufwachte, ging ich an meinen Schreibtisch und schlug »excise« nach. Der Nebel lichtete sich, die Steuereintreiber verloren ihre Musikinstrumente, und ich verlor das Interesse an den Steuereintreibern.

Gibt es etwas, was ich Ihnen aus Deutschland zum Geburtstag schicken könnte? Wie z.B. einen Hobel, den es nur in Deutschland gibt?

Natürlich werde ich Ihnen meinen Artikel schicken, der nur noch geschrieben werden muß.

Ich hätte Ihnen das einzige Buch schicken können, das ich je geschrieben habe, aber dafür bin ich leider zu schüchtern. Es ist ein Kinderbuch über eine herrenlose Katze im Hamburger Rotlichtmilieu. Mir gefällt es sehr. Sonst allerdings offenbar kaum jemandem. Aber das Happy End ist toll. Es besteht aus einem einzigen Wort:

»… du.«

Meine allerherzlichsten Gedanken werden an Ihrem Geburtstag bei Ihnen sein. Ihr Harry Rowohlt
(aus dem nie ein investigativer Journalist werden wird)

VON HERMANN L. GREMLIZA

Lieber Harry, 5. 10. 90

ich jedenfalls freu mich nicht, wenn ich Deine Kolumne in der »Zeit« lese – und nicht in KONKRET. So gern lese ich sie. Wie heißt das geflügelte Wort dazu?: Was zusammengehört, bestraft das Leben; oder: Wer zu spät kommt, wächst zusammen. Pooh!

Dein *Hermann*

Lieber Herr Rowohlt, 11.10.90

wir wissen zwar inzwischen, daß kaurismäki weder eine Fischsuppe noch eine Wixbude ist, aber was heißen kippis und paska? In meinem kleinen, dottergelben Langenscheidt steht natürlich nichts außer kipsata = gipsen und kipu = Schmerz, auch pasuuna = Posaune. Das Mix daraus bleibt nebelhaft vornehm. What shall we do with it?

Mit freundlichen Grüßen, Ihr

Günter Herburger

AN GÜNTER HERBURGER

Lieber Herr Herburger: 13-10-90

Kippis heißt (s.a. »Die Bornheimer Finnin« von Jörg Fauser) »prost«, und paska heißt »Scheiße«.

Aber ich bitt Sie. Keine Ursache,

Ihr

Harry Rowohlt

Dear Mr Milne: October 25, 1990

So this was it.

I know you couldn't care less but the copy is nifty and the photographs are super. I learned quite a couple of new British words and I still wonder what they mean.

I think we did a good job. On our Last Breakfast I raised my cup of tea and said: »Here's to team spirit«, and Marco de Valdivia, the Chilean photographer, raised his cup of coffee and said: »Hasta la victoria siempre, compañero!« This … uh … captures the true spirit.

Do not, pray, don't try to read the entire megillah: It's in the full colour »supplement« part, the part that drops when you unfold the paper.

I would have loved to meet you.

Oh well.

Harry Rowohlt

Lieber Mr Milne: *25. Oktober 1990*

Dies war es also.

Ich weiß, daß Ihnen nichts egaler sein könnte, aber der Text ist nicht unflott, und die Fotos sind super. Ich habe eine ganze Reihe neuer britischer Wörter gelernt und frage mich immer noch, was sie bedeuten.

Ich glaube, wir haben gute Arbeit geleistet. Anläßlich unseres Letzten Morgenmahls erhob ich meine Tasse Tee und sagte: »Auf den Teamgeist«, und Marco de Valdivia, der chilenische Fotograf, sagte: »Hasta la victoria siempre, compañero!« Dies … äh … gibt etwa den Geist der gesamten Unternehmung wieder.

Bitte, versuchen Sie nicht, die gesamte Megillah zu lesen: Es steht in der Vierfarb-Beilage, dem Teil, der rausfällt, wenn man die Zeitung entfaltet.

So gern hätte ich Sie kennen gelernt.

Nun ja.

Harry Rowohlt

VON EINER LESERIN

Sehr geehrter Herr Rowohlt, 5. November 1990

Ihre Reportagengeschichte im Zeitmagazin über PU DEN BÄREN ist bezaubernd. Danke!

Wie fast alle Menschen, die sich zwar gerne freuen, dann aber vergessen, danke zu sagen, so würde auch ich meine Freude über Ihre Geschichte nicht schriftlich formulieren, wenn ich nicht ein Anliegen hätte.

Seit längerem überlege ich nämlich, wie ich einen unzugänglichen Mann dazu bringen könnte, mich zu einer Tasse Kaffee einzuladen, damit ich ihn ein wenig kennenlerne. Eines seiner Lieblingsbücher (er schreibt selbst) ist PU DER BÄR.

Meine Idee ist nun folgende: Wenn ich ihm eine PU-Ausgabe schenke, die von Mr. Christopher Robin signiert ist – ob er damit vielleicht zu beeindrucken ist, und ich so zu meiner Tasse Kaffee incl. Gespräch komme?

Falls Sie, sehr geehrter Herr Rowohlt, glauben, daß Mr. Robin meine Bitte eventuell erfüllen würde, so wäre ich dankbar, wenn Sie mir dessen Anschrift mitteilten.

Wenn Sie aber denken, daß mein Einfall nicht so gut ist, bitte ich Sie, meinen Brief schnell zu vergessen (vom ersten Absatz abgesehen).

H. B.

ANTWORT AN DIE LESERIN

Sehr geehrte Frau B.: 7-11-90

Doch.

Man kann sich bedanken, ohne eine Bitte an den Dank zu knüpfen. Doch. Das gibt es.

Zwar mag der Mann, den Sie bislang erfolglos anzubaggern versuchen, ein Lieblingsbuch namens »Pu der Bär« haben, aber Christopher Milnes Lieblingsbuch ist es deshalb noch lange nicht. Im Gegenteil. Ich dachte, das wäre klargeworden.

Aber wenn Sie wieder mal einen Wunsch haben –,

freundlichst:

Harry Rowohlt

Herr Rowohlt, (undatiert)

… es stimmt also doch: Menschen, die gut schreiben können, haben oft ein kaltes Herz. Darum sind sicher auch viele Schriftsteller im Alltag unglücklich.

H. B.

PS: Hätte es nicht ausgereicht, meinen Brief wegzutun?
Nein, Sie mußten mich verletzen.
Ist Ihnen nun wohler?

VON BERND RAUSCHENBACH, EHEDEM SECRETÄR DER ARNO SCHMIDT STIFTUNG

Liebster Harry, Bargfeld, den 16. November 1990

wie könnte ich diesen Tag besser bzw. würdiger feiern, als daß ich am Abend dieses Tages begönne, Deine PU-Übersetzung nun endlich zu lesen? Na eben, genau das habe ich gestern abend zur Feier dieses Tages getan. Welches (oder sagt man welchen?) Tages? Des großen Tages. Wir wollen ihn in Zukunft nennen: »Der-Tag-an-dem-Harry-Rowohlt-Bernd-Rauschenbach-in-der-ZEIT-seinen-Freund-genannt-hat«. Bedanken wollte ich mich eigentlich mit jenem Geschenk, das man sich schenken kann – aber »mein« Verleger schickt nicht nur kein Geld (was wenn auch nicht in Ordnung, so doch vertragsgemäß ist), sondern er schickt auch keine Bücher – was weder in der Ordnung noch vertragsgemäß ist. Falls sie doch noch kommen, kommt es dann auch zu Dir. So. Nun muß ich wieder zu dem Pu.

Also bis gleich,
herzlichst

Halt, eins noch: Du nennst mich einen myopischen Zecher. Das ist nur die halbe Wahrheit. Ich bin nämlich nur auf einem Auge (und zwar stark) kurzsichtig; auf dem anderen bin ich (und zwar schwach) weitsichtig. Das kommt nicht oft vor, sagt mein Augenarzt, und ich dürfte eigentlich gar nicht kucken können, weil das Gehirn zwei so verschiedene Bilder gar nicht zusammensetzen könnte. Kann ich aber doch, und so wird mein Gehirn mal in Spiritus Studenten zur ewigen Verwunderung dienen. Die ZEIT-Leser aber werden denken, meine Leber wird zu eben jenem Zweck einst in Spiritus schwimmen, denn sie werden (genau so wie ich) denken, myopisch heiße irgendsowas wie ›kolossal‹ – aber vielleicht schlagen die ja auch im Duden nach. – Nun aber wirklich:

Herzlichst

Dein *Bernd*

NEUERLICHER LESERBRIEF DES HERRN G:

– Leserbrief zu »Pooh's Corner« – Bamberg,
den 18. 11. 1990

Pooh, der Bär mit »sehr geringem Verstand«, müht sich fleißig alle paar Wochen, uns sein selbsterklärtes Verständnisdefizit in origineller Form nahezubringen und nachvollziehen zu lassen. Dabei zieht er durchaus viele Register: Daß das Wort »Sherry« durch ein Mißverständnis entstand, wußte wohl nicht jeder von uns – sollte oben genanntes Attribut gar ein typisches Produkt englischen »Understatements« darstellen?
Allein – Eintagsfliegen machen noch keine Glosse, und so muß der arme Pooh auf den verschiedensten Gebieten »wildern«, um uns unseren Eindruck von »Understatement« zu erhalten. Wenn er dabei als Hobby-Theologe sich in den historischen Ursachen des Todes Jesu ergeht (nachzulesen in mehr als einem populärwissenschaftlichen Werk, welche zu diesem Thema in den letzten Jahren erschienen sind), so wirkt er dilettantisch, bestenfalls grotesk, also wohl durchaus im Sinne seiner eigenen Zielsetzung. Wo der Einfallsreichtum sich aber darin erschöpft, gegen Übersetzer-Kollegen (oder -Konkurrenten?) zu polemisieren (ei wie konnte nur ein anderer als Pooh den Übersetzungsklassiker eines der schwierigsten und Schlüsselwerke der Literatur in diesem Jahrhundert liefern ...!), da bewegt sich der Unterhaltungswert der Bärenergüsse denn doch gen Null.
Nun ja, vielleicht läßt sich doch noch etwas retten – mit einem veränderten Subtitel unter Umständen, der unserem Pooh gut anstünde und ihm auch noch alle Rest-Freiheiten verschaffte: »Meinungen eines Bären ohne Verstand.«

ZWEITE ANTWORT AN DIE LESERIN H. B.

Sehr geehrte Frau B.: 19-11-90

Ich wollte Sie nicht kränken. Niemand, dem ich meinen Brief vorgelesen habe, fand ihn verletzend.

Aber es ist wohl so: Die Unsensiblen sind meist die Empfindlichsten.

Schönen Gruß,

Harry Rowohlt

AN WERNER FULD, KRITIKER UND AUTOR

Lieber Herr Fuld: (undatiert)

Wenn Flann O'Brien versucht haben sollte, den »Ulysses« zu konterkarieren, müßte das bedeuten, daß »At Swim-Two-Birds« danach entstanden ist, oder?

Ist es aber nicht. Sondern davor. Ist zwar später erschienen, weil Flann O'Brien keinen Verleger gefunden hat, aber man kann inzwischen davon ausgehen, daß Joyce das Ms. gelesen hat, bevor er seinen Stammelkram geschrieben hat.

Und wenn Sie keinen Nerv für Flann O'Brien haben, schreiben Sie doch einfach »Ich habe leider keinen Nerv für Flann O'Brien; deshalb erwähne ich ihn gar nicht erst«, anstatt ihn in anderthalb Halbsätzen abzufrühstücken.

Und wenn Sie keinen Nerv für Flann O'Brien haben, haben Sie vielleicht sowieso keinen Nerv für Literatur … Stellen Sie sich mal vor, Sie müßten z. B. den »Ulysses« lesen, ohne zuvor im Seminar gelernt zu haben, daß der toll ist. Oha.

Schönen Gruß,

Ihr *Harry Rowohlt*

AN ULRICH GREINER, SEINERZEIT FEUILLETONCHEF DER »ZEIT«

Lieber Boß: 19-11-90

Ich habe letzte Nacht von Dir geträumt, und bevor es weg ist, schreib ich's Dir.

Du hattest mir das letzte Drittel einer »Corner« gestrichen und an den Rand geschrieben: »Man kann sowas nicht unabsichtlich hinschreiben und dann erwarten, daß es absichtlich gedruckt wird.« Und bevor ich noch sagen konnte: »Dann druck es doch unabsichtlich ab«, war ich aufgewacht.

Schönen Gruß,

Dein *Harry*

ANTWORT AN DEN LESERBRIEFSCHREIBER HERRN G.

Lieber Herr G.: 29-11-90

Wie schön. Mein einer offizieller Leserbriefschreiber hat wieder von sich hören lassen. Da will ich ihn auch nicht warten lassen.

Wissen Sie, was »understatement« heißt? Schlagen Sie's mal nach.

Ich hätte mich nie darum bewerben wollen, den »Ulysses« zu übersetzen, weil ich andere Jahrhundertwerke viel jahrhundertiger finde, aber wenn Wollschläger im »Ulysses« pint mit Pinte übersetzt, dann ist das falsch, und in einem anderen Buch wäre es genauso falsch. (A bottle of pop stammt übrigens nicht aus dem »Ulysses«.)

Und was den Untertitel angeht, so rennen Sie damit bei mir offene Türen ein. Ich hatte damals »Meinungen eines Bären ohne jeden Verstand« vorgeschlagen, habe mich dann aber raufhandeln lassen.

Aber ich wüßte trotzdem gern, warum Sie von einem solchen Haß gegen mich gebeutelt werden. Oder schreiben Sie überhaupt übellaunige Leserbriefe in schlechtem Deutsch? So, wie andere Leute mit der Eisenbahn spielen?

Schönen Gruß,

Harry Rowohlt

1991–1993

»Ich habe mit dem Rowohlt Verlag soviel zu tun
wie Bobby Fischer mit dem S. Fischer Verlag.«

AN RIA DÜLBERG, »WESTFALENPOST«

Liebe Frau Dülberg: 26-3-91

Vielen Dank für Ihren freundlichen Artikel. Besonders gut hat mir gefallen, daß Sie mich als »Irish Times«-Kolumnisten bezeichnen. Es ist nicht die »Irish Times«; es ist DIE ZEIT, Erscheinungsort Hamburg/Elbe.

Mit kollegialem Gruß,

Harry Rowohlt

VON SIEGFRIED UNSELD

Lieber Ausgebildeter, am 3. April 1991

haben Sie Dank für Ihr freundliches Schreiben. Wie schön, wieder einmal von Ihnen zu hören!

Ich lese natürlich gerne, daß Sie mit unserem Impressum einverstanden sind.

Die zweite Lektion hinsichtlich Neuauflagen gebe ich Ihnen zurück: das liegt an dem Vertrag, den Sie geschlossen haben! Wir haben für O'Briens »Irischer Lebenslauf« – und ich gehe davon aus, daß Sie dieses Buch meinen – einen Übersetzervertrag abgeschlossen (1977); das vereinbarte Honorar wurde Ihnen gezahlt, auch DM 1.000.– bei der Übernahme ins Taschenbuch (1983); wir haben inzwischen die 5. Auflage der Taschenbuchausgabe (also keine Neuauflage) vorgelegt, und zwar das 15.–19. Tsd.; im Vertrag wurde nicht vereinbart, daß Sie von jeder Auflage Belege zu erhalten haben. An den Belegen soll's nicht liegen, ich lasse Ihnen 20 Exemplare zugehen, aber bei dem vereinbarten Pauschal-Honorar muß es bleiben.

Ich lege hier ein nachträgliches Geburtstagsgeschenk bei – und viele gute Wünsche.

Ihr
S. Unseld

Lieber Herr Dr Unseld: 17-4-91

Dankeschön.

Sehr gern staube ich die 20 Expl. »Irischer Lebenslauf« (was ein spekulativer, aber doch giga- bzw. kardinaldummer Titel ist) ab, aber das eigentlich in Rede stehende Buch war »Der dritte Polizist«.

Natürlich weiß ich, daß man erstmal seine Verträge lesen muß, bevor man sich worüber auch immer beschwert, aber kommen Sie erstmal in mein Alter, und haben Sie erstmal 76 Bücher (und einen Film und ein Theaterstück) übersetzt –: Da jammern Sie auch erst und lesen dann nach.

Schönen Dank auch für das Geburtstagsbuch. Ein wichtiges Foto fehlt: Wie mein Vater Peter Suhrkamp die Frisur durcheinanderbringt.

Schönen Gruß,

Ihr *Harry Rowohlt*

AN DEN »ZEIT«-LESER JON HILBERT, DIOCESE OF MONTEREY, CA

Dear Msgr. Hilbert: 18/4/91

I'm pretty sure »Monsignore« is not the correct title but since I am a practicing Pagan (or would be, if I only knew how to practice it), »Monsignore« will be beveate make do.

Just having got back from L.A. (where I got busted in '71 for walking on a sidewalk) and still jetlagging I'm eager to help before the sun is out.

Gestrig: yesterdayish, out of it
Verbohrt: You're right. Stubborn, inflexible
Angegangen: 1st state of decay
Vermufft: Musty
Ausgeblutet: You're right. Bled-out
Mau: Slightly uneasy
Alle: Over & out
Stein- und beinlos: Neither stone nor bone. »Es friert Stein & Bein.«
Saft- und kraftlos: Neither juice nor stamina. Effete
Verstaubt: Sure. Covered in dust. Of fuddy-duddy, whatever that means
Aus Leitartikeln zusammengeklaubt: Picked up from editorials
Das schrägst gesenkelte: Not bad, ey? Oddly laced (as in shoes)
Von Keines Gedanken Angekränkelte: Should be »von keines Gedanken Blässe Angekränkelte … Not sicklied o'er with the pale cast of thought
An den Haaren Herbeigeklaubteste: Should be »an den Haaren herbeigezogen«, far-fetched
Verschmorteste: Over-braised

Malle: Together with »mau« Berlin slang for uneasy, but not slightly; really mau

Zickig: Bitchy

Mickrig: Tiny, no match

Dööfste: Why 2 Ös? Why not four of' em? Döööösfte. Or if you prefer it in Danish: Døøøøfste.

I'll defend the E in »Wiedergänger« coz the Zombie appears again (wieder), not against (wider).

Now **you** do **me** a favor, okay? **Never** again say »Schriftleitung« since this fabulous word is the Nazi translation of »Redaktion«. Or if you have to use it use it tongue-in-cheek.

Just like my column. Have a nice day,

Harry Rowohlt

Mr Hilbert hatte einen Fragenkatalog zu seiner ZEIT-Lektüre, die Redaktion bat HR um Hilfe.

Herr Rowohlt 1 May 1991

Zunächst. Bitte dulden Sie meine Kauderwelsch.

Vielen dank für ihren Brief. Leider oder sondern frohlich ich bin kein Monsignore. Und kein Pfaffen. Ich bin eine Laie Angestellte und arbeite für die katholische Kirche. Jemand hat Papst Johannes XXIII gefragt: »Wieviele Leute arbeite für die Vatikan?« Er scharf erwiderte: »Ungefähr ein halb.«

Eine Überraschung! Ich bin Katholisch und auch Christ! Übrigens Sie werden wohl fühlen wie eine Heide weil es viele Heiden in die katholische Kirche gibt.

Der neuer Slang verwirrte mich sehr. Das war sehr liebenswürdig von ihnen die Wörter übersetzen. Vielen dank.

Tut mir leid. Ich verspreche daß ich in Zukunft nie das Wort »Scriftleitung« benutzen wird. Niemals. Vorausgesetzt daß es nur witzelnd benutzen wird – meine zweiter Vorname heißt Spott.

Ich warte in erwartungsvolle Spannung auf ihrer nächste Kolumne. Mehr Pooh, vielleicht?

Schluß für heute.

Jon Hilbert

PS Blauäugig. Einverstanden. Übrigens, Herr Hitler hatte blaue Augen – Teufelskerl.

PPS Stammtischpolitiker. Ich zitiere H. L. Mencken (auf Englisch): »Complex problems have simple, easy-to-understand wrong answers.«

VON JÖRG DREWS

lieber harry rowohlt, (nicht datiert)

wann schreiben sie denn mal wieder POOH's CORNER? jeden donnerstag, wenn nix von ihnen in der ZEIT ist, nervt mich meine freundin und beschwert sich. mit recht.

haben sie zu ihrer rechtfertigung was vorzubringen oder müssen sie sich einfach schämen?

unwirsche grüße von meiner frau freundin, und herzliche grüße von mir,

ihrem *jörg drews*

AN JÖRG DREWS

Lieber Jörg Drews: 22-7-91

War das nun (Datum des Poststempels) prompt genug? Oder soll ich mich vorsichtshalber nur so schämen? Grund gäbs immer.

Ich bin, wie Sie sehen, in Wien, und zwar, wie Sie sehen, im 5. Hieb, und zwar, was Sie nicht sehen, als Schauspieler. Am 29. August ist Premiere von »In Schwimmen-zwei-Vögel«, und ich werde eine Doppelrolle geben: Finn Mac Cool und die gute Fee.

(Heute war zum erstenmal die Kostümbildnerin da, um Tex Rubinowitz <Ich-Erzähler> und Klaus Nüchtern <Brinsley> Anzüge anzumessen, und da sagte – das fällt mir bei Ihrer Frau Freundin ein – Hermes <Ich-Erzähler's Onkel>: »Schene Anzügln hams kriagt, die Herren Buben.«)

Schöne Grüße an Sie und Ihre Frau Freundin,

Harry Rowohlt

AN DAVID M. PIERCE, SCHRIFTSTELLER

Dear David M. Pierce: July 25, 1991

I'm your friendly fuzzy German translator and I just wanted to say Hi and warn you because my American English is very dated which means work for you since I'm going to send you an endless List of Ignorance as soon as I get started (which probably won't happen before mid-September as I'm stuck here in Vienna acting as an actor <playing Finn Mac Cool, a mythological Irish hero, plus a Good Fairy for good measure>).

So we'll have a formidable glossary at the end of the book, too.

I already read **Hear the Wind Blow, Dear,** one of the few books, Lora Fountain told me, that made Gilbert laugh aloud (same here, man) but I'm going to start with **Down in the Valley**.

Maybe I should also tell you that I share your (or Victor Daniel's) phobias about Germans (being a German cat myself), Japanese males (not being a Japanese chick myself), but couldn't care less if girls smoke cigars or not; as long as they **do** smoke, they're okay with me

So we'll be hearing from each other.

Harry Rowohlt

Lieber David M. Pierce: *25. Juli 1991*

Ich bin Ihr netter krauser deutscher Übersetzer und wollte nur mal eben Guten Tag sagen und Sie warnen, weil mein amerikanisches Englisch sehr überholt ist, was Arbeit für Sie bedeutet, da ich Ihnen eine endlose Ignoranzliste schicken werde, sobald ich angefangen habe (was wahrscheinlich nicht vor Mitte September geschehen wird, weil ich hier in Wien festsitze, wo ich als Akteur agiere <indem ich Finn Mac Cool spiele, einen irischen Sagenhelden, plus sicherheitshalber noch eine Gute Fee>).

Hear the Wind Blow, Dear habe ich bereits gelesen, eines der wenigen Bücher, hat mir Lora Fountain gesagt, bei deren Lektüre Gilbert laut gelacht hat (hier ebenfalls, Alter), aber anfangen werde ich mit Down in the Valley.

Vielleicht sollte ich Ihnen noch sagen, daß ich Ihre (oder Victor Daniels) Phobien teile, was Deutsche (da ich selbst ein deutscher Typ bin) und japanische Männer (da ich selbst keine japanische Mausi bin) betrifft, aber ob Mädels Zigarren rauchen, ist mir echt wurscht; solang sie überhaupt rauchen, sollen sie mir recht sein.

Wir hören also voneinander.

Harry Rowohlt

Dear Harry, ›Gay‹ Paree, Rainy, July 31.

Got your note this morning, and I rush to reply. Well, after doing the puzzles in the Times & Trib, I rush to reply. Well, after doing the puzzles and making a third cup of coffee and putting javel water down the toilet I rush to reply.

First, delighted to help any way I can; I'll be available any time but Sept. 12–20, when I'll be hopefully in Salamanca.

Second: we will start by cutting those uncomplimentary remarks I made about Germans and Japanese; they are racist, unnecessary, impolite and make me wince, true or not. As my English editor explained, if I do want to voice such thoughts, for God's sakes (and ours) give them to someone other than your hero. Point taken.

Third: ta ta for now, and thanks again for getting in touch.

Big Dave

Lieber Harry, *regnerisch. 31. Juli. 91*

habe heute morgen Ihre Nachricht bekommen und beeile mich mit einer Erwiderung. Naja, nachdem ich die Kreuzworträtsel in der Times & der Trib gelöst habe, beeile ich mich mit einer Erwiderung. Naja, nachdem ich die Kreuzworträtsel gelöst, mir eine dritte Tasse Kaffee gemacht und grünlich-gelbes Wasser in die Kloschüssel verbracht habe, beeile ich mich mit einer Erwiderung.

Erstens bin ich entzückt, wenn ich irgendwie helfen kann; ich bin jederzeit verfügbar, außer vom 12. bis zum 20. September, zu welchem Zeitpunkt ich hoffentlich in Salamanca sein werde.

Zweitens: beginnen wir damit, daß ich diese unschmeichelhaften Bemerkungen streiche, die ich über Deutsche und Japaner gemacht habe; sie sind rassistisch, unnötig, unhöflich und lassen mich zusammenzukken, seien sie nun zutreffend oder nicht. Wie mein englischer Lektor erläuterte, soll ich, wenn ich wirklich solche Gedanken äußern will, sie um Gottes (und um unseret-) willen nicht gerade dem Helden in den Mund legen. Kapiert.

Drittens: erstmal ada ada, und danke für die Kontaktaufnahme.

Big Dave

AN SIMONE BOROWIAK, SCHRIFTSTELLERIN

Liebe Simone: 9-6-92

Eben hat mich ein wildfremder Mann (»jung und gutaussehend« würdet Ihr Weiber sowas wahrscheinlich nennen) angequatscht und gesagt: »Ich möchte mich noch bei Ihnen für das korrekte Ausfüllen des FAZmagazin-Fragebogens bedanken. Ich habe mir nämlich das Buch von Simone Borowiak gekauft, und ohne das wären die Pfingstfeiertage unerträglich öde gewesen.«

»Und besonders schön an dem Buch«, ergänzte ich, »finde ich, daß einem als unbeabsichtigtes Nebenprodukt auch noch Spanien vermiest wird.«

Fand er auch. Und so trennten wir uns wieder: zwei stille Fans in einer großen Stadt.

Babá, mir sehn sich é, wie wir Wiener sagen.

Dein *Harry*

Simone Borowiak verfaßte den Bestsellerroman »Die Rettich, die Czerny und ich«, der auch verfilmt wurde.

AN DAS LAYOUT DER »ZEIT«

Betr.: Pooh's Corner, DZ 34/92

Liebes Layout: 19-8-92

Es ist zwar sehr schön, wenn Du Nashörner, lustige Pril-Blumen, Garfields und was sonst gerade nicht gebraucht wird, in meine Kolumne klebst, aber es wäre mir noch lieber, wenn ein läppischer Zweizeiler, den ich mir auf Mitte gesetzt vorgestellt hatte, auch auf Mitte gesetzt würde.

(Ich finde nämlich, der Bär rechts unten ist absolut stark genug, und da ich dermaleinst vielleicht ganz dringend die eine oder andere grafische Auflockerung brauche, weil sie sich ganz zwingend aus dem Zusammenhang ergibt, wäre es mir lieb, wenn die »Corner« Bleiwüste bliebe. Das ist die normative Kraft des Faktischen und keine Abneigung gegen Kreativität und/oder Nashörner.)

Aber davon abgesehen, habe ich Dich ganz schrecklich gern und furchtbar lieb.

Harry Rowohlt

AN EINE AUTORIN

Liebe Anna W.: 27-11-92

Ich habe mit dem Rowohlt Verlag soviel zu tun wie Bobby Fischer mit dem S. Fischer Verlag. Versuchen Sie's doch nochmal mit Martin Rowohlt (der ist Weinhändler) oder mit Jörg Rowohlt (der ist Vorsitzender der Hamburger Schwuleninitiative).

Schönen Gruß,

Harry Rowohlt

Auf die Anfrage, ob HR ihr neues Buch verlegen könne.

AN ANGELIKA SCHNEIDER, LEKTORIN

Sehr geehrte Frau Dr Schneider: 17-12-92

Ich bin entzückt, wie vorteilhaft mein Original gegen die edierte Version absticht, und bitte, alles rückgängig machen und genau nach Vorlage setzen (lettern?) lassen zu wollen.

Die Seite, auf der sich gar nichts mehr reimt (und die ich während unseres Telefonats nicht gefunden habe), geht so:

> Das Zimmer war in Rauch gehüllt.
> Sie stürzt ans Fenster, schreit:
> »Ihr Leute, helft mir, helft!
> Ich bin des Feuers Beute!«

Dadurch wurde ich stutzig, und wenn ich nicht stutzig geworden wäre, wäre bei mir nur ein allgemeines Unbehagen geblieben – »Das soll ich geschrieben haben?« –, und ich hätte blind alles imprimiert.

… und bitte **ins** statt »in's« und **ein Augenschmaus den Briten** statt »der Briten«.

Und nun wollen wir uns – es ist schließlich der 17. Dezember – bitte wieder vertragen. Sie müssen das verstehen: Bei meinem 82. Buch bin ich besonders empfindlich.

Schönen Gruß,

Harry Rowohlt

Es handelte sich um die Übersetzung des Kinderbuchs »Matilda, die so schrecklich log«, das im Diogenes Verlag erschien.

VON MICHAEL KRÜGER, LEITER DES HANSER VERLAGES

Lieber Bär – 18. Februar 1993

wie kann man es anstellen, Dich zu einem Büchlein zu überreden. Wir haben eine kleine Reihe von Büchern begonnen, die sich mit Orten beschäftigen, topographischen, gedanklichen, fantastischen und sehr wirklichen. Das kleine Buch über Marrakesch von Canetti ist darunter, die Fantasie über Venedig von Brodsky, das Wiedersehen mit Sri Lanka von Michael Ondaatje, eine Unterhaltung von Chatwin und Theroux über Patagonien. Und nun wollten wir Dich fragen, ob Du uns ein Manuskript von 80–100 Seiten über Irland schreiben könntest. Als ich hier einwandt, ich weiß gar nicht, ob er Irland kennt, meinte Frau Feilhauer er muß es kennen, sonst hätte er die irischen Bücher nicht so übersetzt wie sie übersetzt sind. Also kennst Du Irland! Und da Du ein Bär mit Verstand bist, empfindest Du diese Anfrage wahrscheinlich als ganz selbstverständlich, und vielleicht hast Du ja bereits ein Manuskript liegen und wußtest nur nicht, an wen Du es schicken solltest. In diesem Fall haben wir oben auf dem Briefkopf unsere Adresse gesetzt. Hat es Sinn, mit Dir darüber zu reden? Wenn ja, bitte melde Dich.

Herzliche Grüße

Michael Krüger

AN MICHAEL KRUGER

Lieber Haubentaucher: 25-2-93

Entschuldige, daß ich Dich Haubentaucher nenne.

Aber weil du »Bär« zu mir gesagt hast, dachte ich, ich laß mich nicht lumpen und schreibe in meiner Erwiderung das erste Wort hin, welches mir am geistigen Auge vorüberschleicht, und da hat der Haubentaucher dran glauben müssen.

Eigentlich nicht schlecht, bei Lichte betrachtet.

Lieber Haubentaucher: Nein, ich habe kein Manuskript herumschimmeln; ich bin ja nicht beim STERN. Den einen etwas längeren Text, den ich mal über Irland geschrieben habe, den habe ich für SAISON (das Reisemagazin von Geo) (muß man immer dazusagen; sonst gibt das Zanke) geschrieben, und da ist er auch erschienen. Und dann nochmal im Irland-RABEn. Und dann nochmal im RABEn-Taschenbuch. Ich habe also mehr als genug Honig daraus gesaugt. Aber wenn mich jemand gegen Geld nach Irland schickte, wäre ich u. U. bereit, noch etwa 45 zart hingetuschte Reise-Impressionen dranzustückeln, so daß ein ganz tolles Buch entstünde, welches ich mir schon mal bestimmt nicht kaufen würde.

Aber lieb & ehrenvoll ist Dein Brief schon, und während ich ihn beantworte, muß ich immer den Kopf verdrehen, weil er gerahmt und unter Glas an der Wand hängt.

Schönen Gruß,

Harry

VON MICHAEL KRÜGER

Lieber Bär, München, den 4. März 1993

im Paragraphen 443 meines Dienstvertrages steht: Herr Dr h. c. in spe Michael Krüger ist als Verlagsleiter verpflichtet, Autoren, die sich aus guten Gründen weigern, ihre Bücher im Hanser Verlag zu veröffentlichen, mit guten Argumenten zu überzeugen, dies gegen ihre Überzeugung zu tun.

Also noch einmal Irland. Meinst Du nicht, ich sollte zum Beispiel das Zeit-Magazin bitten, Dich noch einmal dorthin zu schicken? Es gibt doch viele reiche Magazine in diesem ärmer werdenden Land, die stolz darauf wären, den Bären in fremde Länder zu senden, damit er den dortigen Honig probiert. Wenn Du also überhaupt Lust hättest, Dein irisches Material zu einem Büchlein zusammenzubauen, das Du dann selber gar nicht zu lesen brauchst, dann gib mir noch einmal Nachricht, damit ich tätig werden kann.

Viele herzliche Grüße

Michael, gen.: Der Haubentaucher

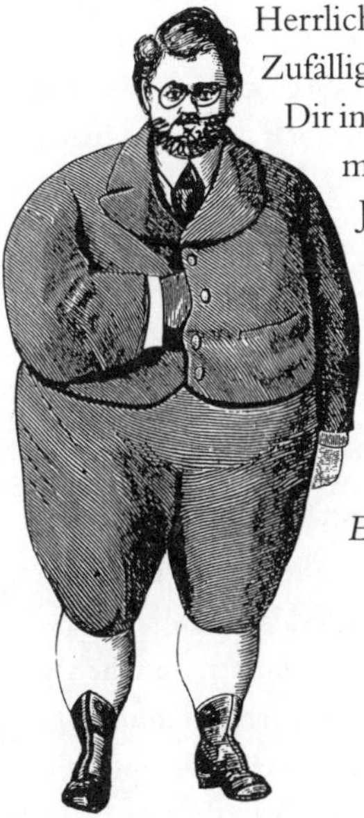

Herrlicher Harry, 26. 7. 93
Zufällig finde ich hier noch ein Photo von Dir in Deinem C & A-Anzug, war der nicht marineblau?
Ja sicher war der marineblau.
Schluß des Vorhersehenden, → anbei. Wenn Du damit zufrieden bist, bin ich stolz und froh!

Sei umarmt, gegrüßt,
der nächste Deckel geht auf mich –

Elke

AN ELKE HEIDENREICH

Liebe Elke: 28-7-93

Eigentlich wollte ich aus lauter Arroganz gar nicht auf Dein Nachwort reagieren, aber dann fiel mir noch gerade rechtzeitig ein, daß das Nachwort ja der Grund für die Arroganz war.

Aber – sozusagen – ernsthaft: Das hast Du aber schön gemacht. Wenn auch manches gelogen ist.

Weißt Du, wer Gaetano Marcovaldi ist? Siehst Du, das weißt Du nicht. Der Stiefsohn von Musil. Und immer, wenn mich jemand nach etwas fragt, was ich nicht weiß, gehe ich gar nicht drauf ein und frage: »Und wer, bitteschön, ist Gaetano Marcovaldi? Siehst du, das weißt du nicht.« (Soviel zu den vielen Wörtern, die ich angeblich weiß.) — Und Bücher gab es zwar in meiner Kindheit, es gab aber auch eine Mutter, und die sagte nicht etwa: »Liest du schon wieder?!?« sondern: »Schnuffelst du schon wieder in Büchern rum?!?« Wie das ja überhaupt immer ein ziemlicher Analphabetenladen war, was sich aber kein Schwein vorstellen kann.

Umso schöner, daß alles doch noch irgendwie geklappt hat, und Du hast mit Deinem schönen Nachwort einen ziemlichen Anteil daran.

Der übernächste Deckel geht dann wieder auf mich. Und nu mach gut.

Dein *Harry*

Elke Heidenreich verfaßte das Nachwort zu HRs Buch »Pooh's Corner«.

AN STEPHAN OPITZ, EHEDEM LEITER DES NORDKOLLEGS RENDSBURG

Lieber Stephan: und Baas: 8-9-93

Dein Freund, der Arzt, hatte uns die Kneipe »Zum Leuchtturm« empfohlen, und als wir mit dem Taxi zum Bahnhof fuhren, hielt es vor einer roten Ampel schräg gegenüber vom »Leuchtturm«. Ich sagte: »Ach, da ist ja der ›Leuchtturm‹«, und Otto sagte unendlich geduldig: »Harry, das ist eine Ampel.«

Mit Robert bin ich dann über die Logo-gebende Eisenbahnbrücke gefahren, und wir haben uns über dem Schild »Læn Dem ikke ud« weit hinausgelehnt, um das Nordkolleg zu sehen.

In Hamburg hatten wir eine italienische Taxifahrerin. Ich sagte ihr, sie soll (weil das schneller ist) nicht geradeaus, sondern rechts fahren. Wir fuhren durch die Begrünung, und sie sagte: »So eine schöne Strecke. Danke für die Inneweise.«

So endete der Landschulheimaufenthalt genauso zaubrisch, wie er gewesen war, und der von meinem Zahnarzt (sic!) verlangte HIV-Test war auch nebbich negativ.

Nochmal vielen Dank; Servas, babá, mir sehn sich eh, und meine Verehrung an die svenska näktergallen.

P.S.: Bitte wenden

Unglaublich, was für eine Mischung Du da zusammenfinassiert hast. Ich glaube, das wird der schönste RABE der Welt. D. O.

AN DAN McCALL

Dear Dan McCall: November 15, 1993

Yes, you guessed it. This is your friendly fuzzy German translator and I'm at it again.

I got this newish address of yours and I'm wondering if it is correct and if, if so, I might send you another List of Incompetence. I already »did« 161 pages of »Triphammer« or, in other words, 67.932489% and I'm very anxious to learn what all those beautiful little words might mean.

So please drop me a line saying »Shoot«.

I might add that I'm enjoying »Triphammer« a hell of a fucking lot. It'll be the 86th book I've been translating, Deo volente. (I also had the 2nd book of my own write out this fall, assorted shit and manifestoes, the 1st printing – 8.000 copies – was sold out in two weeks which immediately turned me into an arrogant asshole, but what the fuck else is new.)

I saw »My Father – My Friend« (which is <»Mein Vater – Mein Freund«> »Jack the Bear«'s German title) and I wept through the entire flick. Although. Just for old times' sake.

Well, looking forward to hearing from you ———,

Harry Rowohlt

Lieber Dan McCall: *15. November 1993*

Ja, Sie haben es erraten. Hier ist Ihr netter krauser deutscher Übersetzer, und ich bin wieder dran.

Ich habe jetzt diese Ihre eher neue Adresse und frage mich, ob sie wohl stimmt und ob ich, falls ja, Ihnen eine weitere Inkompetenzliste schikken dürfte. Von Triphammer habe ich bereits 161 Seiten oder, mit anderen Worten, 67,932489 % ge»macht« und bin sehr begierig zu erfahren, was all diese wunderschönen kleinen Wörter bedeuten mögen.

Schicken Sie mir also bitte eine Zeile, in der »Los!« steht.

Ich möchte noch hinzufügen, daß Triphammer mir ausnehmend gut gefällt. Es wird, Deo volente, das 86. Buch sein, das ich übersetze. (Diesen Herbst ist auch das 2. Buch in meiner eigenen Schreibe erschienen, versammelte gemischte Scheiße und Manifeste; die 1. Auflage – 8.000 Expl. – waren in zwei Wochen verkauft, wodurch ich umgehend zum arroganten Arschloch wurde, aber was gibt's sonst schon scheißenochmal Neues.)

Ich habe Mein Vater – mein Freund (dt. Titel von *Jack the Bear) gesehen und den ganzen Film durchgeflennt. Obwohl. Nur wegen früher.*

Na, ich freu mich erstmal drauf, von Ihnen zu hören ———,

Harry Rowohlt

VON DAN McCALL

Dear Harry, November 23, 1993

Shoot.

It's swell to hear from you again, especially such a good, funny letter. I know Trip is in good hands.

The movie of the book is about ready to go at MGM. Steve Tesich (who won an Oscar for Breaking Away) has finished the script. The producers have promised they won't cast »Dick« until my son, Steve, has been given an audition. »Dick« is Steve, his real-life last year of high school (much as »Dylan,« in Jack The Bear was Steve when he was a little boy).

I wept, too, all through the film of Jack The Bear – but perhaps for a different reason. I thought they catastrophically missed the tone of the book. 'Twasn't funny at all. I wish they'd stuck with Robin Williams (he and I had a couple of talks about it): Robin would have given »Dad« the manic energy and fun the role requires.

Will your book be available in English? I'd love to read it.

I've just finished my new novel; it's about a Lady Judge. My friends say it's my best yet, and I hope they're right.

I look forward to your »List of Incompetence.« Hope I can be of help.

All the best from one arrogant asshole to another –

Dan

Lieber Harry, *23. November 1993*

Los!

Es ist prima, wieder von Ihnen zu hören, besonders in so einem guten, lustigen Brief. Ich weiß, daß Trip in guten Händen ist.

Die Verfilmung steht bei MGM kurz vor dem Start. Steve Tesich (der für Breaking Away einen Oscar bekommen hat) ist mit dem Drehbuch fertig. Die Produzenten haben versprochen, sie werden »Dick« nicht besetzen, bevor mein Sohn Steve vorgesprochen hat. »Dick« ist Steve, sein letztes Jahr auf der High School im wirklichen Leben (ziemlich so, wie »Dylan« in Jack der Bär Steve als kleiner Junge war).

Ich habe ebenfalls die ganze Verfilmung von Jack der Bär durchgeflennt ––, aber vielleicht aus anderem Grund. Ich fand, sie haben den Ton des Buches auf katastrophale Weise verfehlt. 's war überhaupt nicht komisch. Ich wünschte, sie wären bei Robin Williams geblieben (ich habe mich mit ihm ein paarmal unterhalten): Robin hätte »Dad« die manische Energie und den Spaß gegeben, auf die es bei der Rolle ankommt.

Wird Ihr Buch auf englisch erhältlich sein? Ich würde es liebend gern lesen.

Ich bin gerade mit meinem neuen Roman fertig geworden; es geht da um eine Richterin. Meine Freunde sagen, er wäre mein bisher bester, und ich hoffe, sie haben recht.

Ich freue mich auf Ihre »Inkompetenzliste«. Hoffe, behilflich sein zu können.

Alles Beste von einem arroganten Arschloch zum andern ––,

Dan

AN DAN McCALL December 4, 1993

THE LIST

16 hat (a cap or an actual hat?)

23 to pop s. o. 6 ways to Sunday

27 … the game plan changed, and I was too looped to adjust …

33 No, I won't ask you about the Bobbsey twins because I just got a smart book – »KingKong, Spock, & Drella – A Lexicon of American Trivia« – which has it all. Which doesnt't mean I know the meaning of

34 green varsity letter (like a big green U as in NYSU on a sweater?)

35 I think of tinning him

36 guppy

37	Lake	Street?
	Wren	Road?
	Klein	Avenue?
	Maplewood	Drive?
		Crescent?

42 wing-tip shoes

46 … left her holding the bag

I kick up my heels

61 Doctor Dentons (s. t. like Long Johns?)

humongous (You just made it up, right?)

64 When you stop an intellectual … (When he/she is driving a car? Or interrupt him/her? Or what?)

70 Commons (The Village Green?)

87 Hudson River School (just being curious)

88 bat-lady glasses (Butterfly-wing glasses; like those Gary Larson secondary female characteristics? Or s.t. sexy in the Batgirl/Batwoman tradition?)

97 … ran a data on the teletype …

100 DWI (drunk without interest?) Double Whopper Intoxication?)

103 … I push the electric button (to open the cell door?)

116 I say heh-heh. (As in »Ha-Ha! <Very funny!>« or as in »Hey! <You better watch it!>«?)

125 She called him a worthless drummer. (Is this kind of proverbial? Or was he actually playing the drums somewhere? Or wouldn't you know?)

134 It is stimulating, ta-da. Ta-da?

135 collar brass (Probably just what I thought. Just making sure.)

138 »What it is, man. And shit.«

139 Jamesway

149 snockered (Drunk, -kay?)

153 I tried to slough it off. (Tried not to get plastered for the occasion? Tried to get over it?)

155 CPR (C?P?Respiration?)

158 … waiting for the other shoe to fall (Like lying awake at night and waiting for your neighbor's other shoe to fall so that you can go to sleep unless he's got a third leg?)

160 You can't buy a rhyme.

161 Allen goes to town (i.e. steps down and actually walks into the audience?)

165 busting my dops (pulling my leg?) (Copps, that is.)

166 What kind of a weapon is an off-duty weapon?

171 … he was still squeezing the gun. (Still holding on to it or still pumping it?)

179 … talk about why a gentleman does not check and raise, does not sandbag.

182 Simon Legree

191 I haven't seen »Citizen Kane« for quite a while, and since I am too stupid to operate my VCR a video won't help much. Does old Jededian know or like Charlie Kane well enough to call him »Thou« (i.e. are they on 1st name terms), or does he address Mr. Kane by saying »They«? Of vital importance in German.

… Kane's son getting shot (Shot to death or just wounded?)

195 Everybody gets a little wired (in the mood?)

half-in-the-bag-policemen (half drunk?)

197 All of a sudden she calls him »Punky«?!?

198 Like I just got off the truck. (Like I just arrived? As if I were totally out of it?)

205 tank suit

209 Supreme Court Judge (Federal or just State?)

211 Now how many floors does the Nordlands' mansion exactly have?

226 All of a sudden she calls him »Scooter«?!?

229 grand theft auto (grand auto theft? Short for »grand theft of automobiles«?)

232 Pac-Man

Eine der »Inkompetenzlisten«, wie sie HR an seine Autoren zu schicken pflegt.

VON DAN McCALL

Dear Harry, December 17, 1993

Alas, I won't be anywhere near Barner Strasse on Feb. 2, but I send my congratulations, best wishes, and love to the two stupid little hippie kids who surely have by now made their point.

As to your wonderful list:

16 In America, chauffeurs and baseball players wear caps; cops wear hats.

23 »to pop someone 6 ways to Sunday« means to hit 'em really hard; I don't know where »six ways to Sunday« comes from.

33 The Bobbsey Twins are like The Rover Boys, images of rectitude in juvenile literature (many decades ago, I think). »Play drop the soap« is slang for anal sex – 2 guys shower, one drops the soap, bends down to pick it up, and the other guy enters him. So what you have here is Virtue and Prurience.

27 »game plan« is just what it sounds like, a strategy to win a game, and »looped« means drunk.

34 Yes, you've got the meaning of green varsity letter.

35 »tinning him« is when one cop shows another his badge. Specifically, when an off-duty officer, out of uniform, shows an on-duty officer that he (the off-duty one) is a cop, too.

36 »guppy« is a little fish – in this case, a dumb little fish.

37 Yes, those are all street names.

42 »wing-tip shoes« are a popular heavy Oxford shoe with a stipled toe (a design with little holes). I've worn 'em since high school.

46 »left her holding the bag« means left her w/all the problems, ran out on her, dumped all the problems in her lap.
»I kick up my heels« means jump for joy – here, metaphorically.

61 »Doctor Dentons« are pajamas for little kids, with feet and a back door flap on the rear.

»humongous« is – gasp! – misspelled. »Humungous« is a common word for very big.

64 Yes, when he/she is driving a car.

70 Yes, Village Green is okay for Commons.

87 – »Hudson River School«: the New York river is named after Henry Hudson; the »Hudson River School« is a group of 19th-century romantic landscape painters, the most famous of whom was Thomas Cole. Sydney knows; Trip doesn't.

88 Bat-lady glasses are indeed butterfly-wing glasses, as in Gary Larson. Not sexy.

97 »ran a data« is police jargon for running a data-check on a suspect, e. g., to see if he has any »priors« (prior arrests).

100 DWI is »Driving While Intoxicated«

103 I push the electric button – is like ringing a doorbell, so that the guy on the inside will come let you in.

116 »heh-heh« in this instance is sardonic, right between Ha-Ha and »Watch it.«

125 »drummer,« here, means (oddly enough) traveling salesman!

134 He's mocking himself, for using the artsy-fartsy word »stimulating.« Ta-da! is like a fake, self-conscious bow.

135 collar brass is just as you thought.

138 »What it is, man. And shit.« Dick's sly imitation of cool hipster speech, ghetto argot.

139 Jamesway is a chain of huge (cheap) discount stores

149 Yes, »snockered« is drunk.

153 »Slough it off« is what a snake does with its skin, the way it sheds its old skin.

155 »CPR« is cardio-pulmonary resuscitation.

158 »waiting for the other shoe to fall« is Trip's slightly garbled version of »waiting for the other shoe to drop« which is (almost always) ominous: one bad thing has happened, and another will soon follow.

160 »You can't buy a rhyme« means that however much you want it (and would be willing to pay money to get it) the poem has no rhymes.

161 »go to town« means really to do it, hot! Prawly an old idiom from when rural folk decided to ›go to town‹ for excitement.

165 »busting my chops« means really giving me trouble, giving me a hard time (originally may have meant hit me in the mouth (chops, jaw) but no longer carries that physical specificity).

166 an off-duty cop often carries (and in some states is required to carry) an »off-duty weapon« (usually much smaller than the weapon he carries when in uniform).

171 even in death the boy's finger spasmodically pulls the trigger.

179 Poker. To check and raise (to pass, and then on the same round to bet more) is not something a gentleman does. To sandbag – to put in a huge amount (usually when you've got a »lock,« a sure thing) is also considered ungentlemanly.

182 Simon Legree is the villain in Uncle Tom's Cabin. Expanded, in the old silent movies, to any villain with a long black moustache – usually demanding »THE RENT!« or tying the heroine to the railroad tracks.

191 Jedediah and Charlie call each other »Charlie« and »Jedediah.« Buddies. I think Kane's son was supposed to be shot to death. We don't have the sequence.

195 »wired« here means drunk, stoned. Half-in-the-bag is also drunk, semi-drunk.

197 »Punky,« like »Scooter« (below) is essentially affectionate, with a little dismissiveness in it. That is, the names are fond but they both juvenilize. Good-natured kidding.

198 Yes, you got »just off the truck« right.

205 A tank suit is very sexy, clinging tight.

209 State Supreme Court.

211 I don't know; at least 3.

229 »grand theft auto« is well-known jargon for the grand theft of automobiles.

233 Pac-Man was the first big hit of electronic-computer games. I remember a throng of admirers surrounding my son Steve, in the Newark airport, when he was 9, winning thousands of points. There was even a big book, How To Win At Pac-Man.

Whew! When will I get to see it? My German-speaking pals say you did a wonderful job on Jacky.

All the best –

Dan

1994–1997

»Another thing you can't do as a translator:
Send a fax to the author of an autobiography,
telling him you're on page 270, you're over the top,
it's great stuff, and could he please let his hero die?«

Dear Dan: January 29th, 1994

Thanks a lot for answering 42 out of 44 questions. But I have to insist, hornet-like.

16 I do realize the conceptual difference between a cap and a hat; **but** in North American English caps are often called hats, at the same time failing to convey this same concept to alien readers. In German, e.g., a **Hut** (hat) is a hat, no matter who's wearing it. Do I have to mention that this also applies to a **Mütze** (cap)? So does this upstate NY cop wear a hat hat (with a brim and a hatband) or a cap hat (with a visor) **Hut** oder **Mütze**?

37 I do realize that all those street names are street names. But in German, I just can't write »So we took Lake and turned into Wren before haulin ass into Klein on Maplewood« and since I have never been to that part of the US I don't know if it's Street, Ave, Dr or Crescent or what.

(Whenever I think »Upstate New York« I add: »… Pink Champagne; not for Passover Use«. <Although it's not really pink; it's denture colored.>)

When I had a reading the other night I allowed the audience a glimpse into the translator's workshop and read them the A Father And His Son Catching A Fish episode which is quite a good book in itself, I think. Makes an axcellent ice-breaker, too.

Insel Verlag (your German publisher) told me to send the manuscript immediately and not wait for your answers because they had had another look at their Fall 94 program and decided they had so many novels they'd rather do it in 95. Excuse **me???**

All the best,

Harry

VON DAN McCALL

Dear Harry, February 15, 1994

Mutze.

Perhaps you could use Weg, Steg, Allé. Whatever sounds best. Only one Strasse, I think. Of course you could also use Way, Road, Ave. A friend tells me that in one translation of Death In Venice there appears a »Prince Regent Street« and in another it's »Prince Regent Strasse.« You just need to be consistent.

As do I.

Faithfully,

Dan

Die »Inkompetenzliste« bleibt, da es hauptsächlich um deutsche Wörter geht, der besseren Verständlichkeit halber unübersetzt.

AN FRANZ JOSEF WAGNER, SEINERZEIT REDAKTEUR »DIE BUNTE«

Lieber F. J. Wagner, 6-3-94

danke für Ihr schmeichelhaftes »Kurzporträt« in 10/94. Warum es schmeichelhaft ist?

Wenn einem ausgerechnet in der »Bunten« eine Geschmacklosigkeit nachgewiesen wird, dann ist das schmeichelhaft.

Wenn man von einem ausgebrannten, kurz vor der endgültigen Abhalfterung stehenden Flippi als Mensch »von gestern« bezeichnet wird, merkt man: Hier spricht der Fachmann.

Wenn man Sätze schreibt, bei deren Lektüre ein Halb-Analphabet ins Schleudern kommt, ist das zwar normal, man denkt sich aber doch: Vielleicht sollte er bei Schumann's auch mal Bier bestellen und nicht immer nur so harte Sachen.

Außerdem ist »Pooh's Corner« nicht »jetzt« bei Haffmans erschienen, sondern im September 1993, aber Recherche ist im Hause »Super-Illu« nicht jedermanns Sache. Inzwischen erfährt das Büchlein seine 3. Auflage; für etwas zusätzliche Reklame, selbst wenn sie in der »Bunten« steht, wo sie nicht viel bringt, bin ich jedoch jederzeit dankbar.

Schönen Gruß,

Harry Rowohlt

AN ECKHARD HENSCHEID

> »Nein, das haben wir nicht gelesen.
> Wir haben Geschichte gelebt …
> Wir haben Geschichte gemacht …
> Nein, das haben wir nicht gelesen.«
>
> Hein »Hein und Oss« Kröher
> (Köln-Deckstein, 27. April 1995)

Lieber Eckhard: 29-4-95

Du hast natürlich recht; ich habe das so hingeschrieben, ich konnte mir nur nachträglich nicht vorstellen, daß ich jemals so fahrlässig names gedroppt habe, und dies umso weniger, als ich auch heute noch nichts Nennenswertes von Svevo wie Dostojewskij gelesen habe, außer, natürlich, dem, was man sowieso so liest, oder, um es mit dem Leimener zu sagen: »Nää, isch bin kaä kroosä Lesä.« (Im Augenblick <S. 136> lese ich gerade die »Zwicks«, und ich kann nur sagen:

> **Wieder ein Jahrhundertwurf! Es ist (…), als hätten Regina und Eckhard Henscheid miteinander Verkehr gehabt!**
>
> **Harry Rowohlt**

Selbstverständlich bin ich froh und stolz, »Vollidioten«-Pionier zu sein, und dank Dir habe ich jetzt auch eine Antwort auf die Frage, die mir am zweithäufigsten gestellt wird (1.: Haben Sie was mit dem Rohwollt-Verlach zu tun? 2.: Wann können wir denn mit einem Roman aus Ihrer Feder rechnen? 3.: Gibt es eigentlich Frau Susemihl wirklich?): »Ich darf ja nicht. Henscheid sagt, er bricht mir den Arm.«

Schönen Gruß,

Harry

AN PADGETT POWELL, SCHRIFTSTELLER

Dear Padgett: May, 1995

Yeah! Let's go to camp!! Sounds like fun!!!

I'll be back from Greece after July 7 and I'll take »Typical« plus a pencil there to have my questions ready.

And as for your German: In 1936, the year of the Nazi Olympics, Thomas Wolfe and Sinclair Lewis had to come to Germany since German money was no longer convertible and they had to somehow use up the bread they'd made in German royalties. My brother, who knew foreign languages, took up Thomas Wolfe, who didn't, and Sinclair Lewis wanted to be put up by my father, who didn't know any languages, reasoning, as it were, that his German was impeccable and he didn't need an interpreter anyway.

Which turned out to be true. It consisted of the following two-liner:

Da zog der alte Rübenmann
Die alten Rübenhosen an.

(So there the old turnip-man / Put on his old turnip-pants) It worked out perfectly and the two old turnip-men succeeded in spending the money much sooner than the other team.

So I'll be seeing you around, that's good.

Harry-ze-Hun

HR übersetzte von Padgett Powell die Romane »Edisto«, »Rückkehr nach Edisto« und »Eine Frau mit Namen Drown«.

Lieber Padgett: *Mai, 1995*

Jawoll! Gehen wir ins Ferienlager!! Klingt toll!!!

Nach dem 7. Juli bin ich aus Griechenland zurück und nehme »Typical« plus einen Bleistift mit hin, um mit meinen Fragen loslegen zu können.

Und was Dein Deutsch betrifft: 1938, im Jahr der Nazi-Olympiade, mußten Thomas Wolfe und Sinclair Lewis nach Deutschland kommen, weil deutsches Geld nicht mehr frei konvertierbar war und sie ihre deutsche Tantiemen-Kohle irgendwie vor Ort aufbrauchen mußten.

Mein Bruder, der Fremdsprachen konnte, übernahm Thomas Wolfe, der keine konnte, und Sinclair Lewis wollte von meinem Vater betreut werden, der keinerlei Sprachen konnte, und gab zur Begründung an, sein Deutsch sei makellos, und er brauche sowieso keinen Dolmetscher.

Was sich als die reine Wahrheit herausstellte. Sein Deutsch bestand aus dem Zweizeiler

> *Da zog der alte Rübenmann*
> *Die alten Rübenhosen an.*

Es klappte ganz prima, und es gelang den beiden alten Rübenmännern, das Geld viel früher auszugeben als das andere Team.

Dann werde ich Dich hier herum irgendwann zu sehen kriegen; das ist gut.

Harry-der-Hunne

Dear Harry: June 1, 1995

What say you translate TYPICAL, my man? I need a book in Germany, at least one, so that when I learn to vomit into a piano I can be just like Bukowski. I hear that you've refused to do the book until you have access to me. If this is true, I propose this: I come later this summer to this place Denis Scheck tells me about for destitute translators (and I trust their victims) – perhaps it's in Koln? – and we do the book?

All I have to do is get my agent to grant Suhrkamp the extension she recently said No to, and get a ticket, and practice up my Haben Sie ein(e?) lager Bier? And Kommen Sie hier, mit der (die?) Unterhosen in der Hand! The first I worked up myself from a year's study of German in school; the second is historical, allegedly spoken by a GI to a fraulein in 1945.

Best regards,

Padgett Powell

Lieber Harry: *1. Juni 1995*

Wie wär's, wenn Du TYPICAL übersetztest, mein Alter? Ich brauche ein Buch in Deutschland, mindestens eins, damit ich, wenn ich lerne, wie man sich in ein Klavier erbricht, grad sein kann wie Bukowski. Wie ich höre, hast Du Dich geweigert, das Buch zu machen, bevor Du Zugang zu mir hast. Wenn das wahr ist, schlage ich folgendes vor: Späterhin im Sommer komme ich an diesen Ort für bettelarme Übersetzer, von dem Denis Scheck mir berichtet hat (und ihren Opfern vertraue ich) – ist das vielleicht in Köln? – und wir machen das Buch?

Ich muß meine Agentin nur noch rumkriegen, daß sie Suhrkamp die Rechteerweiterung bewilligt, die sie neulich abgelehnt hat, mir ein Ticket besorgen und an meinem Haben Sie ein(e) lager Bier? und an meinem Kommen Sie hier, mit der (die?) Unterhosen in die Hand! arbeiten. Ersteres habe ich mir selbst als Ergebnis von einem Jahr Deutschunterricht in der Schule erarbeitet, zweiteres ist historisch, angeblich im Jahre 1945 von einem GI gegenüber einem Fraulein geäußert.

Alles Gute,

Padgett Powell

Dear Harry, 24 January 1996

Don't moan, I have one more insertion – the last one. This goes into page 69 (that ›complete‹ manuscript) after the sentence, »On a cold day … and we'd all have a good night's sleep.«

And that's it, Harry.

I hope to see you some time this year.

Best wishes,

Frank McCourt

HR übersetzte Frank McCourts Roman »Die Asche meiner Mutter«.

Lieber Harry, *24. Januar 1996*

stöhne nicht. Ich habe noch ein Einschiebsel – das letzte. Es kommt auf Seite 69 (dieses »vollständige« Manuskript) nach dem Satz »An einem kalten Tag … und haben wir alle die Nacht gut durchgeschlafen.«

Und das war's, Harry.

Ich hoffe, Dich irgendwann in diesem Jahr zu sehen.

Beste Wünsche,

Frank McCourt

AN FRANK McCOURT Feb 6, 1996

ANOTHER THING YOU CAN'T DO AS A TRANSLATOR:

SEND A FAX TO THE AUTHOR OF AN AUTOBIOGRAPHY, TELLING HIM YOU'RE ON PAGE 270, YOU'RE OVER THE TOP, IT'S GREAT STUFF, AND COULD HE PLEASE LET HIS HERO DIE?

Just kidding. Best, *Harry-ze-Hun*

6. Feb. 1996

NOCH ETWAS, WAS MAN ALS ÜBERSETZER NICHT MACHEN DARF:

DEM AUTOR EINER AUTOBIOGRAFIE EIN FAX SCHICKEN, IHM SAGEN, MAN IST AUF SEITE 270, DIE HÄLFTE IST GESCHAFFT, ES IST GANZ TOLL. UND OB ER BITTE SEINEN HELDEN STERBEN LASSEN KANN?

War nur ein Scherz. Alles Gute, Harry-der-Hunne

AN PAUL INGENDAAY, KORRESPONDENT DER »FRANKFURTER ALLGEMEINEN ZEITUNG«

Lieber Paul Ingendaay: 4-8-96

(Bei Ingendaay muß ich immer denken: »Was macht denn der Herr Ingendaay? / Er liest die Fischer-Bücheraay«, aber das gehört nicht hierher und mußte erstmal raus.)

Wenn ich »... – der Vater ist Protestant, die Mutter Katholikin – ...« lese, frage ich mich, warum ich das Buch überhaupt übersetzt habe. Wenn der Vater Protestant gewesen wäre, hätte er kaum in der IRA gekämpft, wäre nicht außer Landes verbracht worden, hätte die Mutter nicht kennengelernt, den Ich-Erzähler nicht gezeugt, und Sie hätten ein Buch weniger zum Rezensieren gehabt.

Und wie hätte ich Ihrer Ansicht nach »dead and gone« übersetzen sollen? Und woher wissen Sie, daß es im Original »dead and gone« hieß? Das Original erscheint nämlich erst in zweieinhalb Monaten.

Davon abgesehen: Herzlichen Dank für die freundliche Aufnahme!!!

Und schönen Gruß.

Harry Rowohlt

Auf eine Kritik Ingendaays zu »Die Asche meiner Mutter«.

VON PAUL INGENDAAY

Lieber Harry Rowohlt, 6. August 1996

Punkt gewonnen (einen): kein schöner Lapsus, die Sache mit dem Protestanten, completely mindless & strangely unnoticed by readers here. Aber den Punkt verlieren Sie gleich wieder, wenn Sie fahrlässig behaupten sollten, im Original stünde nicht »dead and gone«.

Wie Sie das übersetzen sollen? Weiß ich doch nicht! Anders als viele Rezensenten halte ich das Übersetzen für sehr schwierig und habe nicht für alles die bessere Lösung parat. Der Punkt stand übrigens für das kleine Bündel Anglizismen, die ich Ihnen nun wirklich nicht vorrechnen will, schon gar nicht einzeln, schon gar nicht im Druck. Andernfalls hätte nämlich einen viel längeren, heftigeren und generell unfreundlicheren Brief bekommen

Ihr herzlich grüßender

Paul Ingendaay

AN HORST-JÜRGEN GLOCKAUER

Lieber Jürgen: 12-2-97

Als Du gestern sagtest, Susanne Fischer ranke sich an mir empor, bestritt ich dies mit dem – scherzhaft gemeinten – Hinweis auf ihre Länge. Die Alte schreibt nämlich wirklich einen heißen Reifen und braucht mich nicht als Staket.

Was ich aber wirklich noch hinzufügen wollte, war dies: »Ja, ja, ja, ich weiß, im übertragenen Sinne, und ich als Übersetzer und Zehnmonatskind weiß, wovon ich rede, wenn ich ›übertragen‹ sage«, habe mich dann aber nicht getraut, bis mir gleich nach dem Auflegen der alte Spruch »Bitte noch einen Glockauer, Herr Kalauer« einfiel, und bevor ich endgültig daran ersticke, liefere ich ihn lieber schriftlich nach.

So wäre nun auch dies abgedeckt.

Schönen Gruß,

Harry

Horst-Jürgen Glockauer war HRs Klassenlehrer in der Oberstufe.

VON LUTZ KROTH, VERLEGER ZWEITAUSENDEINS

Lieber Harry: Lütjenburg, am 18. Februar 1997

Ich habe mich noch nicht für Deine schöne Übersetzung von Robert Crumbs neuem Skizzenbuch April 1991–September 1996 bedankt. Sie steckt wieder voller kleiner Überraschungen (»Klön + Snack« ist einer meiner Lieblinge unter Deinen übersetzerischen Zugaben in diesem Buch. Ich möchte am liebsten gleich eine norddeutsche Imbißkette mit diesem Firmenschild ins Leben rufen.) Selbst aus dem Französischen hast Du eingedichtet. Und woher kommt das enzyklopädische Fachwissen aus der Comic-Welt? Und woher das um die Siege der Superbowl?

Ich habe eine kleine Verbesserung vorzuschlagen, und zwar auf Seite 277: Dort heißt es »Jane Roberts & Robert Butts, etwa 1971 … Sie kanalisierte (Energie), er transkribierte (sie. Ü.) … die nicht-physische Wesenheit, die sich selbst den Namen ›SETH‹ gab.«

Die Seth-Bücher gehören zu den großen Klassikern der New- Age- oder Esoterik-Literatur. Es sind sehr intellektuelle Texte, die Jane Roberts in Trance aus einer anderen Dimension, Du kannst auch aus dem Jenseits sagen, herübergebracht hat. Robert Butts soll das, was sie im erweiterten Bewußtseinszustand gesagt hat, dokumentiert und in Buchform gebracht haben.

In der heutigen »Eso-Sprache« würde man also sagen: »Sie channelte, er transkribierte … die nicht-physische Wesenheit, die ihrem Selbst den Namen »SETH« gab.

Oder anders gesagt: Er schrieb auf, was durch sie (Jane) sprach … die nicht-physische Wesenheit, die ihrem Selbst den Namen »SETH« gab.

Mit durchaus diesseitigen Grüßen,
herzlich
Dein
Lutz

AN LUTZ KROTH

Lieber Lutz: 20-2-97

Danke für Dank.

Ja, wenn das so intellektuell ist und »channeln« heißt, dann schreib doch »channeln«, selbst wenn es nicht so intellektuell wäre.

Channeln.

Schönen Gruß,

Dein *Harry*

1998–2000

»In Zeiten von Aids kann man gar nicht fett genug sein.«

AN SIEGFRIED LENZ, SCHRIFTSTELLER

Lieber Herr Lenz: 22-1-98

Sie glauben ja gar nicht, wie sehr ich damit protze, Sie kennengelernt zu haben, und Ihre Anregung – »Geliebte Jury!« – habe ich natürlich sofort geklaut. Ich möchte, daß Sie das wissen.

Die sehr liebe Oberbürgermeisterin (CDU) – »Isch glaub allsemal, mei Schnobbe wät besser; isch merk schon, wie Sie nach Knoblauch stinken.« – sagte, so eine unwürdige Preisverleihung habe sie ja noch nie erlebt: »Sie sehe ja selbst, wie isch ausseh; des ganze Aachemeckapp is mir runnergeloowe.« Und wenn man bedenkt, daß auch – auf eigenen Wunsch! – der Oberbürgermeister von Fulda (CDU) anwesend war, dann kann ich Wolf Biermann, wenn sich der an bayerischen Kaminen spreizt, nur zurufen: »Ik bün all dor!«

(Und wenn Sie mal in Hanau gestrandet sind und nicht wissen, wohin: Daß ich so nach Knoblauch stank, war dem CEDO zu verdanken, den Centro Español Democrático Obrero, einer wunderbar lauten, hellen und ungemütlichen Freß- und Feierkneipe.) (Außerdem beachte man die schiefe Tilde, welche aus einem µ und Tipp-Ex flüssig besteht.)

Schönen Gruß,

Ihr *Harry Rowohlt*

Anläßlich der Verleihung des »Brüder-Grimm«-Preises der Stadt Hanau.

Monsieur Harry Rowohlt, Oeting, den 26/1/98

Als französische Studentin erfreue ich mich zu den inbrünstigen Verehrerinnen Ihres Buches »POOH'S CORNER« ein Buch des Vergnügens ganz im Sinne Ihrer Einstellung, und Ihrer so markanten Persönlichkeit zählen zu dürfen.

Darf ich mir heute erlauben an Ihre Liebenswürdigkeit zu appellieren, um Sie zu bitten die beigefügten Kärtchen mit Ihrer Unterschrift beehren zu wollen?

Meine Freude wäre gross, wenn ich auf eine kleine Visitenkarte, oder Bildchen des PENNER aus der Lindenstrasse hoffen dürfte?

In der frohen Hoffnung auf Gewährung meiner Bitte verharre ich Hochachtungsvoll,

eine kleine Französin, von Herzen MERCI

Lieber Herr Rowohlt, 2.2.98

jetzt also ist die Zeit zu gratulieren, und meine Frau, – die eine erklärte Bewunderin Ihrer Übersetzungskunst ist, – und ich gratulieren Ihnen aufs herzlichste! Daß der Oberbürgermeister von Fulda auf eigenen Wunsch zur Preisverleihung kam, spricht für diesen Mann: vermutlich wußte er, bei welcher Gelegenheit man sein Sprachgefühl überprüfen kann.

Ich habe mich sehr gefreut, Ihnen endlich einmal die Hand zu geben.

Mit herzlichem Gruß
Ihr
Siegfried Lenz

AN CHRISTINE EICHEL, SCHRIFTSTELLERIN

Liebe Christine: 7-3-98

(Ich bin, weil Du mich nicht sehen kannst, frisch operiert, d.h. ich bin natürlich nicht frisch operiert, weil Du mich nicht sehen kannst, bzw. weil Du gesagt hättest: »Ich kann dich nicht mehr sehen; laß dich doch mal operieren«, sondern weil Du mich nicht sehen kannst, sage ich lieber dazu, daß ich frisch operiert bin, und zwar im Gesicht: Eine filiforme Warze am linken Nasenflügel und zwei Zysten – und jetzt wird's spannend – je links und rechts am rechten Auge, so daß ich ein Brillenhämatom, vulgo Veilchen, habe, und als ich gestern kurz in der »Glocke« weilte, um ein gerahmtes Gedicht abzugeben, setzte ich mich neben Michi-den-Fensterputzer an den Tresen. Michi-der-Fensterputzer hatte ebenfalls eine völlig verhauene Fresse, und ich sagte: »Jeder, der uns nebeneinander sitzen sieht, sagt sich: ›Wie nett. Sie haben sich wieder vertragen.‹« Jetzt weißt Du, wie aussieht, was Dir schreibt.)

Ich wollte mich immer schon für die Zusendung von »Gefecht in fünf Gängen« bedanken, welches ich, als es kam, aber bereits gelesen hatte, »mit der Ungeduld der Götter« (K. Grahame, Der Wind in den Weiden), umsomehr als ich zweimal zitiert werde, einmal falsch und mit Namensnennung und einmal richtig und ohne. »Muß man so machen«, sagte Euer Professor, den ich gestern früh auf dem Trottoir traf, »wegen der Fiktionalisierung.« This is a true story from the files of the FBI; only the names were changed to protect the innocent. <<< Jetzt hat meine Mutter angerufen: Sie habe so eine blöde Sendung gesehen, und nun wolle sie mir für den Fall eines Schlaganfalls eine Vollmacht über ihr Konto erteilen, und wo waren wir? >>> Ach ja. Beim »Gefecht«. Neulich sagte Ebi beim Stammtisch: »Wenn man sich alles, was man je gelesen hat, für alle Zeiten merken könnte …« »… würde sich unser Stammtisch anhören wie ›Gefecht in fünf Gängen‹ von Christine Eichel«, ergänzte ich den Satz, und das, liebe Christine, ist nicht Kritik, noch Spott, sondern dunkelgelber Neid.

Seitdem Ihr nicht mehr in Eppendorf wohnt, muß ich immer »Aspekte« sehen. Vorher geschah das aus Interesse, aber jetzt muß es sein, und dann schreie ich immer am Schluß: »Tschüs, Manni! Schönen Gruß!!!« (»Manni« habe ich früher nie gesagt.)

Und ich zitiere mit Genuß immer noch, wie ich mal zu Dir (langer Sakko, extrem kurzer Rock) sagte: »Beim ersten Blick hatte ich Angst, du hast gar keinen Rock an«, und Du (langer Sakko, extrem kurzer Rock; schnippisch) versetztest: »Wieso Angst?«

(Jetzt ist die Post gekommen: Die Stadtbibliothek Aalen will mich zur ihrer Herbstveranstaltungsreihe »Streifzüge durch die Welt des Humors« einladen, und Optiker Eisenbrandt feiert 25. Firmenjubiläum, am 1.4., da bin ich in Magdeburg, welches mir wiederum ein Leporello über dessen Veranstaltungsreihe geschickt hat, mit einem abtrennbaren Bestellschein: »Das große Magdeburg-Lesebuch« …, oder, wie es Priv.-Doz. Dr Günter Amendt neulich ausgedrückt hat: »Als B-Künstler bist du auf Tingeltouren doch ständig in ›Verstehen Sie Spaß‹-Situationen.«)

Ich lege Dir vorsichtshalber noch mein rezentestes Starfoto bei (aus der »In Schwimmen-zwei-Vögel«-Verfilmung von Dr Kurt Palm), welches mir von Panajotis, dem Wirt des »CasaMisa«, die müde geäußerte Frage »Bad Segeberg?« einbrachte.

Der Kampf geht weiter!
MEIN ARBEITSPLATZ – MEIN KAMPFPLATZ FÜR DEN FRIEDEN!
Und schönen Gruß!!!

Dein *Harry*

AN IRENE FISCHER, SCHAUSPIELERIN UND DREHBUCHAUTORIN (»LINDENSTRASSE«)

Liebe Irene: 20-4-98

Danke für das schöne PÄCKCHEN!!! Bis auf den Brief habe ich erst mal alles so schön eingepackt gelassen. So oft kriegt man ja keine eigenen PÄCKCHEN!!! Sondern man muß, weil man Parterre links wohnt, immer PÄCKCHEN!!! für andere Leute entgegennehmen. Aber diesmal ist es meins!! (Ich glaube, wenn man mich fragte, was ich mir zum Geburtstag wünsche, würde ich sagen: »Ein PÄCKCHEN!!!«) So ein schönes Päckchen. Und die Lesung in Karlsruhe wird um **20:30h** von der Buchhandlung **Schumacher & Kastl**, Fritz-Erler-Straße 1–3, veranstaltet werden. Wenn es nicht in der Buchhandlung ist, sondern woanders, sage ich noch Bescheid. (Eben habe ich dem Magazin »Münchner« ein Telefoninterview gewährt, und der Interviewer sagte zum Abschluß: »Dann noch viel Spaß mit Ihrem PÄCKCHEN!!!«) Jetzt muß ich leider schließen. (Habe nämlich noch ein Päckchen, welches ich aufschnüren kann.) (Ich glaube, ich werde in Karlsruhe das Kapitel vorlesen, in welchem I-Ah ein Geschenk kriegt. Bin gerade so in Nehmerlaune.)

Ach so: Am 4. Mai. Aber das sagten wir ja schon.

Je länger ich über Wolfgang Grönebaum nachdenke, desto bewußter wird mir, daß wir eigentlich immer nur Gemeinheiten ausgetauscht haben, z.B.: Wolfgang (mich musternd): Du bist eigentlich viel zu fett für die Rolle. Ich (ihn musternd): Wenn ich den Bauch einziehe, merkt man wenigstens noch, was gemeint ist.

Harry

Liebe Christine, lieber Manfred: 13-7-98

Nur rasch und sozusagen zum Dank ein Gesprächsfetzen, fast könnte man sagen, ein Dramolett, welches über das übliche »Genosse Platschek, hätten Sie Lust, sich meine Tischdame zur Rechten durch eine Filterzigarette zu verpflichten?« hinausging.

Ich: Ebenfalls ein schönes Geburtstagsgedicht ist der Zweizeiler, den Horst Tomayer einst für Gremliza verfaßt hat.

HP: ?

Ich: »Dem Imperialismus ein frühes Grab / Schreibt Hermann L. Gremliza, Moskaus Satrap.«

HP: Hahaha. Aber der Gremliza hat sich auch ganz schön in die Ecke manövriert.

Ich: Da war er doch schon immer. Da wollte er doch immer schon sein. Außerdem – und besonders in diesen Zeiten – sagt man doch: Drei Ecken = ein Tor.

HP: Auwei.

* * *

In der Eisenbahn kam es dann noch zu einem Wortwechsel, den Anna, weil sie so lange über ihn lachen mußte, zum ungewollten Höhepunkt von Manfreds Geburtstag erklärte.

Anna: Was ist eigentlich eine Prinzenrolle?

Ich: Weißt du, was eine Klappstulle ist?

Anna (brav): Ja.

Ich: Dann denk dir die Klappstulle wieder weg …

Anna: Das geht nicht so schnell.

Naja, und so ist alles, und so soll es auch bleiben!!!

Euer *Harry*

Mojn, Chef. 18-8-98

Nur ein kleiner Zwischenbericht, **Sedaris, Naked** betreffend.

Mann, ist das ein ödes Buch. Ich bin jetzt auf Seite 268 (unten; immerhin), und ich hätte nie gedacht, daß sich selbst die letzten 30 Seiten eines Buches, wenn man dermaßen over the top ist, daß es schon fast gar nicht mehr mit Worten auszudrücken ist, sooooooooo hinziehen können. Inzwischen bin ich so weit, daß ich, wenn ich den Autor erwähne (wenn ich ihn denn erwähne), wie Frau Kling nur noch »des Bürscherl, des windige« sage.

Außer daß er nicht schreiben kann, hat er noch eine zusätzliche Macke, an welcher man untrüglich erkennen kann, daß jemand eine Macke hat und nicht schreiben kann: Wenn er mal ein Verb liebgewonnen hat, ein ganz unverdächtiges Verb, to approach z.B., verwendet er es einmal, zwei Sätze später nochmal, dann auf der nächsten Seite nochmal, und dann hat er's gottlob wieder vergessen. Und dann kommt to frame dran.

Ich bin sicher, wenn ich das Buch nicht Wort für Wort übersetzte, sondern Satz für Satz nacherzählte, würde es ein besseres Buch, aber als Übersetzer darf man das mit Recht nicht. Wenn einem jemand, der keine Witze erzählen kann, einen guten Witz erzählt, darf man den zwar besser weitererzählen, als man ihn erzählt gekriegt hat, aber das war's dann auch schon. (Aus: H.R., »Als Hufschmied beim Musenroß. Binsen eines belletristischen Übersetzers«, Weinheim/Bergstr. o.J.)

Na, und nu so weiter.

Dein *alter Harry*

AN SIGRID LÖFFLER, SEINERZEIT FEUILLETONCHEFIN DER »ZEIT«

Liebe Sigrid Löffler (Feuilleton): 28-8-98

(Als hätte man sonst angenommen, Sie wären Sigrid Löffler <Wirtschaft>.)

Vielen Dank für das schöne Gesteck. Gesteckt war es von Dorle Nielsen. Das stak dran. Und erst das Schmuckblatt! Von der Edition Laser Color Ideen á (sic!) la carte! Haben Sie das mal eingehend betrachtet? Wahrscheinlich nicht, sonst hätten Sie sich nie davon getrennt. Eins der drei Bücher ist Schiller's Sämtliche Werke 1–3, ein anderes ist in München verlegt; der Stadtplan ist von Paris, mit der Betonung auf – mais je vous en prie – der Rive Gauche; die Ansichtskarte – »Wish you were here« – wurde von irgendeinem unwirtlichen Djebel abgeschickt; im Journal springen die Satzanfänge »Das ist nicht« und »Wenn man jung« ins Auge. All das und noch viel mehr liegt nun nicht etwa auf einem Tisch, nein! auf einem Koffer ... Das heißt, die Ansichtskarte ist also noch gar nicht abgeschickt, sondern wird erst noch; wir befinden uns also noch mitten in der Wüste und müssen also erst noch erlöst werden, bevor der Koffer auch zu Staube wird. »Das ist nicht das, was ich mir unter ›Wüste‹ vorgestellt hatte. Wenn man jung ist, dann ist das freilich ein ander Ding, aber so ...«

Und nun wollte ich noch fragen, ob das Layout von Bring-mir-den-Kopf-von-Mario-García es vielleicht zuläßt, daß ich meinen Kasten zurückkriege? Ich fühle mich so nackt im Gelände stehen. Als gehörte ich dazu. Doch ich muß nun schließen. Das 11:15h-Dromedar wartet nicht ...

Harry Rowohlt

AN GERALD J. TRAGEISER, LEITER DES LUCHTERHAND VERLAGS

Sehr geehrter Herr Trageiser: 27-9-98

Wie ich Ihnen und Frank McCourt bereits sagte, habe ich große Lust, die Fortsetzung von »Die Asche meiner Mutter« zu übersetzen, allerdings nicht für Luchterhand. Ich bin sicher, daß das Buch dank Ihrem gewohnt brillanten Marketing auch mit einem anderen Übersetzer ein großer Erfolg wird.

Schönen Gruß,

Ihr *Harry Rowohlt*

Dear Kurt Vonnegut – – Oct 2 '98

This letter will probably reach you when you are safe and back home from our mutual If-it's-Tuesday-this-must-be-Leipzig tour.

A girl from HörVerlag, Munich, phoned me yesterday: Would I mind if they baked us into a CD? and she couldn't believe I never met you before. »Hell no,« I replied, »he's my childhood hero and it's like going on tour with Karl May.« (Do you know Karl May? He's the German adventure writer, and thanks to him, German kids, when playing Cowboys & Indians, always want to be Indians, Apaches, if possible.) (Hitler praised him as »humorous«, which really is a laugh.)

Don't worry, you are not my childhood hero. I didn't come across your work until I was a grown-up kid, discerning, even picky. I'm 53 years old, so you won't have to look after a toddler.

I have no idea what we are going to read, but I'm looking forward to singing »America the Beautiful« in German after you sang the 1st verse in English. (It should be »fruitive«, I'm told.) In order to have the impact checked by an expert I sang it on the phone to Bill Ramsey, a Cincinnati-Ohio-born Jazz and Pop singer who is very popular in Germany, and he said, Shit man, erst auf deutsch merkt man, wie Scheiße das Original ist! (Shit man, only in German you realize how shitty the original is!) That's why I love the German language. It ain't got no mercy.

Oh well. See you real soon in Munich.

Harry-ze-Hun

Lieber Kurt Vonnegut –, *2. Okt. '98*

Dieser Brief wird Sie wahrscheinlich erreichen, wenn Sie sicher von unserer gemeinsamen Wenn-heute-Dienstag-ist-sind-wir-in-Leipzig-Tour zurück sind.

Ein Mädchen vom HörVerlag München rief mich gestern an: Ob ich wohl was dagegen hätte, wenn man uns in eine gemeinsame CD büke? und sie konnte nicht glauben, daß ich Sie nie kennengelernt hatte. »Hölle nein«, erwiderte ich, »er ist der Held meiner Kindheit, und es ist, als ginge ich mit Karl May auf Lesereise.« (Kennen Sie Karl May? Er ist der deutsche Abenteuerschriftsteller, und ihm ist zu verdanken, daß deutsche Kinder, wenn sie Cowboys & Indianer spielen, immer Indianer sein wollen, am liebsten Apatschen.) (Hitler lobte ihn als »humorvoll«, und das ist wirklich zum Lachen.)

Keine Sorge, Sie sind nicht der Held meiner Kindheit. Ich stieß erst auf Sie, als ich bereits ein erwachsenes Kind war, anspruchsvoll, heikel gar. Ich bin 53 Jahre alt, und Sie brauchen sich nicht mit einem Kleinkind zu plagen.

Ich habe keine Ahnung, was wir lesen werden, aber ich freue mich darauf, »America the Beautiful« auf deutsch zu singen, nachdem Sie die 1. Strophe auf englisch gesungen haben. (Es heißt übrigens »fruitive«, hat man mir gesagt.) Um die Wirkung von einem Fachmann testen zu lassen, habe ich sie am Telefon Bill Ramsey vorgesungen, einem in Cincinnati (Ohio) geborenen Jazz- und Popsänger, der in Deutschland sehr beliebt ist, und der sagte: »Shit man, erst auf deutsch merkt man, wie scheiße das Original ist!« Deshalb liebe ich die deutsche Sprache. Sie kennt keine Gnade.

Nun ja. Dann bis ganz bald in München.

Harry-der-Hunne

VON KURT VONNEGUT! OCT. 13 1998

DEAR HARRY – I COUNT YOU AMONG MY MOST VALUED FRIENDS ON EARTH NOW. WHAT A GREAT COMEDY TEAM WE WERE, EXCEPT FOR LEIPZIG. FUCK LEIPZIG.

KURT

13. OKT. 1998

LIEBER HARRY – ICH ZÄHLE DICH NUNMEHR ZU MEINEN GESCHÄTZTESTEN FREUNDEN AUF ERDEN. WAS WAREN WIR FÜR EIN TOLLES COMEDY-TEAM, AUSSER IN LEIPZIG. SCHEISS AUF LEIPZIG. KURT

ABSOLUT VONNEGUT.

Liebe Tini: 20-10-98

Ich bin mal eben ganz kurz zu Hause, muß mir blöde Schlager einprägen, weil ich die heute nacht in der »Lindenstraße« singen soll, und würde doch eigentlich viel lieber ganz still vor mich hin kotzen. Also:

> »Isch hab alles doschprobiert, und am End hab isch mer gesagt, da bleib isch lieber bi.«
> (Unbekannte schöne Frankfurterin)

> »In Zeiten von Aids kann man gar nicht fett genug sein.«
> (Ich; mit Nachschlag)

Bei meinem heutigen Zustand (ausgenüchtert, aber noch nicht entgiftet) fällt mir Roberts Spruch ein: »Ihr Säufer habt's gut; ihr braucht bloß weniger zu saufen, und schon geht's euch besser.«

Ich habe jetzt nicht nur einen Brief von Alfred Polgar; seit gestern habe ich auch einen von Gregor Gysi. **Hast Du nicht!**

Dein *toller Harry*

Dear Kurt: 24-10-98

So this is into what our mutual if-it's-Tuesday-this-must-be-Leipzig tour coagulated. Very flattering, I can tell you. The references and their frequency classify as follows:

he: 8
Kört: 7
Kurt Vonnegut: 4
his: 1
Herr Vonnegut: 1
Vonnegut: 1
That man: 1

I also tell how Morgan Entrekin busted my knee and I apologize for my deteriorating English, adding a satisfactory explanation for it. (The more books you translate the more words you look up, and when you're supposed to **say** something you need Webster's.)

It's been great fun to work and be with you.

DER KAMPF GEHT WEITER!

Harry-ze-Hun

HR hat KV eine Kopie seiner »Pooh's Corner«-Kolumne über die gemeinsame Lesereise geschickt.

Lieber Kurt: *24-10-98*

Hiezu also ist unsere gemeinsame Wenn-heute-Dienstag-ist-sind-wir-in-Leipzig-Tour geronnen. Sehr schmeichelhaft, kann ich Dir sagen. Die Bezüge und ihre Häufigkeit fächern sich folgendermaßen auf:

er: 8
Kört: 7
Kurt Vonnegut: 4
sein/seine/seins: 1
Herr Vonnegut: 1
Vonnegut: 1
Dieser Mann: 1

Außerdem erzähle ich, wie Morgan Entrekin mir das Knie zerschmettert hat, und entschuldige mich für mein sich verschlechterndes Englisch, gebe auch eine befriedigende Erklärung dafür ab. (Je mehr Bücher man übersetzt, desto mehr Wörter schlägt man nach, und wenn man mal was **sagen** *soll, braucht man den Webster.)*

Es hat großen Spaß gemacht, mit Dir zu arbeiten und zusammenzusein.

DER KAMPF GEHT WEITER!

Harry-der-Hunne

AN IRENE FISCHER

Liebe Irene: 25-10-98

Mein Lieblingserlebnis nach dem erholsamen Souper im Chelsea will ich Dir rasch samt Vorgeschichte erzählen.

Im August war ich schon mal in Wien gewesen, für Tonaufnahmen zu dem Spielfilm »Untersuchung an Mädeln« (Regie: Peter Payer; mit Anna Thalbach, Otto Sander u.a.). Danach war ich mit meinem Freund Čik im Stadtheurigen in der Piaristengasse, was einen Gast mit Pferdeschwanz und dezentem Herrenschmuck baß elektrisierte. Nachdem er mich gefragt hatte, ob er wohl seinen Augen trauen könne, was ich bejahen mußte, fragte er, ob er seine Frau auch daran teilhaben lassen könne, und schrie in sein Handy: »Katzerl, des glaubst ned, wer da is. Des is die Sensation des Jahrhunderts! Der Sandler aus der Lindenstraßn! Geh, mascherl dich auf und kumm. Aber rasch! Der Herr Schauspieler muß am Flieger!« In unglaublich kurzer Zeit war das Katzerl (»Des is die Christa!«) da, und dann kriegte ich kein Taxi: »I tät Sie ja mit Stil im Lancia am Flugplatz foahrn, wann i ned so blunznfett woar!« /// Gut. Letzten Donnerstag Nachaufnahmen auf deutsch und gleich für den anglophonen Markt auf englisch. »Das war jetzt zwar so, wie ich's mir vorgestellt hatte, aber zur Vorsicht machen wir's nochmal outriert«, sagt der Regisseur. »…« »Ja, wunderbar!« »Ihnen hat's gefallen«, sage ich, »und ich sitz auf einem Fettfleck.« »Fleck? Lache!« Aber egal. Danach, wie immer, mit meinem Freund Čik in den Stadtheurigen. Ungerufen erscheinen Katzerl und Mann (Pferdeschwanz inzwischen blauschwarz). Stürmische Begrüßung, dann: »Ohne den Herrn Mimen inkommodiern zu wojn, aber nachdem der Kohl itz furt is, wem wird der Herr Geißendörfer inskünftig attackiern?« »Inskünftig wird er wohl kritische Solidarität üben«, sage ich. »Hast des ghert, Katzerl? ›Kritische Solidarität‹ wird er üben. Na brillant. ›Kritische Solidarität‹. Na servas. Des ist die Sensation des Jahrhunderts!« ———— Und schönen Gruß an Dominik und tschüs.

Dein *Harry*

AN ROGER BOYLAN, SCHRIFTSTELLER

Dear Roger Boylan: Friday 13, 1998

Wow<u>eee</u>!

Last Sunday, I started translating »Killoyle« (into German, that is) and all my friends say, »Listen, are you in love, or something?« It's such a joy being able to be of help when it comes to shoving one of my favorite back into one or my favorite languages.

My credentials? I, arrr, translated »At Swim-Two-Birds«, »The 3rd Policeman«, »The Dalkey Archives«, the best of »The Best of Myles«, »Winnie the Pooh«, »The Wind in the Willows«, 3 Kotzwinkels, 2 Vonneguts, most everything by R. Crumb, never anything by John Updike (only one short short story by Harold Brodkey; this between the two of us), and, of course, »Angela's Ashes« by our mutual chum Frank McCourt, plus I'm also in charge of an extremely popular colomn in the prestigious weekly »Die Zeit« (Ze Time) called »Pooh's Corner«. I also play a bum in a weekly TV soap (»Lindenstraße«, Germany's answer to »Coronation Street«), not to mention my readings and recitals in book stores and beer halls, in short,I wouldn't have known what to do next hadn't there been **Killoyle**, the smoothest of all challenges.

So you're in the best of hands imaginable, and when I'm through I'll send you a Giant List of Incompetence (<u>Ard Di</u>? Huh?) and I hope you'll comply. -kay? Thanks.

Harry Rowohlt

HR übersetzte die beiden »Killoyle«-Romane von Roger Boylan, ein dritter ist in Arbeit.

Lieber Roger Boylan: *Freitag, der 13. 1998*

Woweee!

Letzten Sonntag habe ich begonnen, *Killoyle zu übersetzen (und zwar ins Deutsche), und alle meine Freunde sagen: »Hör mal, bist du verliebt oder was?« Es ist eine solche Freude, behilflich sein zu können, wenn es gilt, eins meiner Lieblingsbücher in eine meiner Lieblingssprachen zu schubsen.*

Meine Referenzen? Ich, äh, habe At Swim-Two-Birds, The 3rd Policeman, The Dalkey Archives, das Beste aus The Best of Myles (Trost und Rat), Pu der Bär, Der Wind in den Weiden, 3 Kotzwinkels, 2 Vonneguts, fast alles von R. Crumb, nie irgendwas von John Updike (nur eine kurze Kurzgeschichte von Harold Brodkey; dies bitte ich, vertraulich zu behandeln), sowie natürlich Die Asche meiner Mutter von unserem gemeinsamen Kumpel Frank McCourt übersetzt und betreue eine extrem beliebte Kolumne namens Pooh's Corner in der hochangesehenen Wochenzeitung DIE ZEIT (Ze Time). *Außerdem spiele ich einen Penner in einer wöchentlichen Fernseh-Soap (Lindenstraße, Deutschlands Antwort auf Coronation Street), meine Lesungen und Vorträge in Buchhandlungen und Bierhallen gar nicht zu erwähnen, kurz: ich hätte nicht gewußt, was als nächstes tun, hätte es nicht Killoyle gegeben, die geschmeidigste aller Herausforderungen.*

Sie befinden sich also in den besten aller möglichen Hände, und wenn ich fertig bin, schicke ich Ihnen eine Gigantische Inkompetenzliste (Ard Di? Hä?) *und hoffe, Sie sind damit einverstanden. -kay? Danke.*

VON ROGER BOYLAN

Dear Harry (if I may), Nov. 30, 1998

Thanks for your note. Actually, your reputation as a master translator precedes you. I'm pleased and honored that you're translating *Killoyle.* Anyone who translated the works of Flann O'Brien, Kenneth Grahame and A. A. Milne should have no problem with my humble opus; but if you do encounter any difficulties, and you don't want to save them for the Giant List, send me an inquiry via e-mail or write me at home, at the above address.

Godspeed to your enterprise, sir. Maybe some day we can raise a glass together in Germany.

All the best

Roger Boylan

Lieber Harry (wenn ich darf), *30. Nov. 1998*

danke für Ihr Briefchen. Actually (Unübersetzbar. <Anm. d. Übers.>) eilt Ihnen Ihr Ruf als Meisterübersetzer voraus. Es freut mich und ehrt mich, daß Sie Killoyle übersetzen. Niemand, der die Werke Flann O'Briens, Kenneth Grahames und A. A. Milnes übersetzt hat, sollte mit meinem bescheidenen Opus Probleme haben; aber wenn Sie auf irgendwelche Schwierigkeiten stoßen sollten und keine Lust haben, sie sich für die Gigantische Inkompetenzliste aufzusparen, schicken Sie mir eine E-Mail, oder schreiben Sie mir an die oben angegebene Adresse nach Hause.

Beste Segenswünsche für Ihr Unternehmen, Sir. Vielleicht können wir eines Tages in Deutschland zusammen ein Glas erheben.

Alles Beste,

Roger Boylan

Liebe Kolleginnen und Kollegen: 17-1-99

Letztes Jahr um diese Zeit, nur etwas früher, habe ich Manfred Bissinger, den Chefredakteur der wöchentlich erscheinenden Wochenzeitung DIE WOCHE, zum glücklichsten Menschen der Welt gemacht, indem ich ihm den **Hühnerkalender** aus Ihrem Hause schenkte. Diesmal habe ich es vergessen, und mir wurde hintertragen, daß er folgendes sagte: »Ich werde ja auch immer schlechter behandelt. Ich dachte, ich krieg wieder den Hühnerkalender geschenkt, und hab gewartet und gewartet und gewartet, dann hab ich mir gesagt, dann muß ich ihn mir eben selbst kaufen, und nun ist das Schweineteil vergriffen!!!«

Meinen Sie, dem Manne kann geholfen werden? Meinen Sie, Sie — um sozusagen im Bild zu bleiben — scharren noch irgendwo ein Exemplar hervor? Sie würden mich fast so glücklich machen wie Manfred Bissinger.

Vielen herzlichen Dank,

Ihr *Harry Rowohlt*

P.S.: Manfred Bissinger ist natürlich nicht nur Chefredakteur der wöchentlich erscheinenden Wochenzeitung DIE WOCHE, sondern auch deren Herausgeber. D.O.

P.P.S.: **Und** deren Geschäftsführer! D.O.

AN JÜRGEN W. MÖLLEMANN

Sehr geehrter Herr Möllemann: 17-10-99

Danke für Ihr Rundschreiben vom 27. September '99, welches mir erst jetzt vom Rowohlt Verlag nachgeschickt wurde.

»Da ich Sie als Liberalen sehe, bitte ich Sie, mir zu helfen« schreiben Sie, und falls Sie mich wirklich als Liberalen sehen, habe ich gründlich etwas falsch gemacht. Nicht nur habe ich letztes Jahr zur Wahl der PDS aufgefordert, was mir die erhofften Anfeindungen einbrachte (u.a. muß ich ständig die eine Verfehlung von Caterina Kühn rechtfertigen, und dann sage ich immer: »Einen Lippenstift zu klauen ist ein klassischer Fall von Mundraub«, und wenn mein Widersacher nachhakt: »Und was ist mit dem Eye Liner?«, sage ich: »Das Auge ißt ja schließlich mit«), nicht nur nannte mich Nikolaus von Festenberg neulich im SPIEGEL »eine altlinke Antiquität« (ziemlich tautologischer Pleonasmus), nein, er hat sogar recht damit, und ein Dankbrief von Gregor Gysi ist mir allemal lieber als ein Bittbrief von Jürgen W. Möllemann.

Schönen Gruß und alles Gute,

Harry Rowohlt

VON SANDRA RUFF, REDAKTEURIN BEIM KUNSTVERLAG WEINGARTEN

Lieber Herr Rowohlt,

Weingarten,
den 18. 1. 2000

Ihr gestriges Fax hat mich zum glücklichsten Menschen der Welt gemacht! Seit Jahren kämpfe ich für den Erhalt des Hühnerkalenders in unserem Programm. Daß er seine Fangemeinde hat (klein, aber fein), wußte ich. Daß wir aber darunter Manfred Bissinger oder Sie haben (sonst … wie wären Sie auf die Idee gekommen, unseren HÜHNERKALENDER zu verschenken!?), ist eine großartige Resonanz. Dafür danke ich Ihnen.
Unter uns: Der Hühnerkalender 2001 ist auch schon fertig! Und mit Ihren Zeilen vor den Augen kann ich die Arbeit für den nächsten Hühnerkalender anfangen!
Viele freundliche Grüße aus Weingarten

Sandra Ruff

Kalenderredaktion

VON UTE BERGOLD, VERTRIEBSMITARBEITERIN BEIM KUNSTVERLAG WEINGARTEN

Sehr geehrter Herr Rowohlt Weingarten, den 18. 01. 2000

vielen Dank für Ihr Fax vom 17. Januar 2000.
Wer uns solche Bestellungen schreibt, bekommt seinen Kalender von uns kostenlos! Ach bekämen wir doch öfter solche originellen, unseren tristen Alltag erheiternden Faxe! Möchten Sie uns nicht gelegentlich eine kleine Bestellung oder sonst eine Korrespondenz schicken? – Kataloge liegen bei. Jeder im Verlag hat Ihr Fax gelesen, aber auch jeder!! Übrigens wir mußten gar nicht so sehr scharren. Der Kalender ist gar nicht vergriffen. Wenn Sie also noch andere Menschen glücklich machen möchten …

mit den allerbesten Grüßen aus Weingarten
KUNSTVERLAG WEINGARTEN GMBH

Ute Bergold

AN MANFRED BISSINGER, SEINERZEIT CHEFREDAKTEUR »DIE WOCHE«

Lieber Manfred Bissinger: 19-1-00

So ist dann doch alles gut ausgegangen. Anbei die Dokumentation zum Vorgang »Hühnerkalender 2000«.

Mein Lieblingserlebnis in diesem Zusammenhang war, daß Sandra Ruff, die am Telefon das R sehr südöstlich rollte, mich auf die Frage, woher sie stamme, mit »Später!« beschied. (Aus Rumänien, aber egal.)

Und nun viel Spaß mit dem aktuellen Hühnerkalender!

Ihr *Harry R.*

VON MANFRED BISSINGER

Lieber Harry Rowohlt, Hamburg,
24. Januar 2000

ich ahnte gar nicht, dass meine Wutausbrüche auch außerhalb des Büros so wunderbare Wirkung entfalten können. Stellen Sie sich vor, der Hühnerkalender ist hier tatsächlich eingetroffen. Als mir Anna dann auch noch diverse Faxe zu lesen gab, war ich wieder mal von der Macht des geschriebenen Wortes überzeugt. Es kommt halt nur darauf an, wer es zu Papier bringt.

Vermutlich können Sie sich gar nicht vorstellen, wie notwendig der Hühnerkalender für unseren Haushalt ist. Nicht nur, weil die draußen rumlaufenden Viecher Hausverbot haben (sie haben sich im übrigen im Sommer vervielfacht und sind jetzt schon eine Schar von zirka sechzig pickenden Damen, die von zehn Hähnen beaufsichtigt werden) und ich mich deshalb über jedes Huhn an der Wand freue, nein, der Kalender hat auch für unsere anderen Tiere erhebliche Bedeutung bekommen und das kam so: Moderne Tier-Medikamente gegen Würmer, Flöhe oder andere Leiden führen heute Klebemarken im Paket, damit im Kalender markiert werden kann, wann Pillen, Salbe oder Tinktur verabreicht werden müssen. Weingartens Hühnerkalender war und ist dafür ein besonders geeigneter Träger, denn er bietet unter jedem Tag genügend Raum für die Termine, nicht nur des Hundes, sondern auch der vier Katzen. Insoweit hat mich die Ankündigung der Lektorin besonders beglückt, dass auch fürs kommende Jahr eine Fortsetzung schon in Arbeit ist. Bitte verstehen Sie das nicht als vorzeitigen Schnorrversuch; ich werde diesmal rechtzeitig meinen Händler einschalten.

Also: Danke sehr herzlich für Ihre Anteilnahme. Ab sofort werde ich häufiger laut fluchen; mal sehen, ob ich auch an anderer Stelle Erfolg damit habe.

Es grüßt Sie sehr herzlich und würde sich gerne mit einer Suppe revanchieren.

Ihr
Manfred Bissinger

AN KATJA SCHOLZ, LEKTORIN

Na? Katja? 30-1-00

Soso: »Lungaharing« ist also schöner als »Bielefelder Kraftauster von der siebten Sohle (mit ganzen Früchten)«?

Ich persönlich bin soweit genesen, wundersam, irgendwo zwischen Frankfurt an der Entweder (Ringelnatz) und München muß es geschehen sein, oder auch erst nach der letzten Lesung, im Dingsbums-Stüberl, weit entfernt vom Getose der Fans, wo nur ein Individuum im dunklen Winkerl mich fragte: »San Sie der Winnie-the-Pooh?« was ich benickte, worauf das Individuum zu meinem Nebenmann sagte: »In that case you've got to be Roger Boylan. Welcome to Bavaria! I haven't read ›Killoyle‹ yet but I certainly will.« Und dann wieder zu mir: »Tschuidigens die Störung, itzat bin i wieder stad.« Was er auch blieb, wieder wundersamerweise. Das war sowieso das Schönste an dieser Lesereise: der Absacker im Sowieso-Stüberl, welches ein Glück um 1 dichtmacht. Da gehen wir wieder hin.

Danke für das WIRRFAX. Plötzlich ist mir alles klar, so klar.

Und ich sitze schon wieder seit 1/4 nach 7 am Sedaris und bin auch schon einmal darüber eingenickt. Und wenn ich nur an ihn denke, wird mir so wunderbar schwer um die Lider … xxxxx … uups … muß mit dem Schädel gegen die Tastatur geraten sein. Ich glaub, ich leg mich wieder hin …

Harry

AN HANS W. GEISSENDÖRFER, ERFINDER UND PRODUZENT DER »LINDENSTRASSE«

Lieber Hans: 1-6-00

Vor drei Tagen fuhr ich von einer Tingeltour (Nördlingen, Mengkofen, Reutlingen, Langenfeld/Rh) nach Hause und stieg in Dortmund um. Auf dem Bahnsteig stand ein Pulk Gehörloser, welcher heftig auf mich eingestikulierte. Dabei wurde immer wieder mit den Fingern der rechten Hand über den linken Handrücken gewischt. Ich dachte, das heißt »Penner« oder »Linde« und nickte freudig: »Ja, ja.« Zu Hause angekommen, mußte ich auf eine Fête meines Freundes Ebi, der gerade eine neue Firma gegründet hatte. Die Fête fand in einer Kneipe am Fischmarkt statt. Weil es dort aus pädagogischen Rücksichten keinen Schnaps gab, bin ich auf einen Absacker in die »Haifischbar« gegangen. Dort war eine gehörlose Prostituierte, die immer ihren Mann besuchte, der dort am Tresen wohnt, um ihm ihr Honorar abzuliefern. Als sie mich sah, fing sie an, wild auf mich einzugestikulieren, und zwar mit den gleichen Bewegungen wie vorher auf dem Bahnsteig in Dortmund. Ihr Mann übersetzte: »Deine Kollegin, die Ärztin aus der ›Lindenstraße‹, ist gestorben.« Das also bedeutete das Wischen.

Zu Ingas Beerdigung kann ich leider nicht kommen, weil meine Mutter nicht Todes-, sondern Geburtstag hat. Den neunzigsten.

Schönen Gruß,

Harry

2001

»Vielen Dank, schönen Gruß, allzeit gute Fahrt und immer eine Handbreit Wasser im Bidet!«

AN MANFRED BISSINGER

Lieber Manfred Bissinger, 2-2-01

Als ich den dicken HoffmannundCampe-Freistempel sah, dachte ich, es wär Reklame, und wollte den Brief wegschmeißen; als ich den DIE-WOCHE-CHEFREDAKTION-Absender sah, dachte ich, das ist er, der längst fällige Anschiß wegen des Hühnerkalenders 2001; nun aber, da ich den Brief gelesen habe, merke ich: Es ist ja doch Reklame. Danke schön.

(Als ich den Hühnerkalender 2001 bei Herrn Seifert kaufte, habe ich gesagt: »Da ist ja ein Hahn auf dem Cover; ich bin doch nicht schwul!!!«)

Schönen Gruß,
Ihr *HR*

VON MANFRED BISSINGER

Lieber Harry, Hamburg,
den 14. 2. 2001

Sie schreiben wirklich die schönsten Briefe, die mir auf den Schreibtisch kommen. Danke für den jüngsten und danke für den Hühnerkalender. Ich werde mich mit ihm dieses Wochenende aufs Land zurückziehen, um ihn, bevor er die Küchenwand ziert, erstmal den Hühnern zu zeigen. Mal sehen, wie die auf den Hahn reagieren.

Lieben Gruß von

Ihrem *Manfred Bissinger*

AN HARALD KNEITZ, KULTURAMT INGOLSTADT

Lieber Harald Kneitz: 30-3-01

So. Lindenstraße, Erlangen, Ingolstadt, Kaiserhammer (bei Marktredwitz, wo überm Tresen vom »Marktredwitzer Hof« der Spruch BLAU MACHEN GRÜN DENKEN ROT WÄHLEN SCHWARZ ARBEITEN hängt), Bamberg, Leipzig, nochmal Lindenstraße und Geburtstag sind gelutscht, dann hat es mich leider geschrägt, so daß Eckernförde und wiederum Lindenstraße geschoben-nicht-gekippt werden mußten. Einen Tag nach dem Geburtstag faxte mir Anna Mikula, die Kulturchefin der wöchentlich erscheinenden Wochenzeitung DIE WOCHE, eine e-mail, die sie von Sibylle Mulot bekommen hatte und die ich hier in Auszügen zitiere.

> Nun zu Ingolstadt. Ich kam dort an, und alle Augenpaare des Kulturamts richteten sich auf mich. Nur eine einzige bange Frage stand darinnen, und die lautete: Hat Harry Rowohlt in Leipzig unsere roten Socken getragen? Da er glücklicherweise vor uns allen im Fürstenberg <recte: Fürstenhof, HR> das Hosenbein gelüpft hatte, konnte ich mit einem überzeugten, warm timbrierten »Jawohl« antworten, worauf das Ingolstädter Kulturamt in Jubel ausbrach.

(Ich werde Ihnen doch besser das gesamte e-mail-Fax weiterfaxen, ohne das e-mail- oder Faxgeheimnis über Gebühr zu verletzen; bin zum Weiterabtippen gesundheitlich noch zu angegriffen, hoho.)

Die roten Socken haben mir in der Schaubühne Lindenfels noch einen schönen Sonderapplaus eingebracht. Ich lüpfte nämlich in bewährter Weise das Hosenbein, hatte aber nicht bedacht, daß mein Lesetisch mit einem bodenlangen Tischtuch gedeckt war. Also lüpfte ich sowohl Hosenbein als auch Tischtuch, so daß man bei diesem – zweiten – Applaus getrost von einem »Vorhang« sprechen kann. Diese Socken werden ihren Weg machen, da bin ich ganz zuversichtlich.

In der Pause überreichte mir ein junger Mensch betont hämisch den Computerausdruck der 8000-Mark-Frage aus »Wer wird Millionär?«

> Wie heißt der Verleger, Übersetzer und Schriftsteller, der in der »Lindenstraße« einen Obdachlosen spielt?
>
> -A: Stefan Suhrkamp -B: Harry Rowohlt
> -C: Markus Ullstein -D: Mario Harenberg

Mein Freund Arnd, dem ich dies vorlas, fragte: »Darf ich mal telefonieren?« und meinte dann, »Markus Ullstein« klinge viel glaubwürdiger als ausgerechnet »Harry Rowohlt«. Naja, nachdem ich jetzt Springer-Autor geworden bin, warum nicht gleich die volle Dröhnung.

Es war sehr schön in Ingolstadt, vielen Dank auch an das wunderbare Kollektiv der »Neuen Welt« und einen schönen Gruß an die Leipziger Studentin, von der ich mir nicht den Namen, wohl aber gemerkt habe, daß sie Vegetarierin ist und erröten kann.

Ihr *Harry Rowohlt*

In Ingolstadt bekam Harry rote Socken geschenkt, was sich zu einem lebenslangen Rote-Socken-Deputat ausweitete.

AN HARALD KNEITZ

Lieber Harald Kneitz: 3-4-01

Wenn ich in Zukunft meine zahllosen Ehrungen herunterbete, werde ich mit den Worten schließen: »… **und** ein Rote-Socken-Deputat des Kulturamts von Ingolstadt in Oberbayern!!!«

Robert Gernhardt, dem ich heute am Telefon den gesamten Socken-Vorgang referierte, kommentierte übelwollend: »Ihr habt ja auch nichts Besseres zu tun; statt daß Sibylle Mulot in ihrem Frankreich sitzt und dichtet, statt daß du Gegenwartsromane übersetzt, habt ihr nix wie Socken im Koppe.«

(Er dagegen berichtete, er habe sich in Wolfenbüttel im Rahmen einer nebbich Poetik-Vorlesungsreihe 10 Paar

→ Kellnersocken ←

gekauft, Wenn Gernhardt sich Socken kauft, ist das natürlich gleich ganz was anderes.)

Jetzt muß ich wieder ins Gebüsch (Köln, Eckernförde, Köln) und grüße artig, auch und namentlich Sabine Lurtz,

Ihr *Harry Rowohlt*

Moin, Antje: 5-4-01

Bevor ein neues Großprojekt in Angriff genommen wird, räume ich – zumindest theoretisch – den Schreibtisch auf und lese mich entsprechend fest. Bevor ich also dies Insel-Taschenbuch auf Nimmerwiedersehen ins Autorenalphabet stelle, schlage ich es versonnen auf und finde einen kleinen Morgengruß, den Du jetzt leider auswendig lernen mußt.

Robert Gernhardt

Terzinen über die Vergeßlichkeit nach Kuno von Hofmannsthal

Noch spür ich ihren Dingens auf den Wangen,
Wie kann das sein, daß diese nahen Tage
Dings sind, für immer fort und ganz vergangen?

Dies ist ein Ding, das keiner voll aussinnt
Und viel zu kommnichtdrauf, als daß man klage,
Daß alles gleitet und vornüberrinnt.

Und daß mein eignes … Na! durch nichts gehemmt
Herüberglitt aus einem Kind? Ja, Kind,
Mir wie ein Hut unheimlich krumm und fremd.

Dann: daß ich auch vor Jahren hundert war
Und meine Ahnen, die im roten Hemd
Mit mir verdingst sind wie mein eignes Haar.

So dings mit mir als wie mein eignes Dings.

Schön war es gestern mit Dir und Lili und den Mädels und, äh, Klaas und Klaus kommgleichdrauf Pohl.

Dein *Harry*

AN EINE VERANSTALTERIN

Liebe Inga L.: 8-4-01

Also, **mir** hat es sehr gut gefallen in Eckernförde, obwohl ich – »Laßt mich doch hier liegen; alleine könnt ihr es vielleicht schaffen.« – einmal in die Bühnenmulde gefallen bin, einmal, nach meinen Berechnungen.

In der Siegfried-Werft duftete dann mein Gang mit den Zimmern 4, 3, 2 und 1 wunderbar nach Döner-Bude, was an den Zwiebelringen meines Matjes auf Schwarzbrot lag, den ich mir klug als Betthupferl aufgespart hatte. Inzwischen dürfte das verflogen sein.

Ich habe bis pünktlich 8:15h verschlafen, den Rucksack nur schwer zugekriegt (»Aha! Hab ich die Sprotten doch nicht vergessen!!!«) und bin ungewaschen, der lückenhaften Beschilderung folgend, Richtung Bahnhof getobt. Eine wolgadeutsche Spätaussiedlerin habe ich nach dem Weg gefragt, aber die verstand nur Bannchoff?Bannchoff?, doch eine original Einheimische wußte es genau: »Denn könn Sie übe die rode Ambel, un denn könn Sie rechter Hand, un denn komm Sie direkt nachn Bahnhof hin.«

Schier übermenschlich, wie Ihr die Räucherei Nachtigal mit einem L in ein voll bespiel- und bewirtbares Event-Center umgewandelt habt. Vielen Dank an Herbert und die zwei schmukken Saaltöchter und an den umsichtigen Stefan und an Herrn Nachtigal mit einem L. Nachdem Ihr das, weil ich krank wurde, praktisch zweimal geprobt habt, müßte jetzt jeder Handgriff sitzen, und Ihr könnt es, so oft Ihr wollt, nach kurz vorher erfolgter Anmeldung wiederholen: **Inga's Lütt Speeldeel**. Dank und Verehrung auch an das tüchtige Buchhandlung-am-Gänsemarkt-Kollektiv!!!

(Zwischen Bahnhof- und Dank-Absatz war ich schnell im Tonstudio, um die 8 Kapitelvorsprüche für die »Golden Hours«-CD auf Band zu sauen. Merkt man das? Ich meine, rein stilistisch??)

Vielen Dank, schönen Gruß, allzeit gute Fahrt und immer eine Handbreit Wasser im Bidet!

Harry Rowohlt

AN MARIANNE POSSMANN, MOERSER GESELLSCHAFT ZUR FÖRDERUNG DES LITERARISCHEN LEBENS E. V.

Sehr geehrte, liebe Frau Possmann: 17-5-01

Erst jetzt bin ich mal lange genug zu Hause, um meine schöne, interessante Post lesen zu können. Sóóónst hätte ich natürlich lääängst reagiert, noch dazu mit einem frankierten Rückumschlag.

Hier nun was, was Sie, wenn Sie mögen, zitieren können.

> **Wenn jetzt auch noch zwei Öffentliche Bibliotheken geschlossen werden, wird Deutschlands kleinste Großstadt zu Deutschlands größter Kleinstadt.**

Schönen Gruß, DER KAMPF GEHT WEITER,

Harry Rowohlt

Auf die Bitte, gegen die drohende Schließung Öffentl. Bibliotheken in Moers zu protestieren.

P.S.:
Ich habe festgestellt, daß bei meinem Brief-Layout dieser Teil des Blattes immer ungenutzt bleibt. Deshalb hier ein kleines selbsterlebtes Dramolett aus **Unna** vom 11.1.01.

Unna, Nachmittag, bei »Fisch-Schröter« innen.

Fischhändlerin (ruft dem Fischhändler zu, der irgendwo hinten unsichtbar filetiert oder was): Ich glaub, der Hummer will schon wieder aus sein Bassin raus!

Fischhändler (von hinten): Dann mußt du ihn beschimpfen!

Fischhändlerin (sammelt sich; will ja schließlich gekonnt sein, wenn man einen Hummer verbal zur Schnecke macht; dann): Machst du wohl, dat du mit dein Hintern wieder im Bassin reinkommst, du ollen Sausack!

Dame (kommt rein): Frohes Neues Jahr! Mechthild ist schon wieder im Krankenhaus!

Fischhändlerin: Mit was denn?

Dame: Mit was wohl? (Ab.)

Lieber Chef:

Soso.

Man treibt sich in Frankfurt rum.

Und lädt unsereins mal wieder nicht dazu ein.

(Es ist aber auch nur gut; ich habe mir nämlich letzten Freitag eine Warze am linken Nasenflügel wegoperieren lassen, so daß bis einschließlich Montag kein Wasser an meine Nase durfte, was ich in Selbstverpflichtung bis auf Dienstag ausgedehnt habe, immer in Angst und mit fettigen Haaren und einem schwarzen Blutkuchen im Gesicht, aber gestern abend, kurz vor Ally McBeal, ist er von alleine abgegangen, und drunter war alles prima verheilt, und mit **dieser** Nase kann ich mich nun wirklich überall sehen lassen.)

Beim Abtragen meines halben Meters Post bin ich auch auf Dein Eingesandt gestoßen (»Jüdisch! Scharf!!«), habe auch angefangen, drin zu lesen (allein schon die »Author's Note« mit der kleinen Note ist angenehm unübersetzbar), aber nun ist es plötzlich wieder weg und wird genauso wieder auftauchen, wie es verschwunden war: Bürogezeiten. Ich könnte mir durchaus vorstellen, das übersetzen zu wollen, sobald ich das, was ich jetzt übersetze, übersetzt habe.

Dies als kleinen Zwischenbericht.

Unverbrüchlich:

Dein *alter Harry*

AN IRENE FISCHER

Liebe Irene: 15-6-01

Nun noch rasch die Gebrauchsanweisung zur Elchsuppe.

Elchpreisträger III Polt sagte, die Suppe sei genießbar, wamma recht einen Rotwein dazugieße, und Elchpreisträger I Poth, der nie was sagt, schnappte: »Cognac!!!«

Du hast gefehlt, und zwar, wie Günter Bruno Fuchs zum Thema »Wirte« gesagt hat (»Jeder Würt, der fehlt, fehlt empfindlich.«), empfindlich.

Schönen Gruß, auch an den Herrn Regisseur,

Dein *Harry*

Die o.g. Elchsuppe ist Teil des Satirepreises »Göttinger Elch«, der HR 2001 verliehen wurde. Was Wirte betrifft, so irrt HR. Fuchs bezog sich auf Hauswirte.

Diözesaner Jugendtag »apropos«
des Bischöflichen Jugendamtes und des BDKJ Würzburg

Sehr geehrter Herr Rowohlt, Münnerstadt, den 27. 06. 2001

»apropos« ist die jährliche spirituelle Großveranstaltung von BDKJ (Bund der katholischen Jugend) und KJA (Kirchlichen Jugendarbeit) der Diözese Würzburg. Jugendliche ab 15 Jahren aus ganz Unterfranken haben an diesem Tag Gelegenheit, sich selbst mit unterschiedlichen Interessen, Stärken, Schwächen und der eigenen Spiritualität zu erleben. In Arbeitskreisen, Gottesdienst und gemeinsamen Treffen nehmen die TeilnehmerInnen jedes Jahr ein bestimmtes Thema unter die Lupe. Wir erwarten zu diesem Tag ca. 400 junge Menschen aus unserer Diözese.

»apropos durchgeknallt« – unter diesem Motto wird unser Jugendtag in diesem Jahr am Samstag, den 24. 11. 2001 in Münnerstadt stattfinden. Als zentrales Element an diesem Tag ist für 17.30 Uhr ein gemeinsamer Gottesdienst mit allen TeilnehmerInnen geplant. Im Rahmen dieses Gottesdienstes soll eine Talk-Runde zum Thema »wie durchgeknallt kann ich in unserer Kirche sein?« stattfinden.

Gerne würden wir Sie als Podiumsteilnehmer neben den ebenfalls angefragten Frau MdL Renate Schmidt, Generalvikar Dr Hillenbrand (Würzburg) und Frau Lea Ackermann (hat inzwischen ihre Zusage erteilt) für diese Talk-Runde gewinnen. Wir sind uns sicher, dass Sie jungen Menschen durch Ihr Leben und

Engagement etwas zu sagen haben und dass Sie für die Jugendlichen eine inspirierende Bereicherung wären.

Über eine baldige Nachricht Ihrerseits würden wir uns sehr freuen.

Mit freundlichen Grüßen

Br. Jürgen Heß OSA
für das apropos-Vorbereitungsteam

AN THOMAS KAPIELSKI, SCHRIFTSTELLER

Lieber Thomas: 9-7-01

Ulla brachte neulich eine Nasenpfeife (weiß-gelb; wenn sie unbeseelt rumliegt, sieht sie aus wie Abfall) mit, weil alle in der Zweitausendeins-Filiale Colonnaden jetzt eine haben. Sie mühte sich sehr und summte teilweise auch sinnentleert hinein –, ich dagegen setzte sie an und spielte aus dem Stand quintenrein »Je t'aime, moi non plus«!!!
Ich habe jetzt alles, was ich kriegen konnte von Dir, gelesen und war entzückt über die beiden Zitate von mir, eins mit Angabe, eins anonym (»Eugen Drewermann nachts um halb eins«).
Morgen geht es taufrisch und mit blitzblanken Bubenaugen nach Dublin, wo ich Ralle Sotscheck meine Memoiren bei Lebzeiten in die Kassette labern soll. Da müßten wir so einen dicken schwarzen ° wie bei Euren Gesprächsprotokollen auf der Maschine haben.
Soweit nur rasch dies, weil ich aus Deinen Schriften gelernt habe, daß man vorher nie weiß, was wird.
Am 20. September und am 10. November werde ich Deo volente in Berlin sein. Vielleicht können wir dann Erfrischungen zu uns nehmen. (Am 20. September soll ich mich anläßlich der Welturaufführung des Zeichentrickfilms »Der kleine Eisbär« verbeugen, in dem ich ein Nilpferd synchronisiert habe, und am 10. November soll ich im Deutschen Theater irgendwas machen.)

Schönen Gruß!

Harry

AN OLAF KRAMER, JURY »HÖRBUCH DES MONATS«

Sehr geehrter Herr Kramer: 21-7-01

»Frau Oberbürgermeisterin, meine Damen und Herren, geliebte Jury!« So begann ich 1997 (auf Anraten Siegfried Lenz', den ich kurz zuvor zufällig auf einer HoCa-Fête kennen gelernt hatte) meine Dankesrede anläßlich der Verleihung des Brüder-Grimm-Preises der Stadt Hanau.

Geliebter Herr Kramer, ich möchte mich sehr herzlich für die Auszeichnung »Hörbuch des Monats« bedanken. Ich kam letzten Mittwoch frisch (naja … frisch ist wieder was anderes) aus Irland zurück, wo, genauer: in Galway, der Chef von Kenny's Bookstore, der schönsten Buchhandlung Westeuropas, mich geknipst und ein Passepartout signieren geheißen hatte. »Vor zehn Jahren war ich schon mal in Galway«, sagte ich, »und wenn ich damals bereits geahnt hätte, daß mein Foto mal bei Kenny's hängen würde, wäre ich bereits vor zehn Jahren übergeschnappt und nicht erst jetzt.« »From now on, it all will be downhill for you«, sagte er. Hätte er geahnt, daß mich zu Hause der Titel »Hörbuch des Monats Juni 2001« erwartet, wäre er vorsichtiger gewesen.

In Zusammenhang mit dem geliebten Ringelnatz freut mich die Ehrung besonders, weil er – immerhin der erfolgreichste deutschsprachige Lyriker seiner Zeit – vom panchaotischen Ernst Rowohlt so sporadisch bezahlt wurde, daß er eigentlich verhungert ist. So mästet sich ein Rowohlt nach dem anderen an ihm. – Immerhin waren zwei Studiositzungen erforderlich. Ich war nämlich bei der Umfangsberechnung von meiner CD »Raufgefallen. Kindergedichte von Shel Silverstein« ausgegangen und hatte nicht bedacht, daß die halb so lang bzw. doppelt so kurz, weil englisch/deutsch ist; Ringelnatz dagegen ist gleich auf deutsch. »Wie schön«, hab ich gedacht, »da darf ich nochmal ran.« Schönen Gruß und vielen Dank, auch an die anderen geliebten Juroren,

Harry Rowohlt

P.S.: Ja ja, diese Umfangsberechnungen. D.O.

P.P.S.: Aber seit spätestens Flann O'Brien wissen wir ja, daß ein Brief ohne P.S. keinen Taug hat. D.O.

P.P.P.S.: Das schönste P.S. meines Lebens lautete: »P.S. Ich bin's noch mal.« D.O.

P.P.P.P.S.: Bei der Gelegenheit hat Flann O'Brien auch gleich noch das Anteskriptum erfunden, und das geht so: »A.S.: Was ist eigentlich mit dem Fünfer, den ich Dir 1917 geliehen habe? Lieber Tom …« D.O.

HR wurde für seine Ringelnatz-CD »Ich hatte leider Zeit« ausgezeichnet.

AN EINE PU-DER-BÄR-FREUNDIN

Liebe Frau B.: 4-8-01

Vielen Dank für Ihren freundlichen Brief, den der Heyne Verlag an den Haffmans Verlag und der an mich weitergeschickt hat.

Ein Heffalump ist ein durch Dreher (Hellafump) entstellter Elefant, was man auch auf der Shepardschen Zeichnung gut erkennen kann, und ein Wuschel hatte ich mir immer etwas wieselhaft vorgestellt, bis mich mal in Griechenland eins angefaucht hat. Das hatte durch einen heißen Wüstenwind aus Afrika alle Scheu verloren. Dafür hatte ich umso größeren Bammel. Wenn bereits die Wiesel einen anfauchen …!

Mit dem Zeitungsformat-»Pu« bin ich auch großgeworden, von meiner Mutter **mit Betonung** vorgelesen.

Herr Lehmann fristet jetzt seinen wohlverdienten Ruhestand, nachdem er mehrmals wegen Saufens und Schwadronierens im Dienst abgemahnt worden war. Seinen Nachfolger Herrn Hünchen hat der Schlag getroffen, und dessen Nachfolger heißt Herr Weibchen. (Oder ist das gar nicht wahr, sondern vielmehr umgekehrt?)

Wußten Sie, daß die Stofftiere gar nicht aus dem Hause Milne stammten, sondern den Kindern von E. H. Shepard gehörten? Deshalb sieht sich der Original-Pu, der in der New Yorker Public Library ausgestellt wird, auch gar nicht ähnlich.

Schönen Gruß!

Harry Rowohlt

Die o.g. Herren waren bzw. sind Eppendorfer Stadtteilpolizisten.

Sehr geehrter Herr Heß: 16-8-01

Am 23. 11. ist in Berlin eine Benefiz-Gala für den neuen Film von Wenzel Storch, und am 24. ist dort das große »Wahrheit«-Fest der taz, bei dem ich ebenfalls mitwirken werde. Da habe ich also schon was vor. (Wie eigentlich immer.) Aber ich werde den ganzen Abend lang – und besonders während meines Beitrags – maulen: »Jetzt könnte ich so schön bei der jährlichen spirituellen Großveranstaltung des Bundes der katholischen Jugend und der Kirchlichen Jugendarbeit der Diözese Würzburg an einem gemeinsamen Gottesdienst samt Talkrunde teilnehmen, aber wieder nichts.«

Darüberhinaus bin ich seit drei Generationen ungetauft, was ich durchschnittlich zweimal pro Jahr bedaure, weil es bedeutet, daß ich nie werde aus der Kirche austreten können, und so durchgeknallt, daß ich je einer Religion bedürfte, werde ich – gottlob! – nie sein.

Entschuldigen Sie, daß ich jetzt erst reagiere; Ihr Brief lag in meinem Kasten bei der »Lindenstraße«, und ich hatte erst gestern wieder einen Dreh dort.

Schönen Gruß,

Harry Rowohlt

An den ungetauften Harry Rowohlt

Lieber Herr Rowohlt, 16. August 2001

haben Sie vielen Dank für Ihr Fax, welches unser Faxgerät mir vor wenigen Minuten zu Füßen geworfen hat.

Natürlich bedauere ich, dass Sie während des diözesanen Jugendtreffens in Münnerstadt keinen Beitrag zum Zustand der Kirche leisten können. Wobei die von Ihnen aufgezählten Alternativen mit Sicherheit nicht an die Begegnung mit durchgeknallten Jugendlichen unserer Diözese heranreichen werden. Wann hat man denn schon mal die Gelegenheit der Kirche so richtig die Meinung zu geigen, ohne dafür sofort im Fegefeuer zu landen. Abgesehen davon, dass Sie als ungetaufter Erdenbürger sowieso nicht mit solch ausgesprochen katholischen Einrichtungen in Berührung kommen werden. Dies erfüllt mich doch etwas mit Neid. So hat Ihre Ferne zur Kirche und Religion auch noch ungeahnte Vorzüge.

Vielleicht begegnen wir uns einmal an anderer Stelle. Würde mich freuen.

Herzlichen Gruß aus Münnerstadt

Br. Jürgen

AN EINE ÜBERSETZER-ASPIRANTIN

Sehr geehrte Cordula A.: 17-8-01

Ja, stimmt, ich bin belletristischer Übersetzer (107 Bücher, 5 Theaterstücke, 1 Film), aber damit hat es sich auch schon.

Ich habe zwar auch studiert (Amerikanistik; in München; zweieinhalb Stunden lang), aber nicht lange genug, um auch nur in die Mensa gegangen zu sein (dabei habe ich an einem Freitag studiert, und es hätte Fisch gegeben). Soviel zu meiner Verwurzelung im Akadém.

Und was meinen Kontakt zu Kollegen angeht … Früher bin ich immer brav zum Hamburger Übersetzerstammtisch gegangen, aber da wurde zuviel abgestimmt und zu wenig gesoffen, und dafür war mir meine Freizeit zu schade, weshalb der Kölner Übersetzerstammtisch zu Beginn jeder Sitzung die Gläser erhebt und sagt: »Auf daß wir nie so werden mögen wie der Hamburger Übersetzerstammtisch!« Der Kölner Übersetzerstammtisch tritt an jedem 3. Donnerstag im Monat zusammen, und obwohl ich oft in Köln bin, habe ich es noch nie an einem 3. Donnerstag im Monat dahin geschafft. Schade.

Ich bin natürlich mit Menschen befreundet, die Übersetzer sind, und über kurz oder lang barmt man und härmt sich und simpelt fach (»Wie würdest du …; ich habe …«), aber als »Kontakt zu Kollegen« würde ich das nicht bezeichnen.

Apropos: Letzten Samstag, beim Stammtisch (keinem Übersetzer-, sondern einem normalen) habe ich gesagt: »Nun ratet mal, wie ich ›bartending, in itself not an iniquitous profession‹ übersetzt habe. Und meine Freundin Anna (Kulturchefin der wöchentlich erscheinenden Wochenzeitung DIE WOCHE) sagte: »Sag erst, wie der verehrte Kollege Wollschläger es übersetzt hätte«, den ich nämlich immer mit meinem Hohn verfolge, und ich sagte: »›Stangenpflege, in sich selbst keine iniquitöse Profession‹ …«, und dann, offiziell: »›Das Tresenwesen, so für sich genommen kein unebener Beruf‹!« Gut, was?

Und dann habe ich noch zwei Kolleginnen, die im Gegensatz zu mir, der ich mir noch anderweitig ein Zubrot verdiene, vom Übersetzen leben müssen, denen ich immer abwechselnd alles zuschanze, was mir zu blöd ist, und die dafür auch noch dankbar sein müssen, weshalb ich ohnehin von dieser Berufswahl nur dringlich abraten kann, aber für Sie dürfte das ein bißchen spät kommen. Naja. Dolmetscherin. Das könnte ich nie. Weil im Deutschen das Verb immer erst am Schluß kommt und ich bis dahin den gesamten zu übersetzenden Satz vergessen hätte. Außerdem schlage ich inzwischen – TRANSLATORS DO IT LOOKING UP! – zwanghaft jedes 3. Wort nach, und das geht beim Dolmetschen schlecht. (Beim Festival des Lateinamerikanischen Films in Havanna 1985 hörte ich über Kopfhörer, wie der Dolmetscher, der eigentlich aus dem Portugiesischen ins Englische hätte übersetzen sollen, plötzlich auf spanisch sagte: »Mann, ist das langweilig. Ich hab die Faxen dicke und geh Kaffee trinken.« So geht's doch auch.)

Ich sehe schon, das war alles nicht sehr hilfreich. Schönen Gruß,

Harry Rowohlt

Lieber Genosse A.: 27-8-01

Also, **mir** hat es gut gefallen in Ditzingen. Vielen Dank für die vorbildliche Logistik und glimpfliche Durchführung.

Ich hoffe, der älteren Dame in meinem Alter geht es besser. In Ohnmacht fallende Teenager wären mir zwar lieber, aber immerhin: ein Anfang ist gemacht. (Doch. Einen solchen Fall hatte ich schon mal. Das war in der Pause einer Lesung in Hamburg-Barmbek. Ich hatte mir gerade die Nebenhöhlen fenstern lassen, blutete immer noch leicht aus der Nase und betupfte sie mir deshalb gelegentlich mit einem Tempo-Taschentuch. In der Pause sagte dann eine Dame, sie fände es affig, daß sich so ein knorriger Typ wie ich immer das Näschen mit einem Papiertaschentuch betupft, noch dazu mit Röschenmuster. Da zeigte ich ihr das betreffende Papiertaschentuch, sie erkannte, was es mit dem Röschenmuster auf sich hatte, stellte die Augen auf 5 vor 1 und fiel hintüber – in eine Zinkbadewanne voller Eis und Wasser und Guinness-Pullen, was, weil Winter, doppelt erfrischte.)

Ja. Wie gesagt. Vielen Dank. (Ich wüßte so gern, was die Kollegin in der 1. Reihe immer notiert hat. Schickst Du mir bitte **scho-nungs-los** etwelche Pressestimmen? Danke.)

Der Kampf geht weiter, schönen Gruß und lieben Dank an alle,

P.S.: Meine Frau Ulla sagte, als ich ihr sagte, der Eine von Joint Venture sei tot: »Ich hoffe, daß es der Andere war.« / Ich: »Der Andere?« / Ulla: »Weil ich den einen lieber mochte als den anderen.«

VON AXEL AUS ST PAULI

Herr Rowohlt, Herr Rowohlt, 29-08-01
Herr Rowohlt, Herr Rowohlt,
Herr Rowohlt!

Schreiben Sie verdammtnochmal endlich mal wieder einen »Corner«. Was soll denn die Scheiße?

Sehr freundliche Grüße, *Axel*

AN EINE »LINDENSTRASSEN«-ZUSCHAUERIN

Sehr geehrte Frau G.: 30-9-01

Vielen Dank für Ihr nettes Angebot, aber ich bin kein Obdachloser; ich spiele nur einen. Meine Mutter war auch Schauspielerin und hat oft die Maria Stuart gespielt, wurde aber am Ende des Stücks glücklicherweise doch nicht geköpft.

Schönen Gruß nach Lübeck,

Harry Rowohlt

Frau G. machte HR das Angebot, seine Obdachlosigkeit zu beenden: »Wenn wir uns gut unterhalten können, Sie kein Alkoholiker sind u. keine Drogen nehmen – dann könnte ich Ihnen vielleicht eine Mitwohngelegenheit bei uns bieten. Ich bräuchte schon mal Hilfe beim Renovieren usw.«

Sehr geehrte Tini, 14-10-01
damit Du das richtig (56. Geburtstag von Ulla
auffer Reihe kriegst: und 75. von Pu)

Dr Michael Naumann (zu Art Spiegelman; zögernd): I have to use a German phrase now, I'm sorry. With your rudimentary Yiddish you might even kind of grasp its meaning: »Ist der Ruf erst ruiniert, lebt sich's gänzlich ungeniert.«

Art Spiegelman (wie aus der Pistole geschossen): Once the reputation's shot you get away with quite a lot.«

Dann muß natürlich auch mein Lieblings-Cartoon aus dem New Yorker von Shanahan in den Kalender (Musik-Doppelnummer, 2001), der mit dem Arzt, welcher den bangenden Angehörigen zur Gitarre vorsingt: »Listen up, you fine people, and I'll sing you a song about a brave neurosurgeon who did something wrong.« (Ich sing euch ein Liedchen, drum gebet fein Acht, vom kühnen Neurochirurgen, der einen Fehler gemacht.)

Ich dagegen halte mich an Scheerbarth und an Schulz-den-Schlaffi: Und mancher Schuft trinkt jetzt noch Bier.

DER KAMPF GEHT WEITER!!!

Dein *Harry*

AN KOLLEGEN DER »LINDENSTRASSE«

Liebe Leute: 18-10-01

Ich habe Euer Rundschreiben bekommen, und weil ich so gewissenhaft bin, beantworte ich es, sobald ich es in meinem Korrespondenzfach gefunden habe (aber natürlich nicht vorher).

Ich bin kein Kölner Prominenter und möchte nach Möglichkeit nie im Leben mit einem Präser fotografiert werden. Und was mich, der ich in der »Lindenstraße« einen Penner spiele, als »eine Art Vorbild« betrifft, so kann man das auch getrost knicken.

Schönen Gruß und viel Erfolg,

Harry Rowohlt

P.S.: »Heww ik vergeten« hat genauso die Abkürzung HIV wie »hann isch verjesse«. D.O.

Das Rundschreiben betraf die AIDS-Hilfe Köln, die um Unterstützung durch Prominente gebeten hatte.

AN EINEN VERANSTALTER IN HALLE

Lieber Roger: 14-11-01

Ich habe alles überlebt, und das, obwohl am nächsten Tag die – seit Wochen ausverkaufte! – Lesung in Cottbus von der Firma Paddy sponsiert war und obwohl die – seit Wochen ausverkaufte! – Lesung im Deutschen Theater zu Berlin dazu führte, daß das Publikum mir die zur Information herumgereichte Landkarte (auf dem Etikett der Paddy-Flasche) bis auf eine Träne leergesoffen hat (»Ihr verwechselt das wohl mit Begrüßungsgeld oder Bananen«, entfuhr es mir), woraufhin der Regieassistent mit einer dreifachen Pirouette und einer Flasche Jameson's wie aus dem Nichts erschien. Die Lindenstraßenensemblevollversammlung verlief dann auch noch sehr gedeihlich (2 Wortmeldungen!), und danach, an der Hôtelbar, sagte Georg Uecker zu einem Anschleimer, der gefagt hatte, ob es störe, wenn er rauche: »Mich stört es nicht mal, wenn Sie brennen.«

Vielen Dank für die vorbildliche Organisation und glimpfliche Durchführung unserer kleinen Dichterlesung, schönen Gruß, und DER KAMPF GEHT WEITER!!!

Harry

2002

»Autorenkino, Regietheater, Befreiungstheologie –:
Alles genauson Quatsch wie mittelscharfer Senf.«

AN MICHAEL NAUMANN, CHEFREDAKTEUR UND HRSG. »DIE ZEIT«

Mensch, Mike: 29-01-02

Danke für Deinen Brief vom 6. Dezember 2001, der gestern abend zufällig im erweiterten Posteingangsbereich auftauchte und natürlich sofort bearbeitet wird.

Nein, um Deine Frage zu beantworten, ich bin nicht in Frieden von der ZEIT geschieden, d.h. in Frieden schon, aber nicht geschieden; ich habe mir lediglich das Schreiben abgewöhnt, weil mir meine letzten Kolumnen nicht mehr gefallen haben, und da habe ich mir gedacht: »Wenn schon ich selbst so schreibe, daß ich das nicht gern lese, wie lausig müssen das erst Leute finden, die es nicht mal geschrieben haben?!« Ich tröste mich damit, daß ich, bevor ich geschrieben habe, auch schon nicht geschrieben habe, der Normalzustand also wieder erreicht ist. (Das muß so um 1949/50 herum gewesen sein.)

Wolfram Runkel sagte einst, meine Texte läsen sich, als hätte man jemanden geweckt. Das öffentliche Träumen ist mir also nicht fremd.

Und nun zurück in die Salpetermine (»Killoylers« von Roger Boylan, Buch 109; den gerade fertig gewordenen Schluß von Kapitel 13 lege ich als Launegabe von gæligore an gæligore bei).

Schönen Gruß, und, wie meine Freundin Ette (Quäkerin!) immer sagt: Laß Dir nicht zu wenig gefallen,

Dein *Harry*

VON THOMAS KAPIELSKI

Lieber Harry, Berlin, 10-02-02

das Original Oberkreuzberger Nasenflötenorchester: Der Grindchor, dorten mein Teil beizugeben ich mich rühmen darf, nimmt gerade für Zweitausendeins eine Nasenflöten-CD auf. So. Jetzt hatte hier plötzlich Eena, der Dich im Tempodrom beim Konzert (ich mußte leider fehlen) als zum solitären Fanblock zugehörig erachtete, die Schnapsidee DICH um den Vortrag des Liedes ›Fever‹ von Elvis – und zwar in Deiner Übertragung – vermutlich also ›Fieber‹! – zu bitten. Und wir würden dann mit den Flöten für die angemessene Untermalung sorgen. Fanden alle beachtenswert, den Einfall! Die harte Linke des Orchesters allerdings wuchtete den Einwand »Scheiß Prommiablutscherei« auf die Waage. (Außer Dir gäbe es noch einen Gastsänger, sonst wird gar nicht gesungen –: Hacke von den Neubauten singt »Schnaps das war sein letztes Wort«.) Nun, ich wandte ein: Nu mal halblang: Wenn er, also Du, überhaupt mitmachen will, dann muß man ihn, also Dich, ja nicht gleich 36 Punkt fett und vorn in die erste Zeile stellen, das geht alles auch gleichrangig, und außerdem muß man ihm, also Dir, auch freistellen, was er denn überhaupt gerne singen möchte und um welchen Lohn. Das wurde alles schließlich so für vernünftig befunden und der Chor bat mich, bei Dir formvoll nachzufragen. Technisch ginge, wenn Dich die Ehrenmitgliederschaft im Orchester denn würde reizen mögen, alles, da wir hier in Berlin, Du dort in Hamburg weilst, so am einfachsten: Du besingst zu Dir genehmer Stunde eine Cassette und schickst die mir, wir untermalen nachträglich und dann schicken wir das ganze noch mal zur Begutachtung an Dich zurück.

Nun wäge ab, großer Mann und Nilpferdsynchronisator!

Dear Harry, 2/14/02

Good to hear from you. Glad you're surviving *Killoylers*, sofar. Some of those footnotes are over the top, so to speak. But soldier on, old man. I need your stamina and your genius as a translator. And I eagerly anticipate the Grande Finale, the magnificent Giant List of Incompetence.

Speaking of incompetence authorial: That was a good catch, that Alain Delon misreference in the entirely unnecessary but decorative (i.e., author-showing-off) allus on to/Vitelloni. Of course, I meant Alberto Sordi. Easy to confuse: *AL*-ain, *AL*-berto .. see? Oh well. One of them suave Continental actors.

Anyway, as long as we're on the subject of name changes. I've decided to rechristen McGinty McArdle, and Pat Nugent becomes Pat Talbott. The name »McGinty« is too close for comfort to a couple of originals (one of whom you've certainly heard of, and the other of whom I knew in my student days in Coleraine, Co. Derry). Also, I remembered that Nugent is a family man in *Killoyle* but turns into a bachelor in *Killoylers*; otherwise, there's no resemblance, bar the title Superintendent, so let's make him Pat Talbott.

Peter Haag (to whom a warm »Salut!«) is welcome to the entire Wittgenstein series. But remind him that it has to be enjoyed in a heavily-curtained room with clinking glasses of Tanqueray gee-and-tee at hand.

Meanwhile, I'm working on the final panel of the triptych, currently titled *Killoyle Wine and Cheese.* (Ex-IRA guy tries to open wine and cheese shop; encounters obstacles. Ha ha ha?) Time is stingy, though, what with my job – the boring editorial one in Austin that pays the mortgage and helps send my daughter to private school – and various family obligations. Still, I'm about halfway through.

I'm hoping for a visit to Ireland this year, or the next. I was heading in that general direction last July but overshot and ended up in Leeds, where I spent a rather pleasant week or so tasting sundry Yorkshire ales and wallowing in nostalgia for the dear lost days of the dear old Isles. (Are those pipes I hear, skirling in the faraway?)

Last summer also I gave two readings from *Killoyle* at the »IrishFest« in my wife's hometown of Milwaukee, Wisconsin. IrishFest is – believe it or not – the world's biggest Irish cultural bash. You can imagine the kind of thing: warm stout, overamplified fiddle music, and more green bowler hats than you can shake a plastic shillelagh at. But the readings went well; and in any case they were mostly, as far as I was concerned, for the enjoyment of my sister-in-law, who was a big fan of the book. Ill for a long time with cancer, she died last month. I was glad *Killoyle* and I could ease her passage to some small extent.

I hope your various careers are proceeding in tandem successfully. How's Ulla? Give her my best regards. And a warm *Grüss Gott* to the lads and lasses of R&B and Hamburg's literary milieu (or demimonde): Marlies, Klaas, et al.

Here's hoping this fresh collaboration leads to another get-together like our grand tour of January 2000. I'm looking forward to raising a glass with you again, you old übersetzer, you.

God bless! And cheers.

Roger

Lieber Harry, 2/14/02

gut, von Dir zu hören. Froh, daß Du Killoylers überlebst, bisher. Einige dieser Anmerkungen sind wirklich etwas zuviel des Guten, sozusagen. Aber kämpfe unermüdlich weiter, Alter. Ich brauche Dein Stehvermögen und Dein Genie als Übersetzer. Und vollends erpicht bin ich auf das Grande Finale, die prächtige Gigantische Inkompetenzliste.

Apropos Inkompetenz (seitens des Autors): Da hast Du einen guten Fang gemacht, mit dieser Alain-Delon-Disreferenz in der vollständig unnötigen, aber dekorativen (d. h. Autor gibt an) Anspielung auf I Vitelloni. Ich meinte natürlich Alberto Sordi. Leicht zu verwechseln: AL-ain, AL-berto … verstehst? Naja. Einer dieser weltmännischen kontinentaleuropäischen Schauspieler.

Egal, wo wir gerade bei Namensänderungen sind, habe ich beschlossen, McGinty in McArdle umzutaufen, und aus Pat Nugent wird Pat Talbott. Der Name »McGinty« ist ein bißchen zu nah an einigen Originalen (vom einen wirst Du gehört haben, und den anderen kannte ich in meiner Studentenzeit in Coleraine, Co. Derry). Außerdem fiel mir wieder ein, daß Nugent in Killoyle Familienvater war, sich aber in Rückkehr nach Killoyle in einen Junggesellen verwandelt; davon abgesehen, gibt es keine Ähnlichkeit außer dem Titel Superintendent; soll er also Pat Talbott werden.

Peter Haag (diesem ein warmes »Salut!«) kann die gesamte Wittgenstein-Serie sehr gern haben. Erinnere ihn aber daran, daß sie hinter schweren zugezogenen Vorhängen mit bereitstehenden klingenden Gläsern Tanqueray GT[1] genossen werden muß.

Inzwischen arbeite ich an der dritten Tafel des Triptichons, vorläufig Killoyle Wine and Cheese betitelt. (Ex-IRA-Typ versucht, Wein-und-Käse-Laden zu eröffnen; Widrigkeiten. Ha ha ha?) Die Zeit jedoch ist wegen meines Jobs – der langweiligen Lektoratsarbeit in Austin, die die Hypothek bezahlt und hilft, meine Tochter auf die Privatschule zu schicken – und diverser familiärer Verpflichtungen knapp. Trotzdem ist es zur Hälfte geschafft.

Ich hoffe in diesem oder im nächsten Jahr auf eine Irland-Visite. Letzten Juli hatte ich mich in diese Richtung aufgemacht, bin aber übers Ziel hinausgeschossen und in Leeds gelandet, allwo ich etwa eine Woche recht angenehm mit dem Probieren verschiedenster Yorkshire-Ales und dem Suhlen in Sehnsucht nach den lieben vertanen Zeiten der lieben vertanen Britischen Inseln verbrachte. (Hör' ich dort Dudelsäcke in der Ferne quäken?)

Außerdem habe ich letzten Sommer zweimal auf dem »IrishFest« in der Geburtsstadt meiner Frau, Milwaukee, Wisconsin, aus Killoyle vorgelesen. IrishFest ist – kaum zu glauben, aber wahr – die größte kulturelle irische Sause der Welt. Du kannst Dir sowas vorstellen: warmes Stout, zu stark verstärkte Fiedelmusik und mehr grüne Bowler, als man mit einem Plaste-Shillelagh bedrohen kann. Aber die Lesungen sind gut gelaufen; und auf jeden Fall fanden sie hauptsächlich, soweit es mich betraf, zum Vergnügen meiner Schwägerin statt, die ein großer Fan des Buches war. Lange krebskrank, ist sie letzten Monat gestorben. Ich bin froh, daß Killoyle und ich ihr den Heimgang geringfügig erleichtern konnten.

Ich hoffe, Deine verschiedenen Karrieren gehen erfolgreich hintereinander im Geschirr. Wie geht es Ulla? Übermittle ihr meine besten Wünsche. Und ein warmes Grüß Gott an die Burschen und Mädel von R&B und Hamburgs literarischem Milieu (oder demimonde): Marlies, Klaas et al.

Auf die Hoffnung, diese erneute Zusammenarbeit möge zu einem weiteren Zusammentreffen wie unserer großen Tour vom Januar 2000 führen. Ich freue mich darauf, wieder ein Glas mit Dir zu heben, you old übersetzer, you.

Gottes Segen! Und Prost.

Roger

1) *GT = Gin & Tonic*

Lieber Thomas: 11-02-02

Wie geht denn »Fever« von Elvis? Ist das dasselbe wie das von Peggy Lee (†)? Ist mir gleichwohl nicht gewärtig. Außerdem weiß ich gar nicht, ob das in meine Stimmlage (lyrisch timbrierter Kavaliersbariton) paßt. Und wenn ich das hier irgendwo a cappella einsinge, müßt ihr Euch rhythmisch drumrum ranken, und **die** Vorstellung hat man ja auch nicht gern. Du siehst schon. Zur Prommiablutscherei gehört auch das Rumgezicke seitens des Abgelutschten.
Entschuldige bitte auch, daß ich Dich neulich im Toten Salon verpennt habe. Man hat eben zuviel um die Ohren.
Schönen Gruß und vielen Dank für die ehrenvolle Anmutung,

Harry

AN ANDREAS SCHMIDT, JOURNALISTENSCHÜLER

Sehr geehrter Herr Schmidt: 01-03-02

Hier mein Beitrag zur Serie »Auf der Reeperbahn tags um halb eins«.

> Stiefelkauf bei der Firma Hundertmark, Reeperbahn/Spielbudenplatz. Ich frage die Verkäuferin, ob ich bei ihr mal austreten kann. »Das«, sagt sie, »machen Sie denn man mal draußen gegen den Container. Da müssen sich die Sdiefel sowieso dran gewöhnen.«

Kriege ich jetzt ein Stipendium?

Schönen Gruß,
Harry Rowohlt

Beitrag für ein Unterrichtsprojekt der Henri-Nannen-Schule in Hamburg.

AN CHRISTIANE NAUMANN, DVA

Sehr geehrte Frau Naumann: 26-3-02

Was soll denn der Quatsch?
Wenn auf dem Titel steht HOW TO GET RICH / DEUTSCH VON HARRY ROWOHLT, fragt sich doch jeder vernünftige Mensch: »Und warum **übersetzt** er es dann nicht ins Deutsche?«

Erstens will ich nicht auf dem Titel genannt werden, zweitens heißt das Buch »Wie man reich wird« auf deutsch. Darüber hatten wir uns längst telefonisch geeinigt. So macht es wirklich keinen Spaß.

Schönen Gruß,
Harry Rowohlt

Anläßlich der Titeldiskussion des von HR übersetzten Buches »How to get rich« von Jeff Fisher, das schließlich doch »Wie man reich wird« genannt wurde.

AN OLIVER VOGEL, S. FISCHER VERLAG

Lieber Lord Chandos: 2-04-02

In der Küche, wo permanent Deutschlandfunk Köln eingestellt ist, einer der erwachsensten Sender, die wir in Deutschland haben, habe ich letztes Jahr während der Morgenandacht eine Anekdote gehört, die ich noch nicht kannte.

> Egon Friedell und Hugo von Hofmannsthal ergingen sich einmal im Wienerwald. Plötzlich blieb Friedell stehen, sein Blick bekam etwas Visionäres, und er sagte: »Hier, genau an dieser Stelle, wird Ihnen die Nachwelt dermaleinst ein Denkmal errichten.«
>
> Hugo von Hofmannsthal wehrte mit gespielter Bescheidenheit ab und sagte: »Nein, das kann ich mir aber gar nicht vorstellen.«
>
> »Doch, doch«, beharrte Egon Friedell, »genau hier wird das Denkmal stehen, und die Leute werden sagen: ›Hofmannsthal? Hofmannsthal?‹«

Der große Josef Hader, dem ich diese Anekdote erzählte, sagte: »Auf die Burschen ist halt Verlaß. Auf alle beide.«

In der Hoffnung, Ihnen mit dieser Auskunft aus der Zukunft gedient zu haben, verbleibe ich als Ihr sehr ergebener
Harry Rowohlt

P.S.: And tell your cronies to get the fuck PDQ out of Ireland, will you? D.O.

Beitrag zu der Anthologie »Lieber Lord Chandos …«, ersch. 2002 im S. Fischer Verlag.

VON PETER HACKS, 15-07-2002
DRAMATIKER UND SCHRIFTSTELLER

Ausgezeichneter Herr Rowohlt, ich schreibe Ihnen nicht so sehr, um Ihnen für die freundliche Preisverleihung und die ausgezeichnete Geschichte von deren Fortgang und Abschluss aufrichtig zu danken, als um die Gelegenheit wahrzunehmen, Ihnen endlich, vierzig Jahre verspätet, sagen zu können, wie sehr meine Frau Anna Wiede und ich Ihre fabelhafte Wind-In-The-Willows-Übersetzung vom ersten Tag an bewundert haben.

Wissen Sie, wer, zusätzlich zu allen anderen Freunden dieser Welt, auch noch die Gauloises und die Gitanes vernichtet hat? Grüssen Sie bitte Herrn Kieseritzky, den Balten, von mir, wenn Sie ihm begegnen, und seien Sie der herzlichsten Hochachtung versichert

Ihres

Peter Hacks

Gross Machnow, 15.7.2002

Peter Hacks ist im August 2003 verstorben.

Lieber, hochverehrter Herr Dr Hacks: 28-07-02

Neulich abends rief ich bei Conny Lösch an, um mich darüber zu beschweren, daß sie mich in einer Rezension von »In Schlucken-...« für die SZENEHamburg als »Whiskyfass (sic! Whisky, nicht Whiskey) auf Beinen« bezeichnet hatte. Eigentlich schreibt Conny Lösch für die junge Welt, aber deren Spalten mußten für einen weiteren Verriß aus anderer Feder freigehalten werden, auf daß das Wort erfüllet werde: »Handelsblatt und FAZ loben einen über den grünen Klee, nur die eigenen Genossen hauen einen in die Pfanne.« (Conny Lösch verdanke ich einen schönen Ausspruch, zwar nicht von ihr, aber doch immerhin von mir. Im Rahmen eines Interviews, das ich ihr gewährte, fragte sie mich einst nach meinem Musikgeschmack, und als ich »Country« antwortete, sagte sie: »Wir Kommunisten mögen keinen Kitsch.« Darauf ich: »Wir Kommunisten aber schon.«) Zum Abschluß unseres Telefonats sagte ich: »Ich habe übrigens heute einen Brief von Dr Peter Hacks aus Groß Machnow gekriegt.« Sie (erpicht): »Ah ja? Was schreibt er?« Ich (grausam): »Das, Baby, wirst du nie erfahren.« (Legt auf.)

Am Tag der Preisverleihung an Tabori György »konnte« ich »nicht«, weil ich eine Lesung in Cottbus hatte, im Gladhouse, in der Straße der Jugend. Dort erwähnte ich, daß ich nicht gegen Tabori, aber für Hacks gestimmt hätte, und es erhob sich ein schönes, langes Geklatsche und Gejohle, und wir waren alle sehr stolz aufeinander.

Am Dienstag habe ich mein 110. Buch beendet. Die deutsche Übersetzung ist 612 Seiten stark!!! Von ferne sieht das Typoskript aus wie ein Schuhkarton, aber niemand sieht es je von ferne. Allein meine Fragen an den Autor umfassen 13 Seiten. Hoffentlich beantwortet er sie nicht zu schnell.

Was nun Ihren geschätzten Stoßseufzer – wer die Gauloises und Gitanes vernichtet habe? – betrifft, so verstehe ich ihn nicht recht. Die einzigen Gitanes, die es nicht mehr gibt, sind die Gitanes jaunes (papier maïs), die klassischen Billardspielerzigaretten, weil sie, wenn man nicht an ihnen zog, ausgingen, so daß man nicht auf den grünen oder blauen Filz aschte, was Wirte mit Recht hassen. Alle anderen Gauloises und Gitanes sind, was Nikotin- und Teerwerte betrifft, behutsam und unmerklich auf EU-Maß heruntergezähmt worden, und wenn ich in der Schweiz bin, wo das Zeug noch wild vorkommt, ringe ich nach Luft, als hätte ich eine Monte Cristo auf Lunge geraucht. Es war zwar, wie wir wissen, nicht alles schlecht, aber es ist auch nicht alles schlecht.

Daß Ihnen beiden meine Wind in the Willows-Übersetzung gut gefallen hat, noch dazu vom ersten Tag an, freut mich sehr. Da waren Sie mal wieder schneller. Mir gefällt sie jetzt erst.

Ich habe Ihnen übrigens ein schönes Lost Weekend zu verdanken. Vor (wenigen) Jahren las ich einem Freund eins Ihrer in konkret erschienen Gedichte vor, und das schöne Wort »Biercafé« löste bei uns einen so wütenden Durst aus, daß … Und der Rest ist schnell erzählt. Immerhin konnte man sich in dem Fall auf Lyrik herausreden.

Mit Dank und Gruß und voller Achtung,

Ihr *Harry Rowohlt*

Lieber Klaus: 5-8-02

Seit heute morgen um halb sieben bin ich mit dem Roger Boylan fertig!!!

So. Nun zum Geschäftlichen. Vorgestern sah ich einen Speditionslastzug der Firma HANSETRANS, mir huschte der Schüttelreim

Den Umzug plant die Transe Hans
Stets mit der Firma HANSETRANS

durch das Hirn, und plötzlich wußte ich: Falls es eine Fortsetzung von »In Schlucken-zwei-Spechte« geben sollte (die es natürlich nicht geben wird), dann nur unter dem Titel »In Spucken-zwei-Schlechte«.

Sonst für heute nichts Neues.

Harry

AN JOACHIM NETTELBECK, SEKTRETÄR DES WISSENSCHAFTSKOLLEGS ZU BERLIN

Sehr geehrter Herr Dr Nettelbeck: 18-09-02

Vor Stolz schier platzend, muß ich das ehrenvolle Anerbieten, Fellow des Wissenschaftskollegs zu Berlin / Institute for Advanced Study zu werden, doch ablehnen, weil ich a) beim Ausfüllen der Rubrik »Wichtige Publikationen« außer einem roten Kopf nichts zu Stande brächte, und weil ich b) so selten zu Hause bin, daß ich dies Zuhause, in dem ich so selten bin, nicht auch noch ohne Not nach Berlin verlegen möchte. Trotzdem vielen herzlichen Dank; ich werde, des können Sie sicher sein, furchtbar damit angeben.

Schönen Gruß,
Harry Rowohlt

AN KLAUS WAGENBACH, VERLEGER

Lieber Genosse Professor Doktor Klaus: 18-09-02

Danke für die freundlichen Worte an Verbitter Legermann. Die 2. Auflage hättest Du sehen sollen!! Da sind dann noch weniger Fehler drin.

(Meine Mutter rief tremolierend an und sagte: »Ich habe gehört, du hast ein Buch mit dem Titel ›Mein Leben‹ geschrieben?« »Nein«, habe ich gesagt, »das war Reich-Ranicki. Aber die Handlung ist praktisch dieselbe.«)

DER KAMPF GEHT WEITER,
Dein *Harry*

Anläßlich des Erscheinens von HRs Buch »In-Schlucken-zwei-Spechte« (zusammen mit Ralf Sotscheck) in der Edition Tiamat, Vlg. Klaus Bittermann.

VON KLAUS WAGENBACH

Lieber Harry, 19-9-02

den Genossen und den Doktor habe ich ehrlich erworben, der Professor wurde mir nachgeschmissen, ehrenhalber, leider muß ich ab und zu dafür (kostenlos!) Vorlesungen halten.
Mit Reich-Ranicki darfst Du Dich aber nicht vergleichen, der Lümmel haut ja richtig drauf, ohne Sinn und Verstand. Ein Nichts gegen Deine kunstvollen Hinterhalte. Gut, für die Mutter mag es angehen.
Ja: Falls Bittermann jemals überlegen sollte, eine Taschenbuchlizenz zu vergeben, soll er an mich denken, zumal es mich jukken könnte, jüngeren Lesern mittels Fußnoten oder Glossar noch ein paar Leute oder Orte zu erklären, gemein-verständlich sozusagen.
Der Kampf geht weiter.

Herzlich Dein *Klaus*

Mit gleicher Post kommen einige Taschenbücher.

AN EVA KORALNIK, LITERATURAGENTIN

Liebe Eva: 18-10-02

Danke, daß Du Dich erbötig gemacht hast, Dich um einen anglophonen Originalverlag für Roger Boylan kümmern zu wollen, aber es hat sich, hoffe ich, inzwischen erübrigt. Und das kam so.

Ich hatte doch Morgan Entrekin ein zierliches Briefchen geschrieben, worauf er nicht reagierte, weil ich es c/o Knopf geschickt, er aber längst bei Grove/Atlantic Adresse hatte. In jener Messefreitagnacht dann schrieb er einen Vertragsentwurf auf eine »Jimmy's«-Papierserviette (in die ich mich zwei Tage später in der Eisenbahn nach Hamburg fast geschneuzt hätte; als ich das in letzter Sekunde dann doch nicht tat, kam ich mir vollends vor wie ein Global Player), welche ich, mit einem milde ätzenden Begleitschreiben versehen (»Is there anything else I can do for you? Apart from translating your books and providing you with a publisher? Like iron your pants or wipe your ass? Just let me know. All the best –, Dutch«), an Roger Boylan in San Marcos TX weiterleitete. (Das »Dutch« kommt daher, daß ich ihn mal weise getadelt hatte, weil er die Formulierung »der Ministerpräsident von Tschechien und der Slowakei« verwendet hatte, und weil er doch, obzwar Vollire, in Texas wohnt, hatte ich geschrieben: »Die beiden Länder sind jetzt auseinander, Tex«, woraufhin er schrieb: »Aber wer weiß, wann das Buch erscheint, Dutch?«) (Und da meine Großmutter väterlicherseits, wie sie immer wieder gern betonte, »eine geborene von Hunteln«, in Wirklichkeit aber eine geborene van Huntelen war, hat das mit dem »Dutch« durchaus seinen Taug.)
Und jetzt bist Du auch über diesen Vorgang – wie es auf Radio

Nora, einem Hamburger Sender, der den ganzen Tag schönen alten Rock 'n' Roll spielt, nach den Nachrichten immer heißt, die aus drei Halbsätzen bestehen – umfassend informiert.
Ciao, hein?
Dein *Harry*

AN EUGEN EGNER, AUTOR UND ZEICHNER

Lieber Eugen: 12-12-02

Das Pressebüro der »Lindenstraße« hatte eine sage & schreibe: SCHNEEKUGEL mit mir geplant, ich habe mich auch von allen Seiten holografisch fotografieren und vermessen lassen und mir gedacht: »Welcher deutschsprachige belletristische Übersetzer hat schon seine eigene Schneekugel? Nicht mal der verehrte Kollege Wollschläger, möcht ich wetten«, aber dann wurde das Projekt gekippt. »Nicht gekippt, nur geschoben«, heißt es immer tröstlich im Journalismus. Hier dagegen: Nicht geschoben, nein, gekippt. Da habe ich, als die neue praktische Zweitausendeins-Bücher-und-Tonträger-Plaste-Tragetüte herauskam, gleich so ein Ding an Herrn Wolfram Lotze vom »Lindenstraßen«-Pressebüro geschickt, und zwar mit dem Begleitschreiben:

> Lieber Wolfram: Weißt Du, was sich Deine Schneekugel kann? Schönen Gruß, Dein Harry
> (Auflösung: Gehackt legen.)

»Denn welcher«, habe ich mich gefragt, »deutschsprachige belletristische Übersetzer hat schon seine eigene praktische Zweitausendeins-Bücher-und-Tonträger-Plaste-Tragetüte mit bildschönem aktuellem Jugendportrait? Nicht mal der verehrte Kollege Wollschläger, möcht ich wetten.« So möge sie denn, gern auch mitsamt Inhalt, ihren Siegeszug um die weihnachtlich eingestimmte Wunderwelt antreten.

MEIN ARBEITSPLATZ – MEIN KAMPFPLATZ FÜR DEN FRIEDEN!
Dein *Harry*

VON MANFRED BISSINGER

Lieber Harry Rowohlt, Hamburg, den 12. 12. 2002

das war die größte vorweihnachtliche Überraschung: Der Hühnerkalender. Von Herzen Dank!

Sie ahnen gar nicht, wie Sie damit Gutes tun. Denn wir haben im Sommer des Jahres schmerzlichen Verlust erlitten. Die Hühner sind ins Dorf verschenkt worden, am Ende waren es wohl bald 80. Sie mussten rasend eingefangen werden. Rasend im wörtlichen Sinne.

Sie waren uns im buchstäblichen Sinne über den Kopf geflogen. Sie ahnen vielleicht unser Problem: Ein Hahn macht sich zwischen 6 und 8 Hennen untertan und bildet mit ihnen ein Volk. Er lässt aber keinen zweiten Hahn im Stall zu. Da nun den Bruteiern nicht anzusehen ist, in welchem sich ein Hahn verbirgt und in welchem eine Henne, führt das bei in freier Wildbahn lebenden Völkern automatisch dazu, dass zu viele Hähne auf die Welt kommen. Das wurde unser Problem.

Die lebten auf den Bäumen. Das war tagsüber ganz nett, aber nachts ziemlich aufregend. Reist man nämlich mit dem Auto an, werden sie wach und fliegen wie die Irren durch die Nacht; in der Dunkelheit fehlt ihnen die Orientierung.

Als dann auch noch immer mehr Hühner, denen wir die Bruteier ganz entzogen hatten, auf die Grundstücke der Nachbarn auswichen, um dort ihre Küken zur Welt zu bringen, mit denen sie dann anschließend stolz zu uns zurückkehrten, musste die Hühnerpolizei gerufen werden. Am Ende konnte ich nur mit sehr großen Schritten ins Haus; die Hühnerkacke pflasterte den Weg.

Es kam wie es kommen musste: wir beschlossen, die Hühner der Gemeinschaft (sprich: Den Dorfnachbarn) zu übereignen. Weder ich noch irgend jemand in meiner direkten Umgebung verspürte die Neigung, 80 Hühner zu killen. Und auch die Tiefkühltruhe hätte das nicht verkraftet.

Hier muss ich noch eine weitere Erfahrung weiterreichen. Der Glaube, frei lebende Hühner seien eine köstliche Speise, geht fehl. Sie sind zäh, man muss sie mindestens 6 Stunden kochen und dann schaffen nicht mal die Katzen mit ihren spitzen Zähnen, das Fleisch zu bewältigen.

Seit Ende September also sind die Hühner Vergangenheit. Wir bedauern das sehr und jedes Mal, wenn ich morgens vor die Tür trete und keine Eier aus dem Stall holen kann oder auf dem Grundstück suchen muss, bin ich traurig. Denn durch die vielen wild lebenden Hühnervölker war für uns immer Ostern. Das ist nun unwiderruflich vorbei.

Jetzt werde ich also Ihren neuen Kalender aufhängen (DANKE!), auf die Bilder gucken und an die Hühner denken.

Ganz liebe Grüße zu Weihnachten, und vielleicht haben wir ja die Chance, uns im neuen Jahr gesund und munter mit unserer Freundin Anna zu verabreden.

Ihr

Manfred Bissinger

Raddatz, daß Sie ein dummes, unberatenes, abgebrochenes Ostzonen-Arschloch sind, das nie irgendwo ankommen wird, das ist ein alter Hut mit alter Krempe, aber daß Sie das sogar zum 65. Geburtstag von Robert Gernhardt vorführen, zeigt, daß Sie eine Tugend haben, die ich Ihnen nicht zugetraut hätte: Konsequenz.

Harry Rowohlt

Anläßlich einer maßlosen Kritik zum Werk von Robert Gernhardt durch Fritz J. Raddatz. In seinem Artikel für die »Zeit« schrieb Raddatz u. a.: »Diese Gedichte – die Bilder schief oder gefällig, die Motive nicht variiert, sondern wiederholt – zeigen einen Schriftsteller ohne Stil. … Eine Mogelpackung also.«

2003

»Raddatz hat Inge Feltrinelli die Füße geküßt,
und jetzt zählt sie ihre Schuhe nach.«

AN ZWEI VERANSTALTER IN BOCHUM

Liebe M., lieber R.: 26-2-03

Och nö, dazu wart Ihr zu gemein; immer, wenn ich püschern gegangen bin, habt Ihr mir »Granu-Fink gegen Blasenschwäche!« nachgegrölt.
Hat doch kein' Wert.

Schönen Gruß,
Harry

Antwort auf die Anfrage zu einer erneuten Lesung.

AN KIRSTEN GOTTHOLD, LEKTORIN

Liebe Kiiiersten: 23-3-03

Auf »nominiert« leiht der Jude kein Geld, kann ich da nur sagen.

Nein, ich war in der Tat nicht da, sondern in Köln, »Lindenstraße« drehen (20.3.), und bin dann um halbvier aufgestanden, um nach Leipzig zu eilen, allwo ich 3 gigs hatte, und in Leipzig warst Du nicht, konntest Du ja gar nicht sein, denn nach Leipzig fährt, wie wir alle wissen, eh nur die 2. Garnitur, Schranzen wie der Genosse Wagenbach, den ich in Ermangelung Deiner abgeküßt habe.

Jetzt bin ich aber wieder hier, in der Salpetermine, und stelle ein zierliches Büchlein zusammen, was keinerlei Arbeit, aber viel Herzeleid verursacht, o.

Tüsskes ainstwailen,
Harry

P.S.:
Weißt Du, was wir gemeinsam haben?
Ich spiele einen Obdachlosen, und Du bist ständig aus dem Häuschen. D. O.

Antwort auf die Ankündigung, daß das von HR übersetzte Kinderbuch »Schlimmes Ende« von Philip Ardagh für den Deutschen Jugendbuchpreis nominiert sei (mit dem es schließlich auch ausgezeichnet wurde).

Betr.: KONKRET 4/03: »Lyrik mit Hau« von Gert Ockert

»Robert Gernhardt«, schreibt Gert Ockert auf neidgelbem Grund, »ist (…) kein guter Maler (…).« Und wer ist Gert Ockert? Gert Ockert ist jemand, der Robert Gernhardt für keinen guten Maler hält, und mehr braucht man über Gert Ockert daraufhin nicht mehr zu wissen.

Schönen Gruß,
Harry Rowohlt

AN THOMAS BODMER, ÜBERSETZER UND KRITIKER

Internationaler Kampftag der Arbeiterklasse, 2003

Lieber Tommy:

Ich nehme Deinen Brief zum Anlaß, mich – gern auch auf die Gefahr hin, daß dies einseitig ist – mit Dir zu versöhnen, Einspruch abgelehnt und Ruhe im Objekt.

Schönen Gruß, Gottes Segen und Rot Front,
Dein *Harry*

Mit Thomas Bodmer war HR wegen einer ungünstigen Rezension jahrelang verkracht.

Lieber Hans: 18-6-03

Von NNO (Bad Oldesloe) kommend (11:13 Uhr), wollte ich in Hamburg Hauptbahnhof brav den Zug nach Köln besteigen, sah, daß der ganze Bahnsteig voller Soldateska war, und dachte: »Jetzt habe ich einen mörderischen Mai und einen halben mörderischen Juni überstanden, und nun soll ich noch mal 4 Stunden und 12 Minuten Truppentransport mitmachen? Und wofür? Für einen läppischen Fototermin, bei dem ich mich in einen Urlaub verabschiede, den ich frühestens in 12 Jahren antreten werde? Und für ein Arschkriecher-Video für jemanden, den ich nicht kenne, nie kennen lernen werde und nie kennen lernen möchte? Und als Krönung dann eine Fête in Braunsfeld? Wo ich doch mit acht Jahren von Lindenthal aus immer die Braunsfelder verkloppt habe? Oder habe ich doch eher die Schnauze voll?«

In Bargteheide war ein Posaunist zugestiegen, der einen Big-Band-Termin in Heidelberg hatte. Ich entwickelte ihm meine Zweifel, und er sagte: »Da hilft nur Münzewerfen. Man sagt: ›Kopf ist Köln, Zahl ist nicht Köln‹, dann wirft man, und wenn Kopf ist, sagt man: ›Na bitte‹, und wenn nicht Kopf ist, sagt man: ›Scheiße‹, und auf die Weise erfährt man dann, was man tatsächlich gewollt hat, und das, ja, das, das macht man dann.« Ich holte eine 2-Euro-Münze hervor, und der Posaunist sagte: »Das können wir aber besser.« Feierlich händigte er mir leihweise einen venezolanischen Silber-Bolívar aus. Ich sagte: »Bolívar ist Köln, Wappen ist nicht Köln.« Es war Wappen. Trotzdem ritt mich immer noch die Pflicht –, bis ich den Bahnsteig voller Kosaken sah.

Dabei hätte ich Dich gern – zum sechsten Mal – darauf angesprochen, daß ich endlich meine Matte loswerden will. Die Szene geht – auch dies zum sechsten Mal – so:

ÄNDERUNG VOM 18.06.03

1.) BANK RONDEEL AUSSEN/NACHT

Harry liegt auf seiner Bank und ratzt ziemlich laut. Um die Bank herum stehen/liegen leere Flaschen. Eine Rotte Skinheads (K) nähert sich, verhalten »Sieg Heil!« brüllend. Plötzlich werden sie Harrys ansichtig; ihre Züge verklären sich.

ERSTER SKINHEAD 1.
Seht nur, Kameraden! Ein echter Asozialer!
Na, dem Manne kann geholfen werden.
Hat jemand eine Schere dabei?

ZWEITER SKINHEAD 2.
Tut es nicht auch etwas Feuerzeugbenzin?

ERSTER SKINHEAD 3.
Keine Gewalt! Wir wollen uns schließlich als Ordnungskräfte ins Bewußtsein der Bevölkerung fräsen.

DRITTER SKINHEAD 4.
Hier, Chef! Von meiner abgebrochenen Cutter-Ausbildung her.

Die Skinheads schneiden Harry eine Glatze. Als sie ihm auch noch den Bart scheren wollen, erwacht Harry, entwindet ihnen die Schere und vertreibt sie mit wohlgesetzten Kickbox-Hieben.

HARRY 5.
Seht bloß zu, daß ihr Land gewinnt, ihr bedauernswertes menschliches Spülicht mit eurer abgebrochenen Cutter-Ausbildung! Und falls – und wenn ich sage »falls«, dann meine ich »falls« – und falls ihr euch je wieder in der Lindenstraße blicken lassen solltet, kappe ich euch mit dieser Schere die Senkel eurer Springerstiefel!

Die Skinheads betroffen ab.

So. Und nun gehe ich wieder an die Arbeit.
Hab und habt ein schönes Fest. Und wenn Dir fad ist, geh vor die Tür und verklopp ein paar Braunsfelder. Tell 'em Harry sent ya.

Schönen Gruß, DER KAMPF GEHT WEITER, Gottes Segen und Rot Front!

Harry

AN FRIEDRICH SCHOENFELDER, SCHAUSPIELER UND SYNCHRONSPRECHER

Lieber Friedrich Schoenfelder: 19-06-03

Am 13. huius hatte ich eine Lesung in Attendorn (fragen Sie mich bloß nicht, wo das ist: im Sauerland) (Klammer wieder auf: nach Unna, einer meiner Lieblingsstädte, und Wiesbaden, wo ich von 2 bis 6 mit großem Genuß aufgewachsen bin und mir Verlorener-Sohn-Behandlung ausbitte, was auch geklappt hat, denn Tante Renate, meine Kindergärtnerin, war da; es war also praktisch ein betreuter Themenabend), und vor der Lesung interviewte mich ein junger Mensch von der Regionalpresse. Zum Schluß des Interviews sagte er: »Als letzte Frage fällt mir nix ein, deshalb noch Folgendes: Tucholsky schrieb: ›Was darf Satire? Satire darf alles.‹ Ich frage Sie: ›Was kann Satire?‹« Ich sagte: »Ich habe gerade in ›Brisant‹ einen Bericht über die Beerdigung von Günter Pfitzmann gesehen. Was Satire kann, ist, daß er sich ein Buch von Tucholsky in den Sarg hat legen lassen. Was Satire nicht kann, ist, daß die Öffentlich/Rechtliche Berichterstatterin schon mal was von Tucholsky gehört hat. Die sagte nämlich, er habe sich ein Buch von Günter Tucholsky in den Sarg legen lassen.« (In derselben Sendung wurde dann noch ganz schnell Audrey als Katherine Hepburn bezeichnet; da stimmte es dann unterm Strich wieder.)

– – – Für Wenzel Storch habe ich einen Honigbären lefzensynchron gesprochen –, 48 Stunden lang! Und mich dabei quälen lassen, weil ich für den Geschmack des Regisseurs zu hamburgisch sprach. Ich kann zwar Akzente nachmachen, aber offenbar kein akzentfreies Deutsch. In meiner Verzweiflung habe ich gesagt: »Der Honigbär ist 1. Offizier auf einem U-Boot; der ist ein Seebär, und Seebären sprechen nun mal hamburgisch. Akzentfrei kann ich nur mit Gage.« Als ich nach zwei Tagen endlich nach Hause wollte, hatte das junge Genie gar nicht gemerkt, daß bereits soviel Zeit vergangen war. Daraufhin habe ich für alle Zeiten meine Teilnahme an Fundraising-Veranstaltungen für den Film abgesagt, denn 2 Tage Lebenszeit fand ich ausreichend. Kennen Sie das Gefühl? Plötzlich wird einem sonnenklar: »All dies hat nicht den geringsten Zweck. Wie komm ich hier wieder raus?« Das hatte ich nach 48 Stunden Hildesheim.

Vom 25. bis 27. Mai habe ich in Berlin zum erstenmal Regie am eigenen Leibe erlebt. Da habe ich für eine Hörspielproduktion des MDR (im legendären Haus des Rundfunks in der Nalepastraße; ein Gebäude wie das Hotel in »Shining«) von »Unter dem Milchwald« die »Erste Stimme« gesprochen, immer, weil um die Zeit das Studio frei war, von 18 Uhr bis halb zwei oder drei. Tagsüber kam man sich vor wie Donald Duck in der Geschichte, in der er Nachtwächter war und tagsüber schlafen mußte, und nachts wurde man ganz klein gemacht. »Das war jetzt zu sehr vorgelesen«, sagte Götz Fritsch, der Regisseur, und wenn er »Das war jetzt noch zu sehr erzählt« sagte, war das schon ein schöner Erfolg. »Sie sollen jedes Wort, während Sie es aussprechen, erfinden. Lassen Sie es tropfen. Wir haben Zeit. Fangen Sie an, sobald Sie wollen. Wir laufen.« Ich habe ihm gesagt, was mir am meisten an ihm imponiert, ist die kellerkalte Ruhe, die er ausstrahlt, ohne sie zu empfinden. Sobald ich eingesehen hatte, daß ich das alles gar nicht kann, habe ich begonnen, es zu können. Das war eine schöne Erfahrung, etwas mit 58 zum allererstenmal zu machen.

Ferner habe ich in Berlin in einem Fernsehfilm von Bernd Böhlich mit Thekla Carola Wied und Helmut Griem mich selbst gespielt, eine Rolle, die man nur ganz schwer ablehnen kann. Stellen Sie sich vor, Sie sind der echte Hamlet und müssen sich immer mitansehen, wie Sie von anderen Leuten gespielt werden (von z.B., um keine Namen zu nennen, Maximilian Schell). Da haben Sie dann doch auch irgendwann die Schnauze voll und sagen sich: »Das mach ich doch lieber selber.« Bernd Böhlich sagte, wenn ich Zicken mache, findet er ganz schnell jemand anderen, der mich spielt, und ich sagte: »Aber nicht so billig.«

Abends war ich auf einer Fête in der taz, und die Satirikerin Frl. Stegemann kriegte, als sie »Thekla Carola Wied« und »Helmut Griem« hörte, große promigeile Augen und fragte: »Sind die nett?« »Ich weiß es nicht; ich glaube schon«, sagte ich, und sie sagte: »Wieso wissen Sie das nicht?« weil wir uns nämlich immer demonstrativ siezen, und ich sagte: »Wenn es Thekla Carola Wied gelingt, eine Bibliothekarin zu spielen, und wenn es Helmut Griem gelingt, einen Brandstifter zu spielen, dann sollte es denen doch auch gelingen zu spielen, daß sie nett sind.« (Aber Thekla Carola Wied ist, glaube ich, wirklich nett.) »Liebe auf Bewährung« heißt der Film. Als ich neulich von der U-Bahn aus die hiesigen Landungsbrücken sah, dachte ich: »Die haben immer noch in mehr Schnulzen mitgespielt als ich; das ist nicht aufzuholen.«

Eine meiner drei Szenen wurde in einem alten Stasi-Knast in Mitte gedreht, mit 30 sehr echt aussehenden Knackis, teilweise über und über tätowiert, und sogar ein echter Neger mit Brille. Es war praktisch an alles gedacht. Ich unterhielt mich mit einem der Knackis, und er sagte, er spiele jetzt schon zum etwa 70. Mal einen Knacki. Man bestelle einfach bei einer Agentur 30 unsortierte Knackis, und die würden dann angekarrt. Er selbst sei aber Graphikdesigner. Dies erzählte ich meinem etwas einfältigen Freund Eberhard, welcher sagte: »Warum nimmt man da keine echten Knackis?« Ich sagte: »Weil man dann um jeden einzelnen drei echte Polizisten drumrumstellen muß, und außerdem sehen echte Knackis alle aus wie Graphikdesigner.« Nach dem letzten Bild (vor dem Starbucks in der Friedrichstraße) stürzten sich die disziplinierten Berliner Passanten, die genau gemerkt hatten, daß wir abgedreht waren, auf Thekla Carola Wied und mich. Eine alte Klafte sagte zu mir: »Ich bin ein großer Lindenstraßen-Fan«, und, an Thekla Carola Wied gewandt, tröstend: »Ihre Serie mit Gunter (oder wie der heißt) Strack sehe ich aber auch sehr gern.« Da war sie mal wieder mit Witta Pohl verwechselt worden. Ich tröstete sie nun ebenfalls: »Ich wurde früher immer mit Fritz Teufel verwechselt«, und sie sagte trotzig: »Aber immerhin nicht mit Witta Pohl.«

So kann es gehen. Und so geht es auch.

Zu Hause schrieb ich Geißendörfer ein zierliches Fax, und weil ich seit Jahren unter meinen langen Haaren leide, fügte ich eine drehfertige Szene bei, in welcher mir Skinheads die Haare abschneiden. »ALLES KLAR; DIE MATTE KOMMT RUNTER!« faxte er mir zurück, ich ließ mich beseligt mit Grünem Veltliner volllaufen (mit mindestens 3 L) und hörte mir tränenüberströmt den Bootleg-Mitschnitt einer Göttinger Ringelnatz-Lesung von mir an –, tränenüberströmt nicht meinetwegen, sondern wegen Ringelnatz (und ein bißchen doch auch meinetwegen, weil es auf der Bühne so dunkel gewesen war und ich mich nur etwa ein paarmal verhaspelt hatte).

Alles, was sich in meiner Abwesenheit angesammelt hatte, war eine Einladung der Firma Rosenthal (erlesene Porzellane). Die schmetterte ich so ab –

> Sie verwechseln mich offenbar
> mit meinem verstorbenen Bruder,
> Heinrich Maria Ledig-Rowohlt,
> welcher mit der verstorbenen
> Ex-Frau des verstorbenen Philip
> Rosenthal verheiratet war. Sobald
> ich ebenfalls verstorben bin,
> werde ich Ihren Einladungen gern
> Folge leisten.

–, und dann kam auch schon Ihr Brief, welchen ich mich, wie Sie überdeutlich merken, hiermit zu beantworten beeile.

Bernd Böhlich hatte gesagt (um Ihrer entsprechenden Frage zuvorzukommen): »Für Atmo improvisiert doch bitte noch ein bißchen Gesprächssituation.« Daraufhin fragte mich Thekla Carola Wied (wenn sie wirklich Witta Pohl wäre, hätte man mit dem Hinschreiben ihres Namens weniger Last): »Was schreibstn du gerade?« und ich sagte: »Im Augenblick schreibe ich gar nichts; im Augenblick stelle ich ein Alfred-Polgar-Lesebuch zusammen.« Sie: »Polgar! Wow!!« Ich: »Ich hatte immer gedacht, ich hätte alles von Polgar gelesen. Stimmt aber gar nicht. Und jetzt werde ich dafür bezahlt, daß ich tatsächlich mal alles von Polgar lese. Ein Traumjob.« Sie: »Und wann soll es erscheinen?« Ich: »Zur Frankfurter Buchmesse im Herbst (dies für die Doofen). Bei Kein & Aber in Zürich«, und Bernd Böhlich grölte: »Jetzt aber Schluß der Schleichreklame.«

Ob das gesendet wird, weiß ich natürlich nicht, aber Kein-&-Aber-Verleger Peter Haag, dem ich dies meldete, weinte prompt vor Glück und sagte: »Ja, Schießdräckch, Huureseich, punkchtgenaues Produckcht-Placement.«

Polgar zu lesen, ob bezahlt oder nicht, ist wirklich ein Hochgenuß, z.B. über Heinrich George als Othello:

> Er ist viel mehr Neger als Mohr,
> von der Kultur zwar beleckt, aber so,
> als hätte die Kultur nur einer an sie
> gerichteten groben Aufforderung
> Othellos entsprochen.

Meine beiden berliner Lieblingserlebnisse sind absolut unspektakulär, und ich weiß nicht, ob außer mir noch jemand einen Sinn dafür hat. Erstens. Erster Tag der Hörspielproduktion, 17:40h, vor dem Hotel in Friedrichshain bestelle ich ein Kännchen Tee. Zweiter Tag der Hörspielproduktion, 17:40h, vor dem Hotel in Friedrichshain bestelle ich ein Kännchen Tee. Kellnerin: »So sieht man sich wieder.« (Ich meine, wenn das auf dem Nanga Parbat oder beim Weinfest in Zeltingen an der Mosel oder in einem Trainingscamp der guatemaltekischen Guerrilla gewesen wäre –: schön und gut. Aber an Tisch 17 in ihrem ureigensten Beritt? Der Berliner neigt halt zu Überreaktionen.)

Zweitens. Gegenüber vom Hotel in Friedrichshain kaufe ich zwei Päckchen Gauloises ohne Filter, eine taz und eine junge Welt. Am zweiten Tag ebenfalls. Am dritten Tag bedient nicht der Türke selber, sondern seine traumhaft schöne Tochter (die ein rotes T-Shirt mit der weißen Aufschrift DÖNER-HERSTELLUNG trägt), gibt mir meine taz, meine junge Welt und meine Gauloises und sagt: »Siemfümmunsiebzich, Jenosse.«

So weit unten auf der Seite kann man keinen Brief beschließen. So weit oben wie hier aber schon gar nicht.

Dann erzähle ich Ihnen noch rasch meinen augenblicklichen Lieblings-, einen Burgenländer-Witz. Da gerät ein Burgenländer in eine polizeiliche Absperrung, muß seinen Ausweis zeigen und sich Fingerabdrücke und eine Speichelprobe abnehmen lassen. Auf seine Frage, was das solle, sagen die Polizisten, sie suchten einen Vergewaltiger, aber es sei alles in Ordnung; er könne weitergehen. Der Burgenländer geht weiter, kommt zehn Minuten später wieder zurück und sagt: »Herns, i hob mir des überlegt. I denk, i wers mochn.«

Den Witz hat mir der Marecek erzählt, eine – zutiefst überqualifizierte – Neuerwerbung in der Lindenstraße. Da hatten wir z.B. eine gemeinsame Szene im Restaurant Akropolis. Die Regisseurin Dr Susanne Zanke, genannt Die Schnelle Susanne, ebenfalls aus Wien, sagt: »Heinzi, schenkst du mir bitte zum Abschluß noch den Satz ›Raushalten ist eh österreichischer

Nationalsport‹?« Ich sage: »Darf ich bitte vielleicht, um mich beim österreichischen Publikum anzuschleimen, daraufhin ›Uijuijuijui‹ sagen?« »Jo, des därfst«, sagt Susanne. Dann, später: »Harrylein, ich geh mit am Zoom auf den Heinzi drauf, und der Gegenschnitt würde alles verderben. Bist so gut und sagst dein ›Uijuijuijui‹ nicht?« Und der Marecek zu mir: »Aus is mitm Grund in Mariazell.«

In Attendorn (im, Sie sagen es, Sauerland) mußte ich mir übrigens, was ich nicht gewußt hatte, den Abend mit einem sage und schreibe: Jazzquartett teilen. Nachdem ich mich damit abgefunden hatte, konnte ich endlich mal gezielt und nach Instrumenten getrennt all meine Musikerwitze loswerden. Sobald sich der Gitarrist sichtbar entspannte, weil er dachte: »Na, ein Glück; heut geht es gezielt gegen Schlagzeuger, Bassisten und Keyboarder«, bekam er drei Gitarristenwitze ab. Und die sind nicht schön, wenn man Gitarrist ist.

So. Jetzt ist dieser Brief – versprochen! – zu Ende, und nun kriegen Sie erst mal längere Zeit keinen mehr von mir.

Dieser Brief kostet bestimmt – nicht zuletzt wegen des in Strömen geflossenen tipp-ex flüssig – Überporto, aber das soll meine Frau zahlen. Wozu hat man Gütertrennung?

(Wovor mir allerdings graut, ist die Polgar-CD, die ich nach erfolgter Lesebuch-Herausgabe werde machen müssen, weil Kein & Aber als Tonträger-Verlag begonnen hat. Ich habe – so rein physisch! – überhaupt nichts von Polgar an mir. Sonst natürlich schon. Die feine Beobachtungsgabe, den nie versiegenden und nie verletzenden Humor, die unversöhnliche linke, stets aber auf Ausgleich bedachte Einstellung, das unüberhörbare Augenzwinkern … Ich hab's ja so gut.)

Oder, wie Polgar mal dem von ihm heftigst verachteten Egon Erwin Kisch als Widmung in ein Buch schrieb: »Für Egon

Erwin Kisch, den feinsinnigen Revolutionär und unerschrokkenen Stilisten.«

Thekla Carola Wied (Als ich ihr meine vergeigten Memoiren signieren sollte, habe ich gefragt: »Mit CK?« Das tat wohl.) fragte mich: »Warum überhörst du eigentlich immer das ›Bitte‹?« Ich sagte: »Das habe ich mir mühsam antrainiert. Früher habe ich immer schon beim ersten ›Bitte‹ (»Und bitte absolute Ruhe am Set. Das gilt auch und besonders für die Komparsen.«) angefangen zu chargieren.« Das war ähnlich wie mit einer Bekannten, die in Griechenland zur Gevatterin gebeten worden war. Sie sagte: »Aber bei dieser komplizierten Liturgie kenne ich mich doch gar nicht aus; da mach ich doch alles falsch.« »Nein«, wurde sie beruhigt, »sobald der Pope ›ónoma‹ (Name) sagt, schreist du: ›Alexandrós!‹« Und dann schrie sie immer, wenn »Im Namen des Vaters und des Sohnes und des Heiligen Geistes« angestimmt wurde: »Alexandrós!« und mußte schließlich geknebelt werden.

»Manchmal lernt man sogar was beim Drehen«, sagte Thekla (ohne CK) Carola Wied (die, glaube ich immer mehr, tatsächlich nett ist), »außer man dreht mit Schauspielern.«

Ausgenommen natürlich die Ausnahmen. Wie Sie eine sind. Michael Greiling sagte (in der Knast-Szene) zu mir: »Die Komparsen gehen alle so komisch. Wie die Zombies.« Ich sagte: »Die werden hier fürs Gehen bezahlt, und deshalb glauben sie, wenn sie schon fürs Gehen bezahlt werden, dann gehen sie lieber ein bißchen absonderlich.

Schönen Gruß, Gottes Segen, wir sollten mal, wenn wir wieder in derselben Stadt sind, etwas Gebrauch voneinander machen, gern auch mit Getränken,

Ihr *Harry Rowohlt*

AN EVA KORALNIK

Nur wer seine Schulden nicht bezahlt,
bleibt im Gedächtnis der Kaufleute.
– Ich, gestern in der
»Lindenstraße«

Liebe Teufelsgeigerin: 14-7-03

Ich mache gerade Ablage 1. Halbjahr 2003, und da ist Dein Fax vom 28. 12. 2002 plötzlich aufgetaucht, in welchem Du anfragst, ob Du, was »Killoylers« von Roger Boylan betrifft, Dein Glück auch in Frankreich, Italien und Bulgarien versuchen sollst. Weil manchmal so viel auf mich einstürmt – um 9:45 Uhr z.B. werden mich zwei Herren vom »Übersteiger« interviewen kommen, einem der zahlreichen einzig autorisierten Fanzines des FC St. Pauli –, habe ich in dem betreffenden Halbjahr, glaube ich, nicht mit dem erwartbaren JA KLAR, NUR ZU!!! reagiert, sondern lediglich Dein Fax beseligt mit ins Bett genommen und von dort aus überall rumgezeigt.

(Neulich, in Thurnau, habe ich dem Veranstalter gesagt, die »Kieler Nachrichten« hätten mich als »Paganini der Abschweifung« bezeichnet, damit er weiß, was ihn erwartet. Er hat das sofort freudig in seine einleitenden Worte aufgenommen und gesagt: »Und nun freuen Sie sich mit mir auf Harry Rowohlt, den eine Zeitung einmal als Papageno der Abschweifung bezeichnet hat.« Teufelsgeiger? Es kann nur eine geben.)
Ciao, hein?

Dein *Harry*

Dear Dutch, San Marcos Sept. 4, '03

so why haven't I written sooner? Two reasons: 1) laziness; and, paradoxically, 2) busyness. I explain. I've been in and out of jobs over the past year or so, laid off (or »made redundant« as they say in Greater Ireland) twice, now back in shackles at the same publishing company that laid me off in the first place (Harcourt), only now I'm in their San Antonio office, not their Austin one, a 95-mile or 160 km. round-trip commute at the wheel of my little Nissan every single day of the week … long and short of it is, I've relished my »down time« to the extent of doing absolutely sweet f.-a. except guzzle beer and/or wine and grill sausages and/or steaks rather than write letters, or even novels (although Vol. 3 of the Killoyle saga *is* about 2/3 of the way on its way to completion, God willing). Oh, and I went to Milwaukee for in-law visits in July and had a great time sampling Murphy's and Beamish's stouts at the world's best Irish bar outside of Ireland: the »Country Clare« on Astor St. in the heart of historic Old Milwaukee. And I also went to France last March to put my mother's house on the market. (That deal is only just emerging from the thicket of French red tape.)

Anyway, sorry about that, squire. Here's the skinny: *Killoylers* has been rechristened by the pundits at Grove/Atlantic *The Great Pint-Pulling Olympiad*, thereby shifting the emphasis somewhat from the characters to the beer bash – not that I'm complaining, it's certainly a catchy title – and will appear next month under the noble and distinguished Grove imprint. The world of letters is trembling in anticipation, I'm sure, although I've seen scant evidence of it … I enclose a printout of the cover from the amazon.com web site, not in color unfortunately, but imagine the ring round the picture in bright red and the rest of it in various shades of green and yellow and you've got it. Anyway, you'll have your very own copy soon enough. I'll send you one, duly autographed (using my real name, no less), as soon as I get my author's freebies.

And I haven't forgotten that this is all your doing, my excellent Hamburger friend. Which makes it all the more imperative that we clink glasses over a fine spread paid for by me at some beer joint in Deutschland in the near (or at least not-too-distant) future. Hey, I have an idea. Let's do a book tour and wow 'em on the Kudamm.

Best regards and deep affection to yourself and Ulla and whoever else deserves it from the world's only Irish novelist known as

Roger »Tex« Boylan

Lieber Dutch, 4. Sept. ’03

warum ich nicht früher geschrieben habe? Zwei Gründe: 1) Faulheit; und, paradoxerweise, 2) Fleiß. Ich erklär’s. Ich hatte ungefähr das ganze vergangene Jahr lang mal einen Job, dann wieder keinen, wurde zweimal entlassen (oder »freigestellt«, wie sie in Groß-Irland sagen), liege jetzt wieder in Ketten im selben Verlag, der mich entlassen hatte (Harcourt), nur diesmal in ihrer Niederlassung in San Antonio, nicht in Austin, was ein Pendeln von 95 Meilen oder 160 km an jedem Tag der Woche in meinem kleinen Nissan bedeutet … kurz: ich habe meine »Auszeit« bis zu dem Punkt genossen, an dem ich süßescheißenochmalGARnichts gemacht habe außer Bier und/oder Wein geschlürft und Würstchen und/oder Steaks gegrillt, anstatt Briefe oder gar Romane zu schreiben (obwohl Band 3 der Killoyle-Saga zu 2 Dritteln auf dem Wege zur Vollendung befindlich ist, so Gott will). Ach, und ich war im Juli in Milwaukee, um angeheiratete Verwandtschaft zu besuchen, und habe mit großem Genuß in der weltbesten Kneipe außerhalb Irlands Murphy’s und Beamish’s Stout verkostet: im »County Clare« in der Astor Street im Herzen der historischen Altstadt von Milwaukee. Außerdem war ich letzten März in Frankreich, um das Haus meiner Mutter zu verkaufen. (Dieser Deal schält sich erst jetzt aus dem Dickicht der französischen Bürokratie.)

Tut mir jedenfalls leid, der Herr. Hier die mageren Fakten: Killoylers wurde von den Panditen bei Grove/Atlantic in The Great Pint-Pulling Olympiad (Die große Bierchenzapf-Olympiade) umgetauft, wodurch die Betonung von den Romanfiguren ein wenig auf die Biersause verlagert wird – nicht, daß ich mich beklagte; das ist gewiß ein eingängiger Titel – und erscheint nun nächsten Monat unter dem edlen und vornehmen Signet der Firma Grove. Die Welt der Literatur erbebt in Vorfreude, da bin ich sicher, obwohl ich davon nur spärlich bemerkt habe …

Ich lege den Ausdruck des Umschlags der amazon.com-Website bei, unglücklicherweise nicht in Farbe, aber stell Dir den Ring um das Bild strahlend rot und alles andere in verschiedenen Grün- und Gelb-Schattierungen vor, und Du hast es. Auf jeden Fall wirst Du bald genug Dein ureigenstes Exemplar haben. Ich schicke Dir eins, gebührend signiert (wobei ich meinen richtigen Namen verwenden werde, drunter geht's nicht), sobald ich meine kostenlosen Autorenexemplare bekommen habe.

Und ich habe nicht vergessen, daß all dies Dein Werk ist, mein ausgezeichneter Hamburger Freund. Was es nur noch dringender geraten erscheinen läßt, die Gläser über einem erlesenen Festmahl klingen zu lassen, welches ich in naher (oder zumindest nicht allzu ferner) Zukunft in irgendeinem Bierlokal in Deutschland ausgeben werde. He, ich hab eine Idee. Gehen wir auf Lesereise und verzücken sie auf dem Kudamm.

Beste Wünsche und tiefe Zuneigung für Dich und Ulla und wer diese sonst noch verdient, vom welteinzigen irischen Romancier, der bekannt ist als

Roger »Tex« Boylan

Zu den Anreden »Tex« und »Dutch« siehe die Erklärung im Brief an Eva Koralnik vom 18. 10. 02.

AN MADELEINE JAKITS, CHEFREDAKTEURIN »DER FEINSCHMECKER«, »WEIN GOURMET«

Sehr geehrte Frau Jakits: 25-10-03

Genauso, wie ich es jüngst dem »Übersteiger«, einem der zahllosen einzig autorisierten FC-St-Pauli-Fanzines, schilderte, ist es nämlich. Übers Wochenende überlegen sich die deutschsprachigen RedakteurInnEn und LektorInnEn, wie sie mich beschäftigt halten können, montags ist Konferenz, da hab ich noch Ruhe, aber bis spätestens freitags habe ich sie dann alle im Kontor, die verlockenden Angebote: für das SZ-mag und einen guten Zweck den Nikolaus machen; einen Promi-Fragebogen für den Tagesspiegel ausfüllen; ein Kinderhörspiel für den »Ohrenbär« schreiben; in einem mobil.com-Werbespot (Honorar + Tagespauschale + Reisekosten + Auslandszuschlag + Sonderhonorar Standfotos) auf den Philippinen den Weihnachtsmann spielen; eine Benefizlesung zu Gunsten einer Außenstelle der Dortmunder Bahnhofsmission bestreiten; unter starkem Medienaufgebot mit dem Notarztwagen der Hamburger Caritas Einsätze fahren; mal wieder was in Wien/St Pölten/Bünde/Löhne/Köln/Weimar machen; supereilig Korrektur für Hanser/Kein & Aber lesen; mir auf jeden Fall den 6. November für das Captain's Dinner im Lichthof-Theater/Hinz-&-Kunzt-Party im Thalia/Dreharbeiten in Köln freihalten. Und dann kehrt wieder Ruhe ein. Nein!!! –: Dringend bitte auch noch eine Patenschaft für einen Hamburger Künstler übernehmen. So.

Was ich über die Trinksitten in Irland weiß, kann ich Ihnen auch gleich brieflich mitteilen: Damen bekommen ihren Whiskey in Sherrygläsern serviert. Und mein bisher größter Triumph im Reich des Weines ist ebenfalls schnell erzählt. Bei einer Verkostung im Napa Valley sagte ich beifällig: »Nice butt«, womit ich den Hintern der Einschenkerin gemeint, aber, ohne es zu wissen, den korrekten oenologischen Fachausdruck für »Abgang« verwendet hatte.

Und jetzt, nachdem ich mich ein bißchen freigetippt habe, werde ich mich wieder ans Übersetzen machen, denn eigentlich bin ich ja Übersetzer. Vielen Dank und schönen Gruß,
Harry Rowohlt

Ablehnungsbrief, der später im »Wein Gourmet« als Beitrag abgedruckt wurde.

AN IRENE FISCHER

Liebe Irene: 26-10-03

Danke für das Gratulationsfax aus der Herrscher-Etage und den Brief aus dem Schlosshotel Lerbach GmbH!!!

Du fragst, wieviele Preise? Das ist schnell erzählt, und merken kann man es sich mit Hilfe des Fachausdrucks **Hattrick**: drei. Limmlich **erstens** die Platinene Schallplatte für »weit mehr als 300.

(Trennung)

000« Pu-der-Bär-CDs (eine halbe Millioen dürften es sein, aber die Platinene kriegt man neuerdings bereits für 300.000, weshalb alles darüber trophäentechnisch fürn Arsch ist);

zweitens den Übersetzeranteil am DJLP (Dt. Jugendliteraturpreis) in der Sparte Kinderbuch für »Schlimmes Ende« von Philip Ardagh; und

drittens den fast gleichnamigen Heinrich-Maria-Ledig-Rowohlt-Übersetzerpreis.

Die mit Abstand netteste Bemerkung zu **1** kam von Frau Sowieso: »Eine Platinene Schallplatte? Das ist interessant. Und? Wer gibt die heraus?«

Die mit Abstand belangloseste Ehrung, nämlich **2**, war auch die aufregendste, weil man bis zum Schluß nicht wußte, wer sie alles kriegt. (Vorher war sie aber auch schon aufregend genug gewesen. »Nina Ruge moderiert?« hatte ich halblaut gesagt. »Da kotz dann aber mal <u>ich</u>«, und zwar zu meiner Freundin Anna, weil die ständig kotzt, was aber bei ihr nichts zu sagen hat; das gehört bei ihr zur Mimik; unsereins würde die Stirn runzeln –, woraufhin sich zwei Reihen direkt vor mir eine Blondine erhob und sagte: »Guten Abend, Herr Rowohlt, ich bin Nina Ruge.« Nie wieder halblaut. Dabei hat sie das dann sehr schön gemacht.) (Bis zur Dankesrede hatte ich mich dann wieder gefangen.) Später drei Interviews dazu. Dozent Dr Otto Brunken, der Juryvorsitzende, wurde von Herrn Schmitz vom Deutschlandfunk Köln gefragt: »Und warum hat die Jury sich für dieses Buch entschieden und für keins der anderen fünf nominierten?« »Die Frage kann ich, glaube ich, beantworten«, legte ich mich ins Mittel. »Otto Brunken und ich haben in Köln dieselbe Stammkneipe. Es ist also schierer Nepotismus.« »Das ist <u>ein</u> Aspekt ...«, begann Otto gedehnt, und dafür liebe ich ihn sehr. (Unsere Stammkneipe ist abwechselnd »Em Teleföönche« und die »Lindenklause«. Otto macht an der Uni u.a. Lehrerfortbildung für Englischlehrer, u.a. an Hand meiner Übersetzungen, und als er erfuhr, daß ich zur Wahl der PDS aufrufe, lamentierte er zappelnd: »Isch werde disch nie wieder durschnehmen, isch werde disch nie wieder durschnehmen!« Ferner lamentierte er einmal: »Wenn ich nächstes Jahr nicht nach A4 befördert werde, heirate ich meinen Freund und spiele eiskalt die schwule Karte«, oder, wie ich neulich zu Ulrike C. Tscharre im Städtevergleich sagte: »Was in Hamburg St. Georg ist, das ist in Köln Köln.«)

Mit Abstand am meisten nicht ohne war natürlich **3**. Als Laudator hatte ich mir Denis Scheck, Literaturredakteur beim Deutschlandfunk Köln und neuerdings mit der eigenen Fernsehsendung »druckfrisch«, gedacht, wir hatten auch telefoniert, ich hatte gedacht, er wiederholt einfach die Laudatio, die er bereits beim Göttinger Elch auf mich gehalten hat, auf englisch, und ökologisch ab dafür. Alles klar. Was ich nicht bedacht hatte, war, daß ich anläßlich dieses Telefonats vergessen hatte, ihm zu sagen, was ich überhaupt von ihm wollte – und es sind die schlechtesten Telefonate nicht, bei denen man über dem Austausch von Freundlichkeiten vergißt zu sagen, weshalb man anruft –, so daß er am fraglichen Abend was andres machen mußte, nämlich einen Bunten Abend mit Geoffrey (Jeffrey) Eugenides. Dies erfuhr ich in Griechenland und geriet erstmal in Seenot. Gleich darauf fiel mir ein prima Laudator ein: mein alter Englischlehrer Herr Glockauer. Den rief ich, kaum zu Hause, an, und er bekam prompt Manschetten und sagte, er habe immer nur Sachen gemacht, von denen er vorher annahm, daß er sie auch ordentlich könne, weshalb er z.B. nie Oberschulrat geworden sei. »Aber, Jürgen«, bestürmte ich ihn, »Oberschulrat dauert doch viel länger. Sone Laudatio hast du in sechs Minuten überstanden, und dann gibt es Kirschkompott.« Nein, nichts zu wollen. Da habe ich dann alle, die für sowas in Frage kommen, aufgeschrieben, und gleich der erste – und mir liebste – Infragekommer, Fritz »Dekan« Senn, der Vorsitzende der James-Joyce-Stiftung, sagte überrumpelt zu und hat dann auch prompt eine so schmeichelhafte Rede gehalten, daß sie glatt sonstwem hätte gelten können.

(Denis Scheck hatte übrigens gesagt, er hätte sowieso nicht gekonnt, weil sein Englisch nicht gut genug für sowas sei. »Ich denk, du hast in Austin studiert?« gab ich zu bedenken. »In Dallas«, sagte er; »da wurde das nicht verlangt.«) (Und vor Jahren <2> hatte ich ihm mal erzählt, ich hätte im »Chelsea« noch einen Absacker mit einem Herrn genommen, der sich ganz zum Schluß im Aufzug als Kiepenheuer-&-Witsch-Autor zu erkennen gegeben habe. »Das arme Kind«, sagte Denis, »sollte doch um die Zeit längst im Bett sein.«)

Untergebracht waren Ulla und ich bei angeheirateten Verwandten, ich in der Mansarde, in der man sich nicht aufrichten darf, wenn man größer als 1,20 m ist. Am Messesonntag machte es dann knack, Hexenschuß, und um 12:30 Uhr hatte ich eine Fast-Benefizlesung im Übersetzerzentrum, bei der ich mich immer selbst unterbrach: »Au! Au! **Au!** **Au!**« aber die Beschallung war so scheiße, daß das niemandem aufgefallen ist, und anstatt nun sofort nach der Messe die Messegrippe zu kriegen, mußte ich zuerst zweimal nach Köln, »Lindi, die Ursoap« (R. Siemoneit-Barum) drehen, und habe die Messegrippe erst danach gekriegt, so daß Rothenburg/Tauber ⟶ Mosbach (?) ⟶ Brackenheim (??) ⟶ Koblenz ⟶ Eschweiler verschoben werden mußte …

… à propos verschoben: Wegen der LS-Gala am 30. November habe ich Heilbronn auf den 7. Dezember verschoben, und weil die LS-Gala nun auf den 6. Dezember verschoben worden ist, habe ich den 30. November zwischen Kaiserslautern und Freiburg frei. Den werde ich Deo volente in Freiburg verbringen und rufe dann nochmal an, wie es denn mit Erfrischungen aussähe? Und wenn Ihr nicht könnt oder nicht wollt, rufe ich meinen alten Genossen Albrecht Götz von Olenhusen an und frage ihn dasselbe. Und tschüs und schönen Gruß an Probstn,

Dein *Harry*

Chef? 29-10-03

Auf den Tag genau in einem ganz knappen Monat werden wir unseren gemeinsamen Weihnachtszauber veranstalten. Legst Du bis dahin bzw. bis kurz vorher Ablauf & Regie fest? Ich meine, überproben wollen wir ja nichts, dabei geht ja dann das Spontane abhanden, aber darf ich zum Schluß als Überraschung (nicht zuletzt für uns beide) und unverlangte Zugabe noch »Erna, der Baum ist am Nadeln« vortragen? A propos »Unverlangt«:

> Messedramolett
> Fritz J. Raddatz geht, im höchsten Diskant kreischend, vor Inge Feltrinelli in die Knie. Inge Feltrinelli verliert einen Ohrclip und hebt ihn wieder auf. Ich: »Raddatz hat Inge Feltrinelli die Füße geküßt, und jetzt zählt sie ihre Schuhe nach.«

Sowie eine wirklich schöne Szene aus der »Lindenstraße«. Nacht/außen. Ich sitze vor dem Hause Lindenstraße # 3. Von links und rechts kommt je ein Taxi herangeprescht, aus dem einen steigt Herr Schiller, aus dem anderen Mutter Beimer. Sie zetern einander an, haben sich offenbar verpaßt. Ich stehe auf und geselle mich dazu, denn das ist interessant, und für Interessantes interessiere ich mich nun mal. Mutter Beimer : »Und dann habe ich stundenlang in dieser Kaschemme gewartet; meine Klamotten stinken nach Rauch wie … wie … wie …« Ich: »Eine Küferschürze.« Mutter Beimer: »Was ist denn eine Küferschürze?« Ich: »Egal. Weiter!«

Schönen Gruß u. dergl. an Tini!!!

Harry

AN PETER HAAG, VERLEGER

Sálü, Sternenbruder: 28-11-03

Anna hat gesagt: »Wenn die bei Kein & Aber geschäftstüchtig sind, schreiben sie auf den Umschlag vom Catcher-Buch: ›Abgelehnt von Harry Rowohlt.‹«

So, jetzt muß ich nach Moers (wo meine alte Nemesis Frau Johansson lauert), Kaiserslautern (wo ich, wenn es regnet, in der Anschleimphase sagen werde: »Heut is dem Fritz sei Wäddä.« <was Sepp Herberger im Hinblick auf Regen und Fritz Walter zu sagen pflegte>), Freiburg und Viernheim.

Ciao, hein?

Harry

AN EINEN BUCHHÄNDLER IN BRACKENHEIM

Lieber Herr S.: 12-12-03

So, jetzt bin ich wohlbehalten zum Sockenwechseln kurz zu Hause, nicht zuletzt weil ich so nett nach Heilbronn gefahren wurde, wo mir allerdings ein ziemlicher Dämpfer versetzt wurde. **Auf dem Bahnsteig wollte mir eine alte Dame von der Bahnhofsmission in die Eisenbahn helfen!!!** So weit ist es also schon. Nichts wird mehr so sein wie früher.

Alles Beste,

Harry Rowohlt

AN FRITZ PLEITGEN, INTENDANT DES WDR

Lieber Herr Pleitgen: 24-12-03

Nicht gekippt, nur geschoben, wie wir Journalisten sagen.

Der Merkvers meiner Bochumer Omma lautet:

> In Kruppsche Baracken, da wohnen Pollacken,
> Da laufen die Kakerlaken die Pollacken inn Nacken
> Da nehmen die Pollacken die Pickhacken.
> Und tun die Kakerlaken kaputthacken.

(Vortragsweise: sehr schnell)

Ein weiterer Merkvers meiner Omma lautete, weil die polnischen Kumpel nie »Genosse« oder auch nur »Kollege« sagten (und wenn Streik angesagt war, den Pfarrer fragten, ob sie da mittun dürfen, und was der geantwortet hat, kann man sich vorstellen) und sich ziemlich oft krankschreiben ließen:

> Is sich Kohle hart wie Stein
> Holt sich Kamerad Krankenschein.

Ich hoffe, Sie und Frau und Kind und großer Hund sind wohlauf,

Harry Rowohlt

P.S.: Heute fließt das tipp-ex flüssig mal wieder in Strömen. Ich bin gerade aus Bocholt, Bochum, Witten, Lingen und Münster zurück und noch nicht ganz da.

AN EINE BUCHHÄNDLERIN IN BOCHOLT

Liebe Frau H.: 24-12-03

Doch doch, es war eine schöne Veranstaltung, zwar nicht ganz so schön wie in Witten, aber das Revierpublikum ist nun mal das beste der Welt. Und auf diese Weise ist es noch richtig anstrengend geworden: den ganzen Nachmittag im Tonstudio zu Bochum und dann eilends weiter nach Witten und vor längst versammelter Mannschaft Soundcheck gemacht, wobei ich wie immer aus meiner Fahrkarte vorgelesen habe. Bei der Stelle »›Witten Hauptbahnhof‹ … Ich hab gar nichts gesagt …« rief die Menge: »Das haben wir auch überdeutlich gehört!«

Am nächsten Morgen im 9. Stock des Hôtels fragte die Kellnerin apodiktisch: »Rührei oder Spiegelei?« Ich: »Spiegelei.« Sie: »Mitn bißken wat Schkinken drunter?« Später sagte ich, während sie mich bekochte: »Ach, ist das gemütlich; nur wir zwei ganz allein«, und sie sagte: »Wollnwa hoffen, dattet so blaibt.«, und da fiel mir ein, wie der Tonmeister mich am Vortag gefragt hatte, was ich denn so übersetzt hätte, ich: »115 Bücher, 5 Theaterstücke, 1 Film«, und er: »Da hasse schomma klargestellt, wer der Chef im Ring ist.« Und zum Thema Kuba habe ich selten so etwas Gültiges gehört wie von diesem Tonmeister: »Kuba? Dat Land geht ganz schön annen Kopp.« (Und vor Jahren in Duisburg in der Fußgängerzone ein junger Mensch: »Dat find ich aber hochkorrekt von dir, hömma.« Ich: »Was?« Er: »Datte hier beim Holländer am Fritten am Mampfen biss.«)

In Lingen (was ja fast Ostfriesland ist, also auch Freundesland) wurde meine Lesung von der Ems-Vechte-Welle aufgezeichnet, was mich sehr, sehr befangen machte, und in Münster rannte ein junger Mensch plötzlich wie von der Tarantel gestochen weg, kam zurück und überreichte mir Nicht-Sicherheits-Zündhölzer, weil doch in meinem Kochwestern Streichhölzer mit dem Daumennagel angerissen worden waren, und jetzt ist erst mal Ruhe. Schönen Gruß und vielen Dank an Ihr vorbildliches Kollektiv und an Herrn ??? von der Stadtsparkasse, und muß jetzt leider schließen.

Harry Rowohlt

Dear Tex: Dec 27, 2003

Guess what the great reading public does whenever it's not reading? It sucks, preferably in public, or, as Brian O'Nolan used to say, in his later years, when he was struggling homewards, the one big sentence, mumbled, hardly intelligible, until he reached home, eavesdropped by faithful followers, eager to write THE SENTENCE down and thus preserve it for posterity: »Fook the fookin fookers, fook the fookin fookers, fook the fookin fookers, fook the fookin fookers …«

I, for example, compiled The Great Alfred Polgar Reader for Kein & Aber publishers, in Zurich, Alfred Polgar having been one of the top and most forgotten Austro-Jewish-Pinko essayists, critics, and general observers, plus a very good personal friend of mine when I was six and he was seventy. The book came out just in time for the Frankfurt Book Fair and was praised on TV (in a show titled LESEN!, hosted not by Oprah but by a lady who actually writes decent bestselling books and later became a TV personality) and sold 40,000 copies. Do you think it made its way into the DER SPIEGEL fiction and/or non-fiction bestselling list? Right. It didn't. Can you guess why? Korrekt. You can't. **Because it's an anthology.** I mean it's the same old author from cover to cover, it's essays and reviews and, as I said, observations, and those illiterates call that an anthology? As they say in New York, Come on already-: Fook the fookin fookers.

But apart from that, life is thoroughly delightful. I toured an exhaustingly vast amount of communities in November and December, luciferously, the last one in Münster, in the shadow of the Münster Münster, on Dec 22, the only setback took place in Heilbronn, where a lady of the Bahnhofsmission helped me mount the train, I mean, serious now, that old hag was at least five times as old as I am, and that after having charmed the great post-teen listening public of Brackenheim?? There is a line, the only line my 1st love, Petra, had in our school's production of Jean Tardieu's »Les aimants dans le métro« (translated into German by Herr Schultz, long before it hit the theatres, haha!; that's the kind of school we were): »There is a point at which it begins to become very, and when I say very, I meen very, humiliating.«

Today I bought something useful, and some housewife (obese; haggy; nothing against fat women; I love fat women, but obese …?) asked me, »Aren't you the bum from ›Lindenstraße‹?« »Yes and no«, I replied. »Yes and no? I mean, pardon me«, she said. »Yes, I am the bum from ›Lindenstraße‹. No, I don't feel like pardoning you.« She had, see? to do the trick all on her own. She ran into my knife.

In Kaiserslautern (Known as K-Town to us AFN listeners) a young lady asked me if I were the bum from »Lindenstraße?« »Mais non«, I answered, »I'm Catherine Deneuve.« And she whispered to her companion, »He's lying. His voice is different.«

But my best retort, as always, on the train, in the diner.

> Someone or other: Excuse me aren't you some kind of actor or something?
>
> Me: No. You?
>
> Someone or other: No. Why?
>
> Me: That's what I guessed right from the beginning.

Now I think I'll wrap myself amound a Hot Irish, watch »Russian Ark«, sneeze and wheeze a lot …: »Es regnet, Gott segnet, der Kuckuck wird naß«, »It's raining, God is blessing, and the cuckoo's getting wet.«

Know what? If I were your agent I'd claim 15 % of the general obliviousness.

I pride myself in being your travel companion, humble translator and

Dutch

Lieber Tex: *27. Dezember 2003*

Und nun rate mal, was die große lesende Öffentlichkeit treibt, wenn sie nicht liest? Sie kann einen am Arsch lecken, vorzugsweise öffentlich, oder, wie Flann O'Brien in seinen späteren Jahren zu sagen pflegte, wenn er heimwärts wankte, den einen großen Satz, gemurmelt, kaum verständlich, bis er nach Hause kam, von getreuen Gefolgsleuten gehört, begierig, DEN SATZ niederzuschreiben und so der Nachwelt zu erhalten: »Fook the fookin fookers, fook the fookin fookers, fook the fookin fookers …«

Ich z. B. habe Das Große Alfred-Polgar-Lesebuch für Kein & Aber in Zürich zusammengestellt, wobei man über Alfred Polgar wissen muß, daß er einer der obersten und vergessensten austrojüdischlinken Essayisten, Kritiker und allgemeinen Beobachter war, plus ein sehr guter Freund, als ich sechs und er siebzig war. Das Buch ist gerade zur rechten Zeit zur Frankfurter Buchmesse erschienen und wurde im Fernsehen gelobt (in einer Sendung namens LESEN!, die nicht von Oprah moderiert wird, sondern von einer Dame, die tatsächlich anständige Bestseller schreibt und später erst Fernsehmensch wurde) und hat sich prompt 40.000mal verkauft. Glaubst Du, es hat den Weg in die SPIEGEL-Belletristik-und/oder-Sachbuch-Bestsellerliste geschafft? Erraten. Nein. Und rätst Du, warum? Korrekt. Das kannst Du nicht. Weil es eine Anthologie ist. Ich meine, es ist derselbe alte Autor von Buchdeckel zu Buchdeckel, es sind Essays und Kritiken und, wie gesagt, Betrachtungen, und diese Analphabeten nennen das eine Anthologie? Wie man in New York sagt: »Nu komm schon.« Fook the fookin fookers.

Doch von alldem abgesehen, ist das Leben gründlich ergötzlich. Ich habe im November und Dezember eine erschöpfend große Anzahl von

Gemeinden bereist, lichtbringerisch, die letzte war Münster, im Schatten des Münsters zu Münster, und der einzige Rückschlag fand am 22. Dezember in Heilbronn statt, wo eine Dame von der Bahnhofsmission mir in den Zug geholfen hat, ich meine, jetzt mal ernsthaft, diese alte Vettel war mindestens fünfmal so alt wie ich, und das, nachdem ich die große lauschende, knapp dem Backfischalter entwachsene Öffentlichkeit von Brackenheim bezaubert hatte??? Es gibt einen Punkt, was der einzige Text war, den meine 1. Liebe Petra in der Inszenierung unserer Schule von Jean Tardieus »Liebenden in der Untergrundbahn« (übersetzt ins Deutsche von Herrn Schultz, lang bevor es in die Theater kam, haha!, die Art Schule waren wir: »Es gibt einen Punkt, an dem es anfängt, sehr, und wenn ich sage ›sehr‹, dann meine ich sehr, sehr erniedrigend zu werden.«

Heute habe ich etwas Nützliches gekauft, und eine Hausfrau (übergewichtig; vettelartig; nichts gegen dicke Frauen; ich liebe dicke Frauen, aber übergewichtig …?) fragte mich: »Entschuldigung, sind Sie nicht der Penner aus der ›Lindenstraße‹?« »Ja und nein«, erwiderte ich. »Ja und nein?« »Ja, ich bin der Penner aus der ›Lindenstraße‹. Nein. ich habe keine Lust zu entschuldigen.« Sie mußte, gemerkt?, alles alleine machen. Sie ist mir ins Messer gelaufen.

In Kaiserslautern (uns AFN-Hörern als K-Town bekannt) fragte mich eine junge Dame, ob ich der Penner aus der »Lindenstraße« sei? »Mais non«, antwortete ich, »ich bin Catherine Deneuve.« Und sie flüsterte ihrem Gefährten zu: »Er lügt. Seine Stimme ist ganz anders.«

Aber meine beste Abfuhr geschah wie immer in der Eisenbahn, im Speisewagen.

> *Der Eine oder Andere: Entschuldigung, sind Sie nicht so'ne Art Schauspieler oder sowas?*
> *Ich: Nein. Sie?*
> *Der Eine oder Andere: Nein. Warum.*
> *Ich: Das hab ich mir gleich gedacht.*

Jetzt werde ich mich, glaube ich, um einen »Hot Irish« wickeln, Russian Ark sehen und viel niesen und krächzen … »Es regnet, Gott segnet, der Kuckuck wird naß.«

Weißt Du was? Wenn ich Dein Agent wäre, würde ich 15 % vom allgemeinen Nichtzurkenntnisgenommenwerden verlangen.

Es erfüllt mich mit Stolz, Dein Reisegefährte, demütiger Übersetzer und Dutch zu sein

AN GERD HAFFMANS

Lieber Chef: 29-12-03

Ach so, das sind Finken! Denen war der erste Zweizeiler zugedacht. Aber von mir aus.

Man sieht's den Schmutzfinks deutlich an:
Sie warten auf den Weihnachtsmann.

(Mich hat mal beim Umsteigen der Hurzlmeier begrüßt, und ich wollte ihn erst mal barsch abfahren lassen, weil ich ihn für einen der 7,4 Mio lästiger »Lindenstraßen«-Fans hielt. Ich habe mich dann so ausführlich entschuldigt, daß es fast mit dem Umsteigen nicht mehr geklappt hätte, weshalb Anna Mikula sagt: »Du mußt halt zu allen Fans nett sein, falls die doch der Hurzlmeier sind.« / Demselben Annerl habe ich gerade bei einer guten Tasse Tomatencremesuppe mit Gnocchi die 18 Zweizeiler vorgelesen, und sie stimmt mit mir dahingehend überein, daß der Raben-Zweizeiler der schönste ist, weil er eine Tatsachenbehauptung dreist so in den Raum stellt und jeden Nachweis unterläßt u. schuldig bleibt.)

Draußen stürmt es nicht mehr; von dem Kuß an Tini dagegen rücke ich nicht ab,

Dein *Harry*

HR verfaßte die Zweizeiler zu Rudi Hurzlmeiers Buch »HAPPY BIRDS-DAY«.

VON FRITZ PLEITGEN

Lieber Herr Rowohlt, 30-12-2003

Ihr fröhlicher Brief gibt mir die Chance, Ihnen ein gutes Jahr 2004 zu wünschen. Die Merkverse Ihrer Bochumer Omma sind von einer Prägnanz, wie sie nur das Ruhrgebiet hervorbringen kann. Ich werde bei Gelegenheit testen, wie die Zeilen bei meiner polnischen Schwiegertochter in spe ankommen. Je nach Reaktion werde ich mir erlauben, die Quelle preiszugeben.

Frau, Kind und Hund sind gut über Weihnachten gekommen. Der Alte auch. Somit sind wir bestens für das Neue Jahr gerüstet. Ihnen wünsche ich weiterhin erfolgreiche und animierende Wandertage.

Mit freundlichen Grüßen

Ihr *Fritz Pleitgen*

2004

»Außerdem habe ich Leberwerte wie ein kleines Mädchen,
und drittens sind Saufen und
Viele-Bücher-Übersetzen inkompatibel, weil mAn dann
nicHT mEhr die µ2£³#^-Tasten trifft.«

Lieber Jürgen Ziegelbauer: 20-1-04

Ja, ich bin noch dran.

Vielen Dank für Ihren liebenlangen Brief. Nun Punkt für Punkt.

»Anschleimen« sage ich immer, nicht einschleimen, Anschleimphase. Meine ureigenste »Misery«-Nemesis, die mir unverlangt Ratschläge schickt und mich genauso unverlangt heiraten will, schrieb mir jüngst, statt »Anschleimphase« müsse es »Anwärmphase« heißen; ferner würde sie gern Lektoratsarbeiten übernehmen.

Wenn zum herbstfarbenen Haar noch »Augen, so rotzgrün wie das Meer von Dublin« (J. Joyce) kämen und es nicht eh um Sie geschehen wäre, wäre es wohl vollends um Sie geschehen.

Wenn ich wüßte, welches Ahlen oder Aalen das richtige ist. Während des letzten Bundestagswahlkampfs stand vor unserem Supermarkt ein CDU-Schirm mit Wahlhelfern drunter. Ich hatte beide Hände voll, ein Wahlhelfer sagte: »Ihnen, Herr Rowohlt, gebe ich kein Informationsmattrijaal, denn daß Sie begeisterter CDU-Wähler sind, sieht man Ihnen ja sowieso an«, und ich erwiderte würdevoll: »Wähler?? Mitbegründer!! Das Ahlener Programm ist von mir!!!«

Auf Amerika (bzw. Vespuccistan, wie ich es gern nenne, wenn ich mit ihm beleidigt bin) habe ich keine Lust, obwohl mir ausgerechnet zum 50. Geburtstag eine Green Card mit Einbürgerungsaussicht in Aussicht gestellt wurde. Ich freue mich über jeden Tag, an dem ich nicht verreist bin, und Nichtraucherländer bereise ich schon gar nicht.

Johannes Gross schrieb mal in seiner Kolumne im FAZmag ungewohnt hellsichtig, Schriftsteller seien so gut wie nie bibliophil, weil sie sich mehr für 4. Auflagen interessierten als für Erstausgaben, und das trifft voll auf mich zu. Mir reicht es schon, daß ich »When We Were Very Young« und »Now We Are Six« nicht übersetzen konnte, da brauche ich mir die nicht auch noch per qualche dollaro in più ins Regal zu stellen.

In Ellwangen müssen Sie ganz dringend in Finnegans Wake gehen … So sehr ich sonst die genormten irischen Pubs außerhalb der Gälo- und Anglophonie meide, so sehr empfehle ich diese Kneipe, auch und besonders an Abenden, an denen ich dort nicht mit Betónung vorlese.

Aus Heidenheim/Brenz habe ich lediglich den Spruch vom Käsestand auf dem Markt, ES IST ZWAR NICHT SOFORT ZU SEHN / DOCH PRINZIPIELL MACHT KÄSE SCHÖN, herübergerettet, sowie den Stolz darauf, mich am nächsten Morgen nicht vollverklebt an der Rezeption ins Gästebuch eingetragen zu haben. »Ich muß los!« log ich gehetzt und knüppelte mit meinem Hackenporsche treppab.

OPITZ BIER- & SPEISEWIRTSCHAFT ist vorgemerkt. Danke sehr. Bevor Gerhard Roth sein Hamburg-Stipendium antrat, empfahl ihm der große h.c. artmann Labskaus (»Des is deneren ihr Gulasch«) und Rote Grütze. Rote Grütze hat Gerhard Roth bis heute nicht gewagt. Wenn man aus der BIERHALLE die Tische entfernte, wäre es keine BIERHALLE mehr, und in Kneipen, die keine Lesungen gewohnt sind, Lesungen zu veranstalten, ist auch nicht gerade undoof, weil die Stammgäste mit Recht keinen Bock haben, nur wegen einer Scheißdichterlesung das Maul zu halten.

Für heute sonst nichts weiter. Schönen Gruß, auch und besonders an Ihr dünnes Schätzle,

Harry Rowohlt

VON THEKLA CAROLA WIED, SCHAUSPIELERIN

Lieber Harry Rowohlt! 24. 1. 04

Also, ich besitze keinen Brief von Alfred Polgar – dafür komme ich im Vorwort eines wunderbar-witzigen, geistflinken Sprachkünstlers, »Zusammenstellers« und erfolgreich dilettierenden Kollegen Harry Rowohlt vor! Da brauche ich gar keinen Brief von A. P.

Ich möchte Ihnen kurz eine skurrile Begebenheit erzählen: Da sitze ich vor 2 Wochen in einem Kaffeehaus mit dem Herrn Gemahl (schwäb.-pommerscher Abstammung, 59) im herrlich verschneiten Gmunden am Traunsee, er liest die FAZ, ich blicke versonnen in die nebelverhangene Winterlandschaft, beglückt über soviel schöne Natur (Berliner Trümmerkind 1944). In diese Ruhe hinein spricht mich eine Dame an, bittet auch sogleich, sich zu uns setzen zu dürfen, und hat Ihr »Großes Polgar Lesebuch« in der Hand. Mit der landesüblichen süßlichen Euphorie, (die wir aber immer sehr amüsant finden) jubelt sie lautstark: »Grad hab ich über Sie gelesen – u. sooo bezaubernd – und da sitzen's neben mir – naa, naa, des kann kein Zufall sein! Gnä Frau, wollen's denn nicht bei uns lesen, den Polgar, im Gmundner Kultursommer?« Die gut gekleidete Dame outete sich als Beraterin im Kulturverein u. sie liabt' Polgar über alles.

Ich merkte – bescheiden – an, daß ein habsburgisch gefärbter Sprecher vielleicht passender als ein »berliner Breslauer« (Tucho) sei. Sie nickte zustimmend, war für's Erste zufrieden, u. bei einem gemeinsamen Topfenstrudel mit Schlag versprach man, die Zufalls-Verabredung zu halten: Hier konnte ich sicher sein, sie meinte nicht Witta Pohl!

Lieber Harry, ich habe mit großem Vergnügen Ihr Vorwort gelesen u. bin jetzt schon mittendrin im Polgarschen Menschen-Zoo. Wow – macht Spaß! Danke! – Freue mich auf unsern B.-Böhlich-Film, kommt leider erst im Nov. 2004. – Umarme Dich – die »engelsgleich Nette«

Thekla

Thekla Carola Wied, Helmut Griem (†) und HR spielten in Bernd Böhlichs TV-Film »Liebe auf Bewährung«.

AN THEKLA CAROLA WIED

Liebe Thekla Carola Wied: 4-2-04

… und ich besitze jetzt einen Brief von Thekla Carola Wied! Nicht, daß mir jetzt mein Brief von Alfred Polgar gestohlen bleiben könnte, mehr Neid erregt der Ihre gleichwohl.

Leider hat es das Lesebuch nicht in die SPIEGEL-Bestsellerliste geschafft, was ihm von Rechts wejen zujebührt hätte, und zwar mit der Begründung, es sei »eine Anthologie«! Medienstandort Hamburg: zu viele Medien, zu wenig Abiturs.

Ich hatte mir – immer lieber – angewöhnt, wenn ich Zugriff auf einen Fernseh hatte, morgens bei Körperpflege u.ä. die Wiederholungen von »Auf eigene Gefahr« zu sehen, unlängst also auch wieder, und plötzlich, Anfang und Vorspann verpaßt, dachte ich: »Nein! Jetzt fang ich auch schon an!! Witta Pohl!!!« Es hat sich dann aber auf ganz natürliche Weise aufgeklärt und war keine äthanolabususbedingte Hallu.

Weil Kein & Aber als Sprechplattenverlag angefangen haben, dachte ich, daß das auch auf mich zukommen würde, und hatte keine Lust. In einem Interview mit SPIEGEL-special-dem-Magazin-zum-Thema sagte ich das auch damit, ich sei »ein gojischer Brummler und Polgar ein grandseigneuraler Causeur«, weil aber die Interviewerin nicht wußte, was ein Causeur ist, hat sie die Stelle weggeschmissen, und man wird es nie erfahren.

Wir sitzen übrigens teilweise doch im selben Boot. Ich war mal bei der Urlaubsvertretung meines Zahnarztes, um mir einen Zahn ziehen zu lassen, drei dralle blonde Engelchen hielten mich fest, jedes ganz anders als die anderen zwei, nur der Oberbegriff »dralle blonde Engelchen« stimmte, und wenn der Zahn nicht gewesen wäre, hätte es alles so schön sein können, und dann sagte der Zahnarzt auch noch: »Meine Frau und Sie sind übrigens Kollegen.« Ich sagte entzückt: »Ach, Ihre Frau ist auch belletristische Übersetzerin?« »Nein«, sagte der Zahnarzt, »meine Frau ist Witta Pohl.«

Leid tun mir nur meine zahlreichen Doppelgänger, denn die werden ja genau wie ich gefragt, ob sie in der »Lindenstraße« den Penner spielen, und die können dann nicht »ja, ja, ja, und tschüs« sagen (tun es aber wohl trotzdem, wenn ich es recht bedenke und meine Doppelgänger korrekt einschätze).

So, und jetzt habe ich beschlossen, daß ich keine Ergebenheitsadresse nach Bad Honnef schreibe. Nach Langen, Hochheim/Main und Oestrich-Winkel habe ich je eine abgesetzt, ich bin sowieso der Einzige, der sowas nach einer Lesung macht, und wenn es mir nicht gefallen hat, merken die Veranstalter das nur daran, daß sie kein zierliches Briefchen kriegen, also gar nicht. Dabei war es in Bad Honnef sehr nett, aber das lag nicht an den Veranstaltern. Erst stimmte das Hôtel nicht; das richtige erkannte man dann an einem gelben Plakat (HARRY ROWOHLT KOMMT NACH BAD HONNEF! EIN KULTURELLES EREIGNIS DER SPITZENKLASSE!); mein Vorschlag, das Ganze da vorn auf zwei Europaletten zu stellen, damit mein mimisch-gestisches Wetterleuchten nicht nur in der 1. Reihe zu sehen ist, wurde zwar umgesetzt, aber nur, soweit es den Tisch betraf, mein Kinn also auf der Tischplatte geruht hätte; die Beschallung dann klang wie eine Direktübertragung aus dem Marmeladeneimer. – »Und das nennen Sie nett?!« höre ich Sie fragen. Ja, u.a. weil in der Pause ein Mädchen mich dazu bewegen wollte, in ihrem Gymnasium in Bad Godesberg zu lesen: »Aus zwei guten Gründen. Erstens würde dann die Gattin unseres Direx nie wieder eine Dichterlesung über Annette von Droste-Hülshoff veranstalten, und zweitens könnten Sie in der

Anschleimphase mit vollem Recht erwähnen, daß Ihre Omma hier schon mal von der Bahnpolizei verhaftet wurde.« Ferner habe ich Aribert Peters kennen gelernt, den Sohn von Arno Peters, dem Erfinder der »Synchronoptischen Weltgeschichte«, in welcher mit Recht ausschließlich Daten von klassenkämpferischem Belang verzeichnet sind, weshalb ich in Geschichte immer um ein »Ausreichend« zu kämpfen hatte.

»Brisant« (welches ich natürlich nie sehe, außer wenn mein tipp-ex flüssig trocknet, und das dauert oft elend lang) habe ich entnommen, daß Sie demnächst 60 werden (was mich ein bißchen getröstet hat, weil ich mir dachte: »Die arme Frau; wenn ich deren Klassenkameraden spiele, muß ich aber ganz schön oft sitzen geblieben sein«, und nun sind Sie sitzen geblieben, was man Ihnen aber natürlich nicht ansieht), und gratuliere aufs artigste.

Ich werde am 27. März (sozusagen mit Heinrich Mann und, wir erheben uns von unseren Plätzen, »»»»»»**Adolf Glaßbrenner**««««««) 59, und am 28. soll ich in meiner Eigenschaft als Kurdirektor von St. Pauli mehrere Schecks überreichen (»Für 816 Euro ein Jahr lang warme Füße!«), u. a. an ein Frauen- und Mädchenhaus, und unsere Vorsitzende sagte: »Ich stell Sie in die richtige Richtung und schubse.« Der Alpenverein St. Pauli und der Spielmannszug Blau-Weiß Osdorf kriegen nichts, das fehlte noch.

Heute wird aber auch ein harter Tag, da muß ich ins Theater, und das ist seit etwa 35 Jahren gar nicht mehr schön. Morgen geht's nach Köln, drehen und wieder einmal beweisen, daß ich mir keinen Text merken kann (was mir aber von lieberen Regisseuren als unterschwellige Kritik am Drehbuch ausgelegt wird).

Alles Gute! Gruß an den pommersch-schwäbischen Gemahl!

Harry Rowohlt

AN EINEN VERANSTALTER IN TUTTLINGEN

Lieber Stiefel: 16-2-04

Die T-Total-Tingeltour Taunusstein–Tuttlingen–Tübingen-Treysa ist getätigt –, Zeit für ein paar zierliche Ergebenheitsadressen. (Eben habe ich bereits nach Taunusstein geschrieben, mein Lieblingsanblick seien die süßen, frisch ondulierten Damen in Tuttlingen gewesen, die sich am frühen Nachmittag den Kopp vollkippten, als wären Kaffee und Kuchen noch nicht erfunden.)

Auf der Fahrt von Tuttlingen nach Tübingen habe ich aus Versehen dem Schaffner nicht meine heutige, sondern bereits die morgige Fahrkarte gezeigt, die er endlos lang betrachtete, was mich noch nicht stutzig machte, weil er bereits sehr lange in meiner BahnCard geschmökert hatte, und dann wollte er wissen: »Wo ischt denn Treysa?« Ich sagte mit einer Tollkühnheit, zu welcher ich mich gar nicht fähig gewähnt hatte: »Das geht Sie gar nix an.« An Eurem Bahnhof gab es keine taz, dafür aber Charlie Hebdo, und darin einen Cartoon zur notleidenden französischen Wissenschaft, Überschrift »Wie ich den Nobelpreis gewann«, von Marie Curie. Man sieht so einen klassischen dicken Kapitalisten mit Zylinder, offenbar Alfred Nobel, an der Mauer lehnt eine Frau, und die sagt: »Für 500 kriegst du einen geblasen, für 1000 entdecke ich das Radium.«

Vielen Dank, schönen Gruß, DER KAMPF GEHT WEITER, Gottes Segen und Rot Front!

Harry

Dear Dutch, March 3, 2004

Spring, such as it is, is arriving in Central Texas, such as it is. This means humid, wet weather interspersed with violent thunderstorms, hail, and occasional tornadoes to liven things up. Being Texans, the natives have resisted such safety measures as storm cellars and reinforced walls, which means that if a twister hits your house, you're history, bubba. Yes, I've had about enough of the Lone Star State, despite its folklore. I long for:

1) Ireland (even after nearly three books' worth of blathering about the place);
2) France;
3) Italy;
4) The ex-Reich;
5) The Great Midwest.

In, roughly, that order.

The Great Pint Puller's slowly pulling itself out of the primeval slime of Amazon.com's bottom-most ranking, but so slowly as to be nearly imperceptible, and no one seems overly concerned, so – what, me worry? I've given a few readings, and just got back from three days of same, plus »creative writing workshops« (you're right – an utter waste of time) in Dallas, which, actually, is an OK town, with actual neighborhoods don't you know, and at least one splendid bar with over 100 different varieties of beer, including Beamish's Stout which, as a snob, I favor over Guinness. On one of those nights I favored it in pint measures approximately fifteen times in succession, then went home with a bottle of Jameson's, man, that's what you call athletics. It reminds me I'm not getting any younger.

So: Let me know how it goes (life). Still on the road a lot, eh? Through winter's snow and slush and the dripping eaves of tiny Thuringian hamlets and the gloom of sinister Bavarian forests and the bustle of metropolitan thoroughfares, with the warming prospect at day's end of the adoring gazes of young women and a glass or sic of glue wine …? And so to bed.

Best to Ulla, et al.

Tex

Lieber Dutch, *3. März 2004*

der Frühling hat, so, wie er ist, Zentral-Texas, so, wie es ist, erreicht. Das bedeutet feuchtes, nasses Wetter, mit gewalttätigen Gewittern, Hagel und gelegentlichen Tornados gespickt, um die Sache zu beleben. Da sie Texaner sind, haben die Eingeborenen solchen Sicherheitsvorkehrungen wie Sturmkellern und verstärkten Mauern widerstanden, das heißt, wenn ein Twister Dein Haus erwischt, dann bist Du Geschichte, Bruder. Ja, ich habe den Lone Star State jetzt lang genug genossen, trotz seiner Folklore. Ich sehne mich nach:

1) *Irland (selbst nachdem ich fast drei Bücher lang drüber gequatscht habe);*
2) *Frankreich;*
3) *Italien;*
4) *dem Ex-Reich;*
5) *dem Großartigen Mittleren Westen.*

In etwa dieser Reihenfolge.

Der Große Bierchenzapfer zieht sich langsam aus dem Urschleim der bei Amazon.com zuunterst rangierenden Titel, aber so langsam, daß es kaum wahrnehmbar ist, und niemanden scheint das übermäßig zu bekümmern –, warum soll also ich mir deshalb einen Kopp machen?! Ich habe ein paar Lesungen gemacht, komme gerade von dreien zurück, plus »Creative Writing Workshops« (Du hast recht –, reine Zeitverschwendung) in Dallas, gar keine üble Stadt, mit echten Stadtteilen, wer hätte das gedacht, und mindestens einer großartigen Bar mit mehr als 100 verschiedenen Biersorten, einschließlich Beamish's Stout, dem ich, als Snob, gegenüber Guinness den Vorzug gebe. In einer jener Nächte habe ich ihm, in <u>pints</u> gemessen, annähernd fünfzehnmal in Folge den Vorzug gegeben und bin dann mit einer Flasche Jameson's *nach Hause gegangen. Mann, das nennt man Leistungssport. Erinnert mich daran, daß ich auch nicht gerade jünger werde.*

Also: Laß mich wissen, wie es läuft (das Leben). Immer noch reichlich auf der Piste, was? Durch Winters Schnee und Matsch und die tropfenden Dachvorsprünge winziger thüringischer Weiler und die Düsternis unheimlicher bayrischer Wälder und das geschäftige Treiben großstädtischer Durchgangsstraßen, mit der wärmenden Aussicht auf des Tages Ende voll bewundernder Blicke junger Frauen und einem oder sechs Gläsern glue wine …? Und dann ins Bett.

Grüße an Ulla et al.

Tex

Lieber großer Bär, 10. März 2004

was macht eigentlich dein Haarwuchs? Ich habe Dich auf der letzten Messe nicht wirklich gesehen, um mich an Ort und Stelle informieren zu können. Bei mir werden es weniger, was für einen Haubentaucher nicht gerade günstig ist. Auch werde ich dicker, was man von Dir leider nicht sagen kann.

Der Hauptgrund dieses Briefes ist aber, Dir die Belegexemplare des neuen Buches von Vonnegut anzukündigen, zusammen mit einem Dank für Deine Arbeit. Und nun, was machen wir nun zusammen?

Herzliche Grüße

Haubentaucher

AN MICHAEL KRÜGER

Lieber Haubentaucher: 20. 3. 04

Was hättest Du denn so dabei? (Wie ich vor Jahren zum Genossen Wagenbach sagte, der heute noch darüber lacht: »Aber nicht son Scheiß wie Djuna Barnes.«)

Ich hatte Anna Leube ja alle abgelehnten Kurzgeschichten von Vonnegut vorgeschlagen, und zwar, um mich abermals zu zitieren, »gern auch unlektoriert; dann geht es schneller«.

– Ulla hat mir Deinen Brief ins Universitätsklinikum Eppendorf hinterhergeschleppt, wo ich mich und meine kleine TIA (transitorische isschämische Attacke, also nix Dolles) habe untersuchen lassen, und mein dortiger Lieblingsspruch, von meiner Lieblingspflegerin angesichts eines landenden Rettungshubschraubers geäußert, ging so: »Wenn im Fernsehen ein Rettungshubschrauber landet, geht immer das große Gerenne los. Hier im richtigen Leben latschen die Jungs rum, als wären sie auf Wohnungssuche.« –

Schönstens,

Bär

AN ROGER BOYLAN

Dear Tex: March 25, 2004

I can reassure you, if reassurance is what you desire; even after our own graceful lady publisher Antje Landshoff-Ellermann-Coninx (tell me when to stop) pensioned herself off her three youthful successors will be eager (or told to be eager) to publish the 3rd part of the »Killoyle« Trilogy without further Tamtam or ado. – And if they are not eager, Peter Haag of Kein & Aber (Zurich; they did the »Killoyle« CD) is. I met him in Cologne where his stable secured all the better prizes in the literary/phonographic field, e.g. Peter Urban, translator/rhapsodist of Daniil Kharms, and myself (in the »Best of the Best« department, mind you, in English, »Best of ze Best«) for the, as we used to call the project at Kein & Aber's, »Der Grüne Brummer« (»The Green Whopper« or »Juggernaut«) – »At S2B« by FO'B, 8 CDs in a slipcase; only 2 more, and it would have been a perfect cube to throw at the retailers. The trophy, cast of solid steel, weighs in for exactly 5 kilos ... Hey, what's wrong with a check?

Apart from all that, I'm a chômeur, having put down 4 books and finished one. I'm also afraid of accepting anything big right now because I might or mightn't have to undergo surgery on my right hand side carotis or jugular artery –, a by-product of having suffered a minor stroke ... Minor? Yes, but it entitled me to spend a night with the big boys at Stroke Unit, real cases who don't remember their loved ones' names, let alone know their asses from their elbows, which might or mightn't have been the case before they became cases. They milked so much blood from me for their tests and poured whatever they wanted to get rid of into me that I wonder if I still have a discernible blood group. Serves me right, being a 1st rate patient. Otherwise they would have told me to take an aspirin and get the fuck outta here. So, they worked all their shiny little fixtures on me for a week, then told me to take an aspirin and make the fuck sure to come back for an expensive operation.

I had to postpone four readings (in Versmold, Bad Oeynhausen, Aschaffenburg, and Karlsruhe) which gave me the welcome opportunity to use my fine American rubber stamp on my Jahresplanungsterminübersichtwandkalender (Year Planning Schedule Overlook Wall Calendar), sorry, Terminplanungsjahresübersichtswandkalender, wrong order of constituents:

CANCELLED

All the best, as usual,

Dutch

Lieber Tex: *25. März 2004*

Ich kann Dich beruhigen, wenn Dir nach Beruhigung der Sinn steht; selbst nachdem unsere ureigene anmutige Verlegerin Antje Landshoff-Ellermann-Coninx (sag Bescheid, wenn ich aufhören soll) sich pensioniert hat, sind ihre drei jugendlichen Nachfolger erpicht (heißt es), den 3. Teil der Killoyle-Trilogie ohne weiteres Tamtam oder Aufhebens herauszubringen. – Und wenn sie nicht erpicht sind, ist es Peter Haag von Kein & Aber (Zürich; die haben die Killoyle-CD gemacht). Ich habe ihn in Köln getroffen, wo sein Stall alle besseren Preise im literarisch/phonographischen Feld sichergestellt hat, d.h. Peter Urban, Übersetzer/Rhapsode von Daniil Charms, sowie ich selbst (in der »Best of the Best«-Abteilung, auf englisch, überleg mal) für den, wie wir das Projekt bei Kein & Aber nannten, »Grünen Brummer« –, Auf S²V von F O'B, 8 CDs im Schuber; nur 2 mehr, und es wäre ein perfekter Würfel gewesen, um die Sortimenter damit zu bewerfen. Die Trophäe, aus massivem Stahl gegossen, bringt genau 5 kg auf die Waage … Was haben die Leute eigentlich gegen einen Scheck?

Von all dem jedoch abgesehen, bin ich ein chômeur, nachdem ich 4 Bücher abgelehnt und eins fertiggestellt habe. Außerdem habe ich Angst, jetzt etwas Großes anzunehmen, weil ich mich vielleicht an der rechten carotis oder Halsschlagader operieren lassen muß –, ein Nebenprodukt eines milden Schlaganfalls … Milde? Ja, aber dadurch durfte ich eine Nacht bei den großen Jungs in der »Stroke Unit« verbringen, echten Fällen, die sich nicht mehr an die Namen ihrer Lieben erinnern und überhaupt dumm wie Schifferscheiße sind, was aber beides bereits der Fall gewesen sein mag, bevor sie zu Fällen wurden. Man hat mir für Tests soviel Blut abgemolken und soviel von allem, was man loswerden wollte, in mich hineingeschüttet, daß ich mich frage, ob ich immer noch eine erkennbare Blutgruppe habe. Geschieht mir recht, als Privatpatient. Andernfalls hätten sie mir gesagt, ich soll ein Aspirin nehmen und mich scheißenochmal verpissen. Also haben sie eine Woche lang all ihre glänzenden kleinen Armaturen an mir ausprobiert und mir dann gesagt, ich soll ein Aspirin nehmen und mich scheißenochmal teuer operieren lassen.

Ich mußte vier Lesungen verschieben (in Versmold, Bad Oeynhausen, Aschaffenburg und Karlsruhe), was mir die willkommene Gelegenheit bot, meinen schönen amerikanischen Stempel auf meinem Terminplanungsjahresübersichtswandkalender einzusetzen:

CANCELLED

Das Beste, wie üblich,

Dutch

AN KLAUS BITTERMANN

Lieber Klaus: 2-4-04

Geburtstagsgeschenke mache ich immer erst im Laufe des neuen Lebensjahres auf, weil ich ürnkwie immer gern was geschenkt kriege, aber ungern erfahre, was.

Danke, danke, danke, danke, danke, danke!!!!!

Die meisten sind allerdings zu groß. Das beginnt mit der Stenzhose, aber das soll wohl so; sieht aus wie für Trockij im türkischen Exil. Paßt dann aber doch und lenkt den Blick auf die Kniekehlen, den schwächsten Punkt jeder Frau (C. Chanel).

Sogar die – einzeln verpackten! – Prunkflipflops passen, wenn auch nicht unbedingt mir, sondern eher durchreisenden Yetis auf der Flucht vor der Klimakatastrophe. Aber wie Roda-Roda von dem böhmischen Schuster überlieferte, wenn man sich über zu enge Schuhe beschwerte: »›Lejder däääähnt sich‹, seufzte er dann«, ge-, ja gedehnt, wogegen er, wenn jemand sagte, die Schuhe seien zu weit, schroff und knapp versetzte: »Ledder zickt sich zamm.« So auch meine Flipflops.

Mit den »Liebenden von St. Germain-des-Prés« bin ich naturgemäß aufgewachsen, dann kamen sie mir abhanden, und jetzt habe ich sie wieder, und das macht mich froh.

Deine »Entführungen« werde ich Deo volente in den Eisenbahnen Wort für Wort lesen und Lehrreiches draus lernen –, Wissen, mit dem man prunken kann, sowie doppelt punkten, weil es niemand bei einem vermutet hätte.

Das fünfte Geschenk – und hier kommt das gut begründete Veto – ist mir aber wirklich zu groß. Kein & Aber planen nämlich für nächstes Jahr einen Briefband, ich habe mich auch schon dazu überredet (mit der Begründung, ein Briefband sei nur halb so peinlich wie z.B. eine Tagebuchveröffentlichung, weil Briefe immerhin von Haus aus bereits einen Adressaten hatten, Tagebücher dagegen usw.), nun wird das seinen Gang gehen, und zwei solcher Jubelprojekte sind dann doch ein bißchen sehr klotzigprotzig.

Postum wäre natürlich was anderes, aber das wäre mir wiederum zu langweilig.

Ich wollte Dich eigentlich anrufen, Du warst aber mit Recht im Kino, und ich finde, wo wir gerade von Briefbänden sprechen, hast Du für so schöne Geschenke mindestens einen Brief verdient.

Ein Samstagsstammtischmitglied, welches im Archiv eines renommierten Nachrichtenmagazins arbeitet, hat mir einen Ordner mit illegalen Ausdrucken geschenkt, und dort habe ich einen längst vergessenen Leserbrief von mir an den FREITAG gefunden, aus welchem ich mir abschließend zu zitieren gestatte:

> Außerdem habe ich Leberwerte wie ein kleines Mädchen, und drittens sind Saufen und Viele-Bücher-Übersetzen inkompatibel, weil mAn dann nichHT mEhr die µ2£³#^-Tasten trifft.

Schönen Gruß! Seid froh!! Ich bin es auch, Euer *Harry*

P.S. (nach einem Tag intensiven Nachdenkens): Jahrgang 45, nicht Schuhgröße. Das wird gern verwechselt.

D.O.

Chef? 14-4-04

Ist géééééééBONGT.

(Ich habe gestern abend im hiesigen Literaturhaus Georg Kreisler die Lampe angeknipst!!! Alle anderen waren zu blöd dazu oder saßen, sofern sie nicht zu blöd waren, zu weit weg. Da habe ich Georg Kreisler die Lampe angeknipst!!! Und eine nagelneue, erweiterte Version der »Alten Tanten« gehört und den neuen Zwei-, bzw. minus Binnenreim Vierzeiler gelernt:

> So stur,
> Daß man verzagen mecht,
> Ist nur
> Die Sahra Wagenknecht.)

Um ein Haar hätte ich gestern den schottischen Nachbarn George gefragt, ob das S in »Basil« stimmhaft oder -los ist, er bekam aber gerade ein neues Möbelstück und hangelte im Schwerststress. Bis 11. Mai wird diese Frage jedoch geklärt sein.

Schönen Gruß und unverbrüchlich, auch, mé tó kaló (mit dem Guten, wie der Grieche sagt), an Tini, und bis dann,

Dein *Harry*

Lieber Hellfried S.: 26-4-04

Am nächsten Morgen hatte dann der Blumenladen im Bahnhof auf oder offen, und ich wollte was Passendes für Teddy Thälmann (wir sind immerhin Nachbarn in Hamburg Eppendorf) kaufen, um es als Fußnote zu AUS EUREM OPFERTOD WÄCHST UNSERE SOZIALISTISCHE TAT niederlegen zu können, aber da gab es nur die gruusigsten Gestecke ———, von denen ich eins nach meiner Lesung zwei Tage später in Haldensleben von der Objektleiterin überreicht bekam. Ich habe gesagt: »Erst hat mir in Heilbronn eine Dame von der Bahnhofsmission in den Zug geholfen, jetzt eine Grabbeigabe; plötzlich geht alles Schlag auf Schlag.« (Die Blumen habe ich in der Hôtelbar dem Barkeeper <keinem anderen als dem Rezeptionisten, Nachtportier und Hôteldirektor in Personalunion> angedreht, und der sagte völlig korrekt schulmäßig: »Nein, sind die schön.«)

Vielen Dank und schönen Gruß an das vorbildliche **mon ami**-Kollektiv!!!

DER KAMPF GEHT WEITER, Gottes Segen und Rot Front,

Harry

Lieber Peter T.: 26-4-04

Als ich während der letztjährigen Frankfurter Buchmesse den fast gleichnamigen Heinrich-Maria-Ledig-Rowohlt-Übersetzerpreis entgegennahm, sagte Mike Naumann, ich hätte sogar die Ogden-Nash-Probe bestanden: »Harry wird sich gar nicht mehr dran erinnern, aber ich fragte ihn, wie er ›Candy is dandy, / But liquor / Is quicker‹ übersetzen würde, und er antwortete wie aus der Pistole geschossen: ›Konfekt schmeckt. / Mit Schnaps / Klapp's.‹«

Davon abgesehen, ist Nash, glaube ich, längst mehrfach übersetzt worden, und ich bin jetzt in dem Alter, in dem man am liebsten Sachen macht, die es noch nicht gibt.

Schönen Gruß,

Harry Rowohlt

AN HANS W. GEISSENDÖRFER

Lieber Hans: 4-5-04

Sag mal, bin ich eigentlich rausgeschrieben? Wenn ja, dann sagt das bitte möglichst bald, damit ich mir endlich mal wieder die Haare schneiden lassen kann.

Ansonsten unverbrüchlich,

Dein *Harry*

Lieber Hans: 11-5-04

Gut, dann laß ich mir die Haare eben nicht schneiden. (Neulich habe ich die Schriftstellerin Tina Uebel kennen gelernt, welche sagte: »Haare schneiden lassen? Wie doof ist das denn?! Die gibt es doch umsonst!« Hat auch wieder was.)

Wenn für »Harry« eine richtige Geschichte entwickelt würde, müßte ich aber viel Text lernen, und das kann ich bekanntlich nicht, d. h. lernen kann ich ihn schon; ich kann ihn danach nur nicht.

Aber wenn Du schreibst, ich hätte Zeit, es mir zu überlegen, werde ich die Zeit u. a. dazu nutzen, es mir zu überlegen.

Morgen geht's nach Bad Oeynhausen/Bünde (welches ich bisher nur aus dem Liede »Kann denn Löhne Bünde sein?« kenne)/Eschweiler/Karlsruhe, wobei Bad Oeynhausen, Eschweiler und Karlsruhe Nachhol-Termine sind. Da habe ich dann immerhin für die Anschleimphase ein paar Krankenhaus-Anekdoten (Stroke Unit; Betrachtungen über den Rettungshubschrauber).

Die neuen Abspänne sind übrigens für den Hund, aber das wirst Du auch bereits das eine oder andere Mal gehört haben.

Schönen Gruß, DER KAMPF GEHT entsprechend reduziert, aber doch unbeirrt in derselben Richtung WEITER, Gottes Segen und Rot Front!

Harry

AN JENNY REICHE, BRAINPOOL TV

Liebe Jenny Reiche: 16-5-04

Ich gehe nie ins Fernsehen. Damit sich das herumspricht, habe ich sogar vor sieben Jahren oder so ein SPIEGEL-Gespräch geführt, obwohl ich bereits dazu keine Lust gehabt hatte wg. völlig ausreichender Medienpräsenz, weil ich dachte: »Den SPIEGEL liest jeder Medienfiffi; dann spar ich mir diese ewigen Absagen samt lästiger Begründungen«, und nun weiß jeder Printmedienfiffi, daß ich nie ins Fernsehen gehe, aber die Printmedienfiffis waren ja gar nicht gemeint gewesen, sondern vielmehr die Fernsehfuzzis, die aber natürlich, was ich nicht bedacht hatte, keine Printmedien (und wohl auch sonst nicht viel) lesen. Ich habe sogar, was mir Verleger Bittermann nie verzeihen wird, einen Termin bei Maischberger abgelehnt, anläßlich dessen ich meine vergeigten Memoiren hätte ins Licht heben sollen, mit der Begründung: »Ich kann doch schlecht im Fernsehen ein Buch empfehlen, in welchem dargelegt wird, daß und warum ich nie ins Fernsehen gehe. Das ist doch ein Bruch in der Logik.«

Trotzdem natürlich vielen Dank ——, sowie einen schönen Gruß an Frau Engelke, die ich vor etwa zwei Jahren mal aus einem Fenster im 11. Stock persönlich gesehen habe und sehr gut fand.

Harry Rowohlt

P.S.:
… und natürlich **toi toi toi** für die Nachfolge des Nürtingers!!! (Den ich übrigens immer als stinklangweiligen Zeitschinder empfunden habe; da dürfte es weitaus Schwierigeres geben.)

HR

Auf eine Anfrage, als Gast in Anke Engelkes Late-Night-Talkshow aufzutreten.

Dear Tex: 19-5-04

Do you think you might have a look at these masterly old-school type paintings by Rudi Hurzlmeier and invent 18 rhyming two-liners? Never mind what I wrote. Just get the ground groove and don't fight the feeling, as we Flower Children used to say.

Gerd Haffmans, my old former favorite publisher, has found a niche under the roof of Zweitausendeins (the same as Rogner & Bernhard's, by the way), called »Gerd Haffmans bei Zweitausendeins«, you guessed it. The German version, if I may say so, has already received 2 (two) raving reviews (in DER SPIEGEL and Süddeutsche Zeitung) and everybody at Zweitausendeins is enthused by the idea that you, dear Tex, might contribute 18 little poems to these silly beshoeed birds.

THE STRUGGLE CONTINUES, Godspeed, and you name it, yours, as ever,

Dutch

Lieber Tex: *19-5-04*

Meinst Du, Du kannst Dir diese altmeisterlichen Gemälde von Rudi Hurzlmeier ansehen und 18 gereimte Zweizeiler erfinden? Kümmer Dich gar nicht um das, was ich geschrieben habe. Groov' Dich einfach ein und laß es kommen, wie wir Blumenkinder zu sagen pflegten.

Gerd Haffmans, mein alter früherer Lieblingsverleger, hat unter dem Dach von Zweitausendeins (demselben Dach übrigens wie dem von Rogner & Bernhard) eine Nische namens »Gerd Haffmans bei Zweitausendeins« gefunden, Du hast's erraten. Die deutschsprachige Version hat bereits (im SPIEGEL und der Süddeutschen Zeitung) 2 (zwo) hingerissene Kritiken hervorgerufen, und alle bei Zweitausendeins sind davon begeistert, daß Du, lieber Tex, diese törichten beschuhten Vögel vielleicht mit 18 kleinen Gedichten versiehst.

DER KAMPF GEHT WEITER, gesegnetes Gelingen und was Dir sonst so einfällt, Dein, wie immer,

Dutch

Lieber Chef: 23-5-04

Dein Merkvers für frustrierte Autoren, »**Und ist das Buch auch noch so klein, / So paßt doch noch ein Fehler rein.**«, hier gleich nochmal für den Schriftverkehr mit anglophon Betroffenen:

Books, how ever thin and small –
One typo more fits in 'em all.

Schönen Gruß

Dein *Harry*

AN HERRN S.

Sehr geehrter Herr S.: 25-5-04

Wenn Sie nicht nur auf die Gelegenheit lauerten, beleidigt zu sein, wäre Ihnen aufgefallen, daß nicht von »jemandem« die Rede war, der eine Hasenscharte hatte und stotterte, sondern von meinem Onkel Harry Pierenkämper, nach dem ich immerhin Harry heiße, und den ich, wäre es mir vergönnt gewesen, ihn noch zu erleben, abgöttisch geliebt hätte – nach allem, was ich von ihm gehört habe.

(An der Stelle ziehe ich oft noch über eine weitere Minderheit her. Da sagt mein Opa Franz Pierenkämper zu seinem Sohn, meinem Onkel Harry Pierenkämper: »Solang du deine Beine unter meinen Tisch streckst ...« Und ich sage dann: »Eine tröstliche Vorstellung: ein Pantomime, der seine Beine unter einen Tisch streckt. Ich dachte, für sowas wären die viel zu hibbelig.« Jetzt können auch noch die Eltern von Hyperaktiven den Saal verlassen.)

Sie haben Ihre Art, mit Behinderungen umzugehen; ich habe meine –, wobei zu meiner gehört, daß ich sie nicht als Behinderung wahrnehme und anerkenne, sondern als zusätzliche Farbe im Menschheitsgarten.

Und wenn man an Prof. Dr Jürgen Habermas denkt ... So schrecklich introvertiert ist der doch gar nicht.

Und einen besseren Motto-Lieferanten als Paulo Coelho müßte man mit etwas Mühe auch finden können. Naja, ich will nicht meckern. Immerhin der Lieblingsautor von Oliver Kahn.

Schönen Gruß,

Harry Rowohlt

Antwort auf die Beschwerde eines Zuhörers über HRs vermeintliche Diskriminierung von Behinderten.

AN DENIS SCHECK, LITERATURKRITIKER

Lieber Denis: 25-5-04

Das Interview morgen abend (welches Du, wenn Du dies in Händen hältst, längst geführt haben wirst) mit dem Comiczeichner Volker Reichert (?) kannst Du dann so führen, wie es mal ein Herr von einem Regionalsender in Gardelegen (bei Magdeburg) mit mir vorbildlich angelegt hat. »Vor der Wende war ick ADN-Korrespondent in Kairo«, begann er das Interview, »und jetzt muß ick Pfeifen wie dich interviewen.«

DER KAMPF GEHT WEITER!

Dein *Harry*

P.S.: Daß so ein Recycling-Produkt wie das beiliegende sich gar nicht zum Fernsehgefietschertwerden eignet, ist mir natürlich klar, aber sei's kackenocheins drum. D.O.

Bei dem Produkt handelt es sich um das im Herbst 2004 erschienene Buch »John Rock oder der Teufel«.

AN HORST-JÜRGEN GLOCKAUER

Lieber Jürgen: 25-5-04

Die Schlagzeile der gestrigen taz lautete (wir erinnern uns: Horst Köhler war gerade zum Bundespräsidenten gewählt worden):

Neuer Präsident heißt Bingu Mutharika
Regierungskandidat gewinnt die Präsidentenwahl in Malawi und löst Bakili Muluzi ab.

Gut, was? Ein Scherz mit Depotwirkung. Wenn man, wie ich, nicht ständig an Horst Köhler denkt, fragt man sich: »Was soll das denn?« Und patscht sich dann an die Stirn.

Nun telefonierte ich gestern mit einem jungen Lektor und sprach ihn auf die taz-Schlagzeile an. Er hatte sie nicht gesehen, ich las sie ihm vor, und er sagte, und wenn ich nicht schon 59 wäre, wäre das ein traumatisches Erlebnis gewesen: »Das hat ja eine geradezu lautmalerische Dimension!«

Da denkt man immer, man hätte allmählich genug dämliche Menschen kennen gelernt, aber es werden immer wieder neue studierte Garnixkapierer in die Welt gekippt.

Und was soll uns das? Verdrießen?? Nie und nimmer!!! Schönen Gruß,

Dein *Harry*

AN HORST-JÜRGEN GLOCKAUER

Lieber Jürgen: 26-5-04

Ich bin's nochmal. Eigentlich wollte ich mich für die frdl. Überlassung des Welt-Ausschnitts bedanken (die entsprechende **BU** <für »Bildunterschrift«, as we journalists are used to saying> im Abendblatt lautete: »Der Verleger Harry Rowohlt, der nach der Vorspeise auch las, und Agentin Annette Pauw«; die Welt recherchiert eben doch 'n' Tick rascher) und erzählen, wie es beim Stiftermahl wirklich war.

Die Mikrofonprobe ergab, daß nirgends im Saal auch nur eine Silbe zu verstehen war, was in solchen Zusammenhängen immer beruhigend ist, braucht man sich doch über das Gesagte keine Sorgen mehr zu machen; ich erinnere nur an die Akustik in den meisten Kirchen. Immerhin gab es hinter der Bühne eine Art Künstlergarderobe mit einem Riesen-Aschenbecher (der auf den schönen jüdischen Vornamen **Ascher** hörte), den ich im Verein mit dem Quartett (w: Klavier, Geige; m: Klarinette, Cello) vollbarzte, obwohl mir seit Helmut Schmidt die erste Raucherlaubnis im Rathaus zugesprochen worden war. Nach der Vorspeise yours truly schweißdurchsappst auf die Bühne. In der Anschleimphase erklärte ich den zahlreich anwesenden Quiddjes, warum der Hl. Ansgar auf dem Wandgemälde dem ersten Hamburger Täufling so unverwandt in den Schritt starrt, sowie auch Autor (Philip Ardagh) und Werk (»Schlimmes Ende«): »Ein Kind, das ›Schlimmes Ende‹ durchgelesen hat, ist reif für ›Finnegans Wake‹.« (Eine nach dem Bankett durchgeführte Blitzumfrage von Agentin Annette Pauw bestätigte, was ich é gewußt hatte: Nur der Graf Hardenberg wußte, was es mit »Finnegans Wake« auf sich hatte. Den 2. Platz belegte eine weitere Gräfin, welche wußte: »War das nicht dieser dieser dieser

dieser Ire, der in der in der in der Schweiz gewohnt hat?« Ten points, but no cigar. »Ist doch besser«, kommentierte ich das Ergebnis, »diese Leute geben Geld für Kultur aus, als sich selbst damit unglücklich zu machen«, eine Aussage, die Agentin Annette Pauw dem Grafen Hardenberg als Motto des nächsten Stiftermahls vorschlug, was dieser, kläglich lächelnd, zu erwägen versprach.

Apropos kläglich lächelnd: Agentin Annette Pauw fragte mich, ob Wolfgang Friederichsens (Stifter) Vater (Edgar; langjähriger Herstellungsleiter des Rowohlt Verlags) wirklich so nett gewesen sei, wie sie immer gehört habe. »Und ob«, bestätigte ich. »Ich hab ihn mal gefragt: ›Warum warst du eigentlich Nazi?‹ und er sagte: ›Was sollte ich denn machen? Hätte ich etwa Kommunist werden sollen? Ich hatte doch Abitur.‹«

Und dazu spielte das Quartett unverdrossen, und weil man Brahms' »Zigeunerweisen« nicht von »Tea for Two« unterscheiden konnte, war mir ob meines Wortbeitrags vollends nicht mehr bang. Es lobten mich zwar alle, doch da ich wußte, daß dies Lob lediglich meinem dreiteiligen schmucken Gehrock galt, sagte ich bescheiden: »Aber Sie haben doch bestimmt keine Silbe verstanden, bei der Akustik«, und die Gönner sagten gedehnt: »Das nun nicht gerade, aber …«

Die Gräfin Hardenberg hatte im Foyer der Toiletten, also da, wo man, wenn man nicht, wie ich, Künstler war und nicht, wie ich, mit der ersten Raucherlaubnis seit Helmut Schmidt ausgestattet war, rauchen durfte, führende Repräsentanten des Hamburger Geburts-, Geld- und Neigungsadels beim Koksen erwischt und erzählte mir, sie habe wie auf dem Schulhof »Angeber! Angeber!« gerufen.

Während der gesamten Soirée bewies ich, wieviel Bismarck-Quelle ein Mann vertragen kann, schob ich doch gerade einen gepflegten Ramadan und wollte mir zúdem vor dem Klassenfeind keine Blöße geben.

Das war es, was ich Dir eigentlich hatte berichten wollen. Keine Sorge, jetzt kriegst Du erst mal ganz lange keine Post mehr von mir.

Ich fahre jetzt nach Köln, wo übermorgen Robert Crumb eine Ausstellungseröffnung hat (unter dem Motto »BUT IS IT ART? You tell me. I don't know.«) und wo ich übermorgen in der »Kulturkirche« aus den »Aufzeichnungen eines Psychopathen« von Wenedikt Jerofejew vorlesen soll, ja, soll.

Schönen Gruß,

Dein *Harry*

AN HANS W. GEISSENDÖRFER

Lieber Hans: 26-5-04

Bevor es vollends verblaßt, noch rasch ein zu Herzen gehendes Dramolett vom 12. huius.

Bahnhof Hamburg Dammtor, innen, Tag. ICH (habe mir gerade die taz und die junge Welt gekauft und verlasse den Laden. Ein unförmig dicker Mann <UDM> stellt sich mir in den Weg.)

UDM: Schönen guten Tag, Herr Rowollt, Küper mein Name. Gut, daß ich Sie hier treffe. Ich hätte da nämlich mal ne Frage.

ICH: Moin, Moin, Herr Küper. Und zwar?

UDM: In einer Ihrer letzten Sendungen …

ICH: Sendungen?

UDM: … also in der »Lindenstraße« – ist jetzt auch schon wieder n paar Monate her – da haben Sie gesagt: »Du stinkst wie eine Küperschürze«, und nun hätte ich gern mal gewußt gehabt, was eine Küperschürze ist.

ICH: KüFerschürze, du stinkst wie eine KüFerschürze, weil doch ein Küfer die Faßdauben ausbrennt und seine Schürze entsprechend verräuchert riecht.

UDM: Küferschürze. Da fällt mir ja ein Stein vom Herzen. Küferschürze. Vielen herzlichen Dank. Und einen schönen Tag noch, Herr Rowollt.

ICH: Ihnen auch, Herr Küper.

Für heute nichts weiter. Ich muß nach Köln.

Schönen Gruß, Dein *Harry*

Dear Dutch, June 3, 2004

Here's hoping you're recovered from your little scare. No more strokes, eh? Agreed? OK. Here's hoping, too, that recovery doesn't mean total abstinence from those little pleasures that are sometimes life's only compensations. I mean, of course, smoking and drinking. I dread the day when all I am is a nonsmoking, teetotal husk with spasmodically twitching limbs … and hope sincerely that you and I can meet to hoist a few in a friendly stube or kneippe long before then. Or before the Great Nanny State bans smoking all through the German lands the way she's done in Ireland, of all places …!

Sure, I'd be delighted to dream up 18 little couplets for your charming Birds-Day. Only I'll be needing a good wee while – say the rest of the summer? – what with the dreary realities of my daily job, occasional writing when I can have a stab at it (Killoyle 3 now on page 309 and slowly rounding the last promontory before home port, like a giant oil tanker off Cape Henlopen) (or Jutland, progressing into the Kattegat) and sundry time-killers like yard work, grocery shopping, etc. Oh, and the odd jaunt to the Texas tropics along the Gulf coast to savor the humid breezes of the not-so-distant Caribbean and drink a series of ice-cold Heinekens while watching the pelicans and the shrimp boats ashrimpin' …

I'm still searching for an agent. There's one in NY who has a ms. of something I've been working on on and off for years. Guess the two Killoyles aren't enough for him. And there was another who retreated into cowardly silence when, after waiting six weeks for a reply, I e-mailed him to the effect that now was the time to shit or get off the pot. I was never a great diplomat, truth to tell.

Gruezi, *Tex*

Lieber Dutch, *Deep in The Heart of Texas, 3. Juni 2004*

darauf, daß Du Dich von Deinem kleinen Schreck erholt hast. Keine weiteren Schlaganfälle, ja? Einverstanden? OK. Auch darauf, daß Erholung nicht die totale Abstinenz von jenen kleinen Vergnügungen bedeutet, welche manchmal die einzigen Entschädigungen für das Leben darstellen. Ich meine natürlich Rauchen und Trinken. Mir graut vor dem Tag, da ich nur mehr eine nichtrauchende, analkoholische Hülse mit spasmodisch zuckenden Gliedern bin … und hoffe aufrichtig, daß Du und ich – lange, bevor es soweit ist – uns in einer freundlichen <u>*stube*</u> *oder* <u>*kneippe*</u> *treffen, um ein paar Getränke zu hissen. Oder bevor der Staat, die Große Gouvernante, in allen deutschen Landen das Rauchen verbietet, wie sie's bereits in Irland, ausgerechnet, geschafft hat …!*

Klar, ich wäre entzückt, für Deinen reizenden <u>*Bird's-Day*</u> *ein par Zweizeiler zusammenzuträumen. Ich werde allerdings ein gutes kleines Weilchen brauchen – sagen wir den ganzen Sommer? –, habe ich doch mit den trüben Gegebenheiten meines Tagewerks zu tun und schreibe gelegentlich, wann immer es geht (*<u>*Killoyle 3*</u> *ist jetzt auf Seite 309 und umrundet langsam das letzte Kap vor dem Heimathafen, wie ein riesiger Öltanker vor Kap Henlopen) (oder Jütland, ins Kattegat vorstoßend), zuzüglich zeittötende Tätigkeiten wie Gartenarbeit, Einholen etc. Und natürlich den gelegentlichen Ausfall in die texanischen Tropen an der Golfküste, um die feuchten Brisen der nicht gar so fernen Karibik zu kosten und eine Serie eiskalter Heinekens zu trinken, wobei man die Pelikane und die Krabbenkutter beim Kuttern beobachtet …*

Ich suche immer noch einen Agenten. In NY gibt es einen, der hat ein Ms. von etwas, an dem ich über die Jahre mit Unterbrechungen gearbeitet habe. Die beiden <u>*Killoyles*</u> *genügen ihm wohl nicht. Und es gab noch einen zweiten, der sich in feiges Schweigen zurückzog, als ich, nachdem ich sechs Wochen auf eine Erwiderung gewartet hatte, ihm in dem Sinne ge-E-mailt habe, es sei nun an der Zeit zu scheißen oder vom Topf zu steigen. Ich war nie ein großer Diplomat, wenn denn die Wahrheit ans Licht soll.*

Grüezi, Tex

KONDOLENZBRIEF AN ANNA POTH

Liebe Anna: 9-7-04

Ach, wie schade. Ich dachte, mein kleiner Chlodwig hätte verläßlich noch viel mehr auf dem Kasten.

Ich hatte mir doch vor zwei Jahren oder so in der Buchhandlung beim »Uhrtämmsche« in der Arnsburger Straße, wo wir montags nach (und während) der Berufsschule abzuhängen gepflegt hatten, den »Taugewas« gekauft, auf einen Haps durchgelesen, immer wieder gedacht: »Wie lieb ich ihn doch habe«, und mir von WP Eure Adresse in Sossenheim geben lassen, um ihm das offiziell zu schreiben, dies aber natürlich vor mir her geschoben und in Göttingen auf Dich abgewälzt, auf daß Du es ausrichtest. HAST DU DAS GEMACHT??? Denn das war ja eine der Hauptattraktionen des Göttinger Auftriebs gewesen: daß Ihr da wart und man Euch manchmal verständnisinnig anfunkeln konnte. – Und die Ruhmessuppe. Polt sagte, wenn man ordentlich einen Rotwein hineinschütte, sei sie einigermaßen genießbar, und Chlodwig, der nie was sagt, sagte plötzlich: »COGNAC!!!« Oder wie wir Euch begegneten, und Du sagtest, Ihr ginget jetzt Apfelkuchen essen, und Chlodwig drehte sich nochmal um und präzisierte: »GEDECKTEN!!« Und einmal hat er wegen Platzmangels während der Meß in dieser Kinoanlage auf meinem Schoß gesessen, wir brüllten uns einverständig an, wegen Lärms, ich dachte: »Ich habe schon mal wegen Platzmangels bei Francis Ford Coppola auf dem Schoß gesessen, jetzt sitzt Chlodwig auf meinem; irgendwann wird auch dieser Kreis sich runden«, und es war alles sehr, sehr gut.

So, jetzt geh ich noch ein bißchen flennen. Tschö mit Ö.

Dein *alter Harry*

Lieber Herr Enzensberger: 16-9-04

Zu Ihrem mitreißenden SPIEGEL-Gespräch zwei kleine Anmerkungen. Den Inhalt der ersten kennen Sie bestimmt lääängst, den der zweiten dagegen vielleicht noch nicht.

Der Gouverneur der Provinz Cienfuegos (Kuba) schrieb dem spanischen Vizekönig, er solle ihm bloß nie wieder so jemanden wie den Humboldt schicken: »Der hat ja <u>keine</u> Ahnung, der Mann! Was der alles für <u>Fragen</u> gestellt hat!!«

Das Hotel Capri in Havanna steht (Stand: Dezember 1985) zwischen zwei Parkplätzen mit angeschlossener Kfz.-Reparaturwerkstatt; der eine Parkplatz heißt EL ZORRO Y EL CUERVO, und der andere heißt PARKING UMBOLDT, ohne H, aber mit DT.

Schönen Gruß und vielen Dank,

Ihr *Harry Rowohlt*

Lieber Chef: 19-9-04

Und wieder kommen zwei couplets (nicht zu verwechseln mit Couplets, wie auch ich inzwischen weiß). Sie wären schon vorgestern gekommen, aber da mußte ich zu HoCa, wo Marie-Luise Marjan (Freund: 1 Baum) ihr neues Buch vorstellte, 62 Beiträge von Freunden über Freundschaft, moderiert von Herrn Lewandowski (Freund: 1 Hund), dem Herausgeber von »Gala« und früherem Herausgeber (oder Chefredakteur von was-weiß-denn-ich, so daß Du Dir den Diskussionsbeitrag von Deinem Freund Harry schon vorstellen kannst: »Wäre es nicht an der Zeit, zwei dieser Freunde mal zusammenzubringen, nämlich den Hund von Herrn Lewandowski mit Marie-Luises Baum?« (Verlesen hat sie u.a. Grußbotschaften von Hans-Dietrich und Norbert. »Dein Hans-Dietrich«; »Dein Norbert«; man wüßte zu gern, wie die mit Nachnamen heißen, jeweils.)

Sonst für heute nichts. Ich habe Rogern unser aller Einwände zukommen lassen, und jetzt müssen wir mal sehen.

In der Eisenbahn fand ich auf meinem Platz ein aufgegebenes Exemplar von »Wild & Hund« vor. Ich habe versucht, mir meinen Lieblingssatz daraus zu merken, und jetzt verläßt er mich nicht mehr, wo ich geh und steh: »Es ist unproduktiv, die Leitbache zu strecken, weil sie mit ihrer Rausche den Rauschzeitpunkt der ganzen Rotte bestimmt.« (Aus einem Beitrag über die Schwarzwildkirrung Pro & Contra, mit einem deutlichen Überwiegen des Pro, wobei, wenn Du mich fragst, die Mais-Mafia ein gewichtiges Wörtchen mitzureden hatte.)

Ich wer jetzt mal zum Ausnüchtern auf den Stammtisch gehen.
Das gibt es nicht?? Das gibt es doch.

Dein *Harry*

VON FEE ZSCHOCKE, JOURNALISTIN UND AUTORIN

Herrn
Harry Rowohlt
PERSÖNLICH

Sehr geehrter Herr Rowohlt, 23. 09. 04

das war das erste – und das letzte Mal, dass ich eine Lesung von Ihnen besucht habe. Ich mein', es war ja ganz unterhaltsam (mal abgesehen von diesem irischen Gälisch, das keine Sau verstanden hat), und auch die Eintrittskarte von 12.60 Euro (Vorverkauf) war nicht das Problem – schließlich will man sich ja auch als Frührentnerin kulturell mal was Gutes tun, und das ist nicht für umsonst.

Nein – aber die Folgekosten ...!

Nach dem fast dreistündigen Lach-Marathon mußte ich mir für mindestens 5,33 Euro »Resilience Lift« von Estée Lauder (eine teure Nachtcreme, die ich mir zum 60. Geburtstag geleistet habe) in meine Nasolabial-Falten schmieren, um weiteren Einkerbungen Einhalt zu gebieten. Das ist einfach zu viel.

Aber vielleicht sind Sie ja so freundlich, mir mal Bescheid zu sagen, wenn Sie nur – sagen wir – ein Stündchen lesen ...? Dann komme ich mit meiner Creme man gerade so hin.

Mit erwartungsvollen Grüßen!

Barbara Felicitas Zschocke

Lieber Harry Rowohlt, 23. 9. 2004

die Schriftstellerin Doris Lessing, die in London wohnt und in ein paar Wochen 85 Jahre alt wird, hat ein Nashorngedicht für uns geschrieben. Wir wollen es in unserem nächsten »Nashorn«, das im Herbst erscheinen soll, veröffentlichen, und wir wären sehr glücklich, wenn Sie es für uns übersetzen würden. Als kleines Dankeschön schicken wir Ihnen dann in ein paar Wochen das neue Heft. Wir würden uns sehr freuen, wenn Sie Zeit für uns hätten.

Viele Grüße

Ihre *Nashörner*

4th January 004

The rhino's nose is very big,
You'd think it is to root and dig.
Ask him (if you must!) his view:
»Come close: I'll stick it into you.«

Dear Rhino pupils

Here is a little stanza for you.

Good wishes

Doris Lessing

AN DIE REDAKTION »DAS NASHORN«

Liebe Nashörner: 26-9-04

Eigentlich – beinah hätte ich statt »eigentlich« »bekanntlich« geschrieben – übersetze ich keine Frauen, aber bei einem Vierzeiler will ich mal nicht so sein.

Des Nashorns Nase ist nur groß zu haben,
Als müßt' es mit ihr gründeln oder graben.
Frag es (wenn du dich traust) nach ihrem Sinn:
»Komm näher ran; dann steckt sie in dir drin.«

Schönen Gruß erstmal,

Ihr *Harry Rowohlt*

Liebe »Nashorn«-Redaktion: 7-10-04

Mir ist gerade zufällig ein Nashorn-Vers eingefallen; weiß auch nicht, warum.

Auf wacht das Nashorn und hat plötzlich
Zwei Hörner; nein, wie unergötzlich:
»Man fühlt sich nämlich mit den Dingern wie so'n ...
... Bison!«

Von ganz besonderer Güte wäre es natürlich, wenn Doris Lessing den ins Englische übersetzen könnte.

Schönen Gruß,

Harry Rowohlt

An Christian Fölster, Mitarbeiter von McKinsey & Company

Lieber Herr Fölster: 20-10-04

Wenn Sie glauben, ich würde mich bei einer Weihnachtsfeier der Firma McKinsey gegen Geld zum Affen machen wollen, habe ich in meinem Leben gründlich etwas falsch gemacht.

Die Firma McKinsey möge sich bitte freundlichst und gründlichst gehackt legen.

Mit freundlichen Grüßen,

Harry Rowohlt

VON ESKE NANNEN, GESCHÄFTSFÜHRERIN DER KUNSTHALLE IN EMDEN

Sehr geehrter Herr Rowohlt! 17. 10. 04

Am 11. Dezember werden Sie im Forum der Volkshochschule in Emden einen Vortrag halten. Ich möchte Sie herzlich einladen, sich bei der Gelegenheit auch unser Haus anzuschauen.

Am 3. Oktober feierte die Kunsthalle in Emden ihren 18. Geburtstag. Mein Mann Henri Nannen sprach von der Kunsthalle als »unserem Kind« – nun ist dieses Kind volljährig geworden. Über 1.4 Millionen Kunstfreunde haben unsere Sammlungen und 91 Wechsel-Ausstellungen seit der Eröffnung am 3. Oktober 1986 besucht.

Gleichzeitig eröffneten wir die große Ausstellung »Edvard Munch-Bilder aus Norwegen« – das norddeutsche Ausstellungs-Highlight im Winter 2004/05. Diese exklusiv in Emden zu sehende Ausstellung umfasst in repräsentativer Auswahl 64 Ölgemälde aus dem Munch-Museum in Oslo, die in der schaffensreichen Werkphase zwischen 1916 und 1944 auf seinem Gut Ekely bei Oslo entstanden sind. Den Katalog lege ich Ihnen zur Einstimmung bei.

Freundliche Grüße, hoffentlich bis zum 11. bzw. 12. Dezember.

Ihre

Eske Nannen

PS: Kann es sein, daß wir uns schon im Hause Schulte-Hillen in Hamburg begegnet sind?

AN ESKE NANNEN

Sehr geehrte Frau Nannen: 21-10-04

Vielen Dank für den Munch-Prachtband!

Ich hoffe doch sehr, daß es kein »Vortrag« werden wird, was ich am 11. Dezember in Emden veranstalte. Dann hätte ich gründlich etwas falsch gemacht.

Das waren, glaube ich, nicht Sie, der ich im Hause Schulte-Hillen begegnet bin, sondern der Pastor der schönen Kirche in Othmarschen, mit dem zusammen ich zwei bis drei Bäume gefällt habe, die den Schulte-Hillens die Sicht auf die Elbe nahmen. Danach gab es für uns körperliche Arbeiter (aber für alle anderen auch) ein fürstliches Mittagessen, in dessen Verlauf die in den USA geborenen Schulte-Hillen-Zwillinge, von der Mutter abgemahnt und von mir aufgestachelt, ausgesuchte Kalauer vortrugen (Wie nennt man die Abteilung am Supermarkt, wo man während des Einkaufs Hunde abgeben kann? – The barking lot.). Ich nannte die Frau Paster durchgehend »Rebbetsin«, was sie sogar verstand, und den Paster selbst nervte ich durchgehend mit dem Eingeständnis »Das habe ich jetzt nicht verstanden; das ist bestimmt aus dem Neuen Testament«.

Aber, da fällt es mir wieder ein, bei einer Fête im Hause Schulte-Hillen, als die Bäume längst gefällt waren – haben Sie die Elbe gesehen? Das war ich!!! – wurden wir einander durchaus vorgestellt.

Dann sehen wir uns also Deo volente am 11. Dezember bei meinem Vortrag. Emden wird der krönende Abschluß einer Kurztour Leipzig (Solidaritäts- & Benefizlesung für das Netzwerk für demokratische Kultur in Wurzen an der Mulde, wo

Ringelnatz geboren wurde und wo gleichwohl die NPD mit 13,9% im Stadtrat sitzt)/Greven/Emden sein, und wenn die Kunsthalle sonntags geöffnet hat, sehe ich mir sehr gern die Munch-Ausstellung an (oder was es sonst so gibt).

Schönen Gruß einstweilen,

Ihr *Harry Rowohlt*

AN MARIT HOFMANN, »KONKRET«

Liebe Marit Hofmann: 14-11-04

Nein, mir fällt und fällt keine Piwitt-Anekdote ein. Nur, aber das ist keine Anekdote, daß ich mir immer eine hochpolitische Aktion mit ihm als Jizchak-Rabin- und Urs Jenny als Yassir-Arafat-Double vorgestellt habe, aber dazu ist es jetzt in jeder Hinsicht zu spät. Ferner war ich unmittelbar nach dem Abitur in Paris, wo ich einer bretonischen Hausangestellten (am Ausgang einer Fête für bretonische Hausangestellte im Raum Groß-Paris; mit reichlich Dudelsack und Calvados) auflauerte. Unauffällig unterm Arm trug ich »Herdenreiche Landschaften« von Piwitt. Was der Titel zu bedeuten habe, frug sie, und als ich »des paysages pleins de troupeaux« sagte, nickte sie beifällig, weil sie annahm, ich interessierte mich, wie sie, brennend für Nutzviehhaltung. An die »Sergeant Waters«-Rezension erinnere ich mich nur zu gut. Als Illustration gab es ein Standfoto von einem Neger, der in einem Zelt eine Schreibmaschine bedient. In der BU hieß es, er spiele Hammond-Orgel, weil, wenn man einen Neger an Tasten hantieren sieht, das ja wohl nur ein Musikinstrument sein kann. Aber dafür können Sie ja gar nichts können, denn 1985 waren Sie, stelle ich mir vor, noch nicht mal schulpflichtig.

Schönen Gruß und herzlichen Dank für die herzliche Einladung. Für DIE ZEIT sollte ich mal den »Letzten Kaiser« von Bertolucci besprechen, was mir nicht gelungen ist, weil ich dreimal hintereinander in dem Film eingeschlafen bin. »Im Kino schlafen«, tröstete mich Andreas Kilb, »heißt dem Film vertrauen.«

Mit kämpferischen Grüßen (so unterzeichnet immer das Netzwerk für Demokratische Kultur in Wurzen an der Mulde),

Harry Rowohlt

AN HANS W. GEISSENDÖRFER

Och, Hans: 17-12-04

Mach mir doch bitte das Leben nicht so schwer. Wenn ich mal eine Ausnahme mache, ist die Ausnahme bald keine Ausnahme mehr, und ich muß mich ständig in Talkshows verwursten lassen.

Ich weiß nicht, ob ich Dir je entwickelt habe, weshalb ich – außerhalb der »Lindenstraße« – nie ins Fernsehen gehe: aus Schiß. Jan Philipp Reemtsma war jahrzehntelang kamerascheu und mied das Fernsehen wie die Pest. Dann wurde er eitel, und sobald er drei-, viermal im Fernsehen zu sehen gewesen war, wurde er entführt. Solange mich die Unterhosenpresse immer noch als Millionenerben bezeichnet, habe ich Angst vor dem Fernsehen –, und Reemtsma konnte das Lösegeld wie nix aus der Kaffeekasse zahlen; ich könnte das nicht.

Es gibt doch noch andere Ensemblemitglieder, die einen lokkeren Spruch zu machen verstehen.

(Ich habe vor Jahren mal ein SPIEGEL-Gespräch geführt, zu dem ich auch schon keine Lust hatte, weil ich dachte: Den SPIEGEL lesen wenigstens alle Medienfiffies; da werde ich kurz ansagen, daß und warum ich nie ins Fernsehen gehe, und habe meine Ruhe. Denkste. Die Printmedienfiffies lesen den SPIEGEL, und die Printmedienfiffis wissen jetzt Bescheid, aber um die ging es gar nicht. Dann habe ich in meinen vergeigten Memoiren nochmal haarklein erzählt, daß und warum ich nicht ins Fernsehen will, und Verleger Bittermann hat mir prompt einen Termin bei Maischberger gebaut: ICH SOLLTE IM FERN-

SEHEN EIN BUCH EMPFEHLEN, IN DEM STEHT, WARUM ICH NICHT INS FERNSEHEN GEHE!!! Ist doch ein Bruch in der Logik.)

Ich hoffe, daß Du das verstehst. Allerbeste Grüße,

Harry

AN HANS W. GEISSENDÖRFER

Lieber Hans. 20-12-04

Bevor ich in der »Lindenstraße« mitspielte (was ich auch schon oft geschrieben, gesagt und diktiert habe), hegte ich den finsteren Verdacht, daß 85 bis 90% der Menschheit leider zu blöd sind. Seitdem ich in der »Lindenstraße« mitspiele, weiß ich es mit Sicherheit, denn so, wie Joachim Luger einst, als er sich in der Serie! von seiner Frau getrennt hatte, von der Blumenfrau auf dem Kölner Hauptbahnhof mit der Begründung »So etwas tut man nicht!« eine gescheuert bekam, genauso kriege ich immer mal wieder mit der Bemerkung »Kaufen Sie sich was Warmes« einen Euro zugesteckt, weil die wenigsten Menschen eben zwischen Rolle und Versteller unterscheiden können. Deshalb ist mir auch vor meiner bisherigen Fernsehpräsenz nicht bange, denn einen Penner entführt man nicht. (Das mit den 85 bis 90% braucht uns übrigens nicht zu bekümmern, denn die restlichen 10 bis 15% sind immer noch unüberschaubar viele.)

Ich soll mir im Kino eine Wunde anschauen? Dagegen wäre nichts zu sagen; ich habe auch schon mit großem Interesse Ullas Knieoperation am Bildschirm verfolgt.

Und unsichtbar im Fernsehen? Das gibt es schon ganz lange. Man nennt es Radio.

Bitte, bitte nicht. Das schwarze Standfoto nach dem Abspann würde der Serie zwar bestimmt 0,01 Promille mehr Quote verschaffen, aber vielleicht kriegen wir das auch irgendwie anders hin.

Gestern war ich auf einer skandinavischen Julfete. Die Gastgeber haben für mich »Lindenstraße« angestellt, und alle waren begierig, mich auf dem Bildschirm zu sehen. Ich habe gesagt:

»Da ich einen Obdachlosen spiele, eine kleine Faustregel: Immer wenn eine Tür aufgeht, bin ich's nicht.«

Pflege Dich schön und die Deine(n) sowieso,

Harry

AN PETER HAAG

Sálü, Sternenbruder: 22-12-04

Hast Dich ins Kontor geschleppt, endlich mal wieder faxen? So ist's recht.

Ich mich auch. Draußen stürmt es wie einst, als ich im Eingang der Parfumerie Douglas stand und Anna in Augenhöhe vor mir vorbeigetrieben kam. Ich habe sie frisch aus der Luft gepflückt, abgeklopft und hingestellt, und da keimte in ihr wohl bereits der zage Gedanke: »Wir müssen mal einen Briefband zusammen machen.«

Schön, daß die Pressen auf Hochtouren laufen, um weitere 10.000 Expl. Pracht-»Wind« ins Weihnachtsgeschäft zu drükken. Ich kann gleichfalls nicht über mangelnden Umsatz klagen: Eben ist der III. Teil der Trilogie fertig geworden, 333 Seiten oder so, das macht 666 Stunden Arbeit oder so. »Der Plot sieht auch ganz gut aus«, sagte Phyllis-die-Nemesis, auf welche ich von Eurem Messestand aus einen unverbaubaren Blick hatte. Der Plot sieht auch ganz gut aus! Ich dachte (und sagte auch mehrmals, allerdings nach dem Auflegen): »Wenn die Frau nur einen Funken Feingefühl hätte, wäre sie längst auf eine Tellermine getreten.« Der Plot sieht auch ganz gut aus; man faßt es kaum. Und im Februar dann der V. Teil der Eddie-Dickens-Trilogie von Philip Ardagh –, deren IV. Teil ich gestern nacht nach langer Zeit satzfertig auf die Post getragen habe ––––––, ein sehr schönes Buch für Kinder, wohingegen der neue Silverstein, ich weiß nicht, ich weiß nicht. »Ist das schwierig? Oder eher doof?« wurde ich gefragt und habe »Ja!« geantwortet. Es ist nämlich schwierig und eher doof. Kleinkinder werden es möglicherweise lieben und nur noch so sprechen und einem noch mehr zur Last fallen, aber wenn man aus dem Pixie-Bücher-Alter raus ist … Ich weiß nicht, ich weiß nicht. Immerhin sieht der Plot ganz gut aus. Dies nur als kleinen Zwischenbericht von Deinem

Harry

Harry Rowohlt wurde am 27. März 1945 in Hamburg als Sohn des Verlegers Ernst Rowohlt (gest. 1960) und der Schauspielerin Maria Pierenkämper, der späteren vierten Frau Ernst Rowohlts, geboren. Der Vater, Gründer von drei Verlagen, revolutionierte nach dem Zweiten Weltkrieg mit dem Massendruck von Büchern in Zeitungsformat (Rowohlts-Rotations-Romane), aus denen sich später das Taschenbuch entwickelte, die deutsche Buchproduktion. Nach dem Tod von Ernst Rowohlt führte Harry Rowohlts Halbbruder, Heinrich Maria Ledig-Rowohlt, den Verlag weiter. Nach dem Willen des Vaters sollte auch HR in den Verlag einsteigen.

Harry Rowohlt besuchte infolge der häufigen Wohnortwechsel, die der Beruf der Mutter mit sich brachte, elf verschiedene Schulen. Nach dem Abitur war er Lehrling im Suhrkamp Verlag. Danach volontierte er kurz im Verlag seines Vaters – diese Zeit bezeichnete er später einmal als »schrecklich«.

Im Anschluß an das Volontariat arbeitete er zunächst beim Grove Press Verlag in New York. Nach seiner Rückkehr nach Deutschland verdiente er seinen Lebensunterhalt mit dem Schreiben von Werbetexten. In den Verlag seines Vaters einzutreten, lehnte er ab. 1983 verkauften Harry Rowohlt und sein Bruder den Verlag an die Stuttgarter Verlagsgruppe Georg von Holtzbrinck, die bereits seit 1971 26% der Geschäftsanteile am Rowohlt-Verlag besessen hatte.

Die meisterhafte Übersetzung des Kinderbuchs *The Last Man Alive* von A. S. Neill trug HR erste Meriten ein. Heinrich Maria Ledig-Rowohlt hatte dieses Buch wegen des amerikanischen 40er-Jahre-Gangsterslangs für unübersetzbar erklärt. Unter Zuhilfenahme eines Wörterbuchs des Rotwelschen fertigte Harry Rowohlt jedoch eine Übersetzung an, die unter dem Titel *Die grüne Wolke* 1971 als erstes Kinderbuch den Sprung in die »SPIEGEL«-Bestsellerliste schaffte. In den folgenden Jahren machte sich HR vor allem als Übersetzer der Werke des irischen Schriftstellers Flann O'Brien einen Namen. Besonders gelobt wurde seine Neuübersetzung von O'Briens Roman *At Swim-Two-Birds*, die 1989 unter dem Titel *In Schwimmen-zwei-Vögel* erschien.

Harry Rowohlts Übersetzungen von A. A. Milnes Kinderbüchern *Winnie-the-Pooh* (*Pu der Bär*) machten die Bärengeschichten auch in Deutschland bekannt. Er habe dem »liebenswürdigen Bären« durch seine bemerkenswerte Übersetzung eine »völlig neue literarische Gestalt« gegeben, urteilte die »Süddeutsche Zeitung«. Die 1996 erschienene, von der Kritik ebenfalls hochgelobte Übersetzung von Frank McCourts Autobiographie *Die Asche meiner Mutter* wurde in Deutschland zum Bestseller.

Harry Rowohlts Name ist hauptsächlich mit der Übertragung amerikanischer Literatur ins Deutsche verbunden. Seine Nachdichtungen von Gedichten Shel Silversteins erschienen 1998 unter dem Titel *Raufgefallen*, im selben Jahr wurde HRs Übersetzung von Kurt Vonneguts Roman *Zeitbeben* veröffentlicht. 1999 erhielt er für sein »außerordentlich reichhaltiges Übersetzungswerk« den mit seinerzeit 20000 DM dotierten Johann-Heinrich-Voß-Preis der Deutschen Akademie für Sprache und Dichtung. Bis dahin hatte er 99 Bücher, drei Theaterstücke und einen Film ins Deutsche übertragen. Im selben Jahr erschien als sein 100. übersetztes Buch *Killoyle – Eine irische Farce* von Roger Boylan, dem 2002 ein zweiter Band *Rückkehr nach Killoyle – Eine vorwiegend irische Farce* folgte, und das noch vor dem englischen Original.

Harry Rowohlt machte sich nicht nur als Übersetzer, sondern auch als Autor einen Namen. In seiner »ZEIT«-Kolumne *Pooh's Corner*, geschrieben aus der Sicht des Bären, bedachte HR den Kulturbetrieb immer wieder mit bissigen Kommentaren, wobei er zuweilen dadaistische Sprachphilosophie mit Musikkritik verband und stellenweise biographische Details einfließen ließ. Die erste Sammlung seiner Kolumnen erschien 1993 unter dem Titel *Pooh's Corner – Meinungen und Deinungen eines Bären von geringem Verstand* in Buchform, 1997 folgte ein zweiter Band und später eine Hörbuch-Fassung.

Einen legendären Ruf haben HRs Lesungen, die er selbst – 1996 zum »Ambassador of Irish Whiskey« ernannt – einmal als »Schausaufen mit Betonung« betitelte. Während seiner mehrere Stunden dauernden Vorträge gelingt es Harry Rowohlt meisterhaft, das Vorlesen mit dem Geschichtenerzählen zu verbinden. Die »Süddeutsche Zeitung« schrieb: »Zu jedem Satz, den er vorliest, fallen ihm aus dem Stegreif zehn weitere ein. Und dabei schont er keinen«. Mit seiner Vortragskunst zieht er regelmäßig die Zuhörer in seinen Bann. »Rowohlt liest wie ein ganzes Orchester, wechselt ständig die Stimmlagen. Summt und brummt, säuselt und brüllt«, kommentierte die »Stuttgarter Zeitung«. HRs Rezitationstalent dokumentieren zahlreiche Kassetten- und CD-Aufnahmen. Sein schauspielerisches Können stellt Harry Rowohlt seit 1995 in der Rolle als »Penner Harry« in der ARD-Serie »Lindenstraße« unter Beweis.

HR habe ein »eigenes, bislang unbekanntes Genre erfunden: das Rowohlt«, begründete die Jury die Verleihung des Satirepreises »Göttinger Elch 2001« an den Sprachkünstler. »Es ist ein Vergnügen ihm zuzuhören – ganz besonders in der zweisprachigen Präsentation der ausgewählten Texte. Rowohlts englische, irische, amerikanische Sprachkompetenz ist umwerfend … Der Übersetzer-Olymp jedenfalls ist ihm heute schon sicher«, schwärmte Claudia Sandner-v. Dehn in der Hessischen/Niedersächsischen Allgemeinen.

Zusammen mit Ralf Sotscheck, dem irischen »taz«-Korrespondenten, dem er in tagelangen Gesprächen sein bisheriges Leben schilderte, gab Harry Rowohlt 2002 das autobiographische Buch *In Schlucken-zwei-Spechte* heraus, das Michael Naumann als »das lustigste Buch des Herbstes« lobte und bei dem der »ZEIT«-Herausgeber gleichwohl bedauerte, daß HR wieder einmal zu wenig aus seinem Leben erzähle. Neben Übersetzungen wie der absurden Erzählung *Fup* von Jim Dodge aus dem Amerikanischen machte HR zunehmend mit Hörbüchern von sich reden. So stellte er auf einer CD mit dem Titel *Ich hatte leider Zeit*, erschienen 2001, 50 eher unbekannte Ringelnatz-Gedichte vor. Daß er dabei vor allem den umhertingelnden Rezitator Ringelnatz zu Wort kommen ließ, darin sah die »Frankfurter Allgemeine Zeitung« einen Ausdruck von »Wahlverwandtschaft« und schrieb: »Was auch immer Rowohlt mit seebärengrollender Stimme liest, man merkt sofort: Hier haben sich zwei gefunden«. Kenneth Grahames skurrile Erzählung *Der Wind in den Weiden*, die HR bereits 1973 mit viel sprachschöpferischer Freiheit ins Deutsche übersetzt hatte, brachte er 2002 in einer Hörbuchfassung heraus, wobei die sechs Stunden Lesezeit dank HRs meisterhafter Rhetorik im Nu verflögen (so die »FAZ«). *Der lange Weg zur Teetasse*, einer jugendfreien und recht harmlosen Erzählung von Anthony Burgess, dem Autor von *Clockwork Orange*, gab Harry Rowohlt in einem 2003 erschienenen Hörbuch die entsprechende deutsche Fassung. »Rowohlt ist ein Virtuose. Sein Repertoire an Stimmen scheint unermesslich«, schrieb dazu die »Süddeutsche Zeitung«.

Werke u.a.: Bücher: *Pooh's Corner – Meinungen und Deinungen eines Bären von geringem Verstand* (93), *Pooh's Corner II. Neue Mei-*

nungen und Deinungen eines Bären von geringem Verstand (97; beide auch als Hörbücher), *In Schlucken-zwei-Spechte* (02; HR, zusammen mit Ralf Sotscheck), *Über das Halten von Eichhörnchen* (02; Bilderbuch mit Bildern von Axel Scheffler), Alfred Polgar: *Das große Lesebuch* (03; Hrsg.), *John Rock oder der Teufel* (04, zusammen mit Peter Gut).
Hörbücher (Auswahl): *HR liest Flann O'Brien* (96), *Pu, der Bär* (97–98, 1–6), *Ich hatte leider keine Zeit* (01; Gedichte von Joachim Ringelnatz), Kenneth Grahame *Der Wind in den Weiden* (02; 6 CDs), Anthony Burgess *Der lange Weg zur Teetasse* (03), »*Harry Rowohlt liest ›The Best of Harry Rowohlt‹*. Harry Rowohlt übersetzte u.a. Werke von A. S. Neill, Flann O'Brien, A. A. Milne, Frank McCourt, Shel Silverstein, Kurt Vonnegut, Philip Ardagh, Marie Jones, Jim Dodge und Roger Boylan, die teilweise auch in Hörbuchfassungen erschienen sind.

Auszeichnungen: Brüder-Grimm-Preis der Stadt Hanau (97), Johann-Heinrich-Voß-Preis der Deutschen Akademie für Sprache und Dichtung (99), Goldene Schallplatte (00), Göttinger Elch (01), Übersetzerpreis der Heinrich-Maria-Ledig-Rowohlt-Stiftung (03), Deutscher Hörbuchpreis (04).

Quelle: Munzinger-Archiv GmbH/Internationales Biographisches Archiv, 2004

PERSONENREGISTER

Altenburg, Matthias 123
Amendt, Günter 262
Andreasen, Mogens Wenzel 128
Apel, Hans 52, 54
Aragon, Louis 42
Ardagh, Philip 351, 372, 426, 451, 458
artmann, hc 78, 393
Axel aus St Pauli 317

Bach, Rainer 52
Barnes, Djuna 405
Baudrillard, Jean 142
Beckett, Samuel 31
Bender, Erich 51f.
Benn, Gottfried 45, 162f.
Bergold, Ute 286
Bernd, Günter 52
Bernstein, F. W. 55, 109, 148f.
Bertolucci, Bernardo 446
Biermann, Wolf 37–39, 44, 258
Bissinger, Manfred 283, 287–289, 294f., 345f.
Bittermann, Klaus 338, 340f., 410, 417, 447
Bodmer, Thomas 124, 132, 353
Böhlich, Bernd 358–361, 395
Böll, Annemarie 58
Böll, Heinrich 42, 58
Borchers, Elisabeth 58–60
Borchert, Wolfgang 44
Borowiak, Simone 212
Boylan, Roger 10, 279–282, 290, 324, 326, 338, 342, 365–369, 382, 400, 419, 430, 455, 458
Brandt, Willy 45, 102, 107
Braun, Michael 110, 114
Brecht, Bertolt 44, 47, 54f.
Brodkey, Harold 279f.
Brodsky, Joseph 216
Brunken, Otto 373
Buber, Martin 22f., 25
Bukowski, Charles 244f.
Busch, Ernst 44

Canetti, Elias 216
Ceauşescu, Nicolae 168
Charms, Daniil 408
Chatwin, Bruce 216
Chesterfield, Earl of 27
Chotjewitz, Peter O. 44
Cohen, Leonard 97
Coppola, Francis Ford 435
Cronin, Anthony 161
Crumb, Robert 75, 77, 138, 279f., 428
Curie, Marie 399

Dahn, Daniela 144
Daves, Joan 75, 77
Degenhardt, Franz-Josef 44
Delon, Alain 326, 328
Deneuve, Catherine 383, 386
Derschau, Christoph 52, 54
Doll, Erich 52

Dostojewskij, Fjodor Michailowitsch 240
Drews, Jörg 169, 206f.
Drommert, Jürgen 170
Droste, Wiglaf 134, 160
Duller, Chris 161
Dülberg, Ria 200
Duve, Freimut 107

Egli, Werner J. »Billy« 51f.
Egner, Eugen 344
Eichel, Christine 261f., 265
Eichel, Manfred 265
Eichendorff, Joseph von 43
Engelke, Anke 417
Entrekin, Morgan 275f., 342
Enzensberger, Hans Magnus 26, 435
Eugenides, Jeffrey 374

Faist, Frieder 92–94, 132
Faulkner, William 74, 76
Fauser, Jörg 90f., 185
Faust, Marcel 37
Feltrinelli, Inge 42, 349, 376
Feltrinelli, Giangiacomo 42
Festenberg, Nikolaus von 284
Fichte, Hubert 44
Fiedler, Lore 58
Fischer, Bobby 199, 214
Fischer, Irene 264, 277, 305, 372
Fischer, Susanne 252
Fisher, Jeff 333
Fölster, Christian 442
Fountain, Lora 208f.
Friedell, Egon 334
Friedrichsen, Edgar 427
Friedrichsen, Wolfgang 427
Frisch, Max 42, 141
Fritsch, Götz 358
Fuchs, Günter Bruno 305
Fuld, Werner 195

Gangloff, Tillmann P. 103, 106, 112f.
Geißendöfer, Hans W. 291, 354f., 415f., 429, 447, 449
George, Heinrich 361
Gernhardt, Almut 122
Gernhardt, Robert 51f., 58, 298f., 347, 352
Glockauer, Horst-Jürgen 252, 374, 425f.
Goethe, Johann Wolfgang von 44
Götz von Olenhusen, Albrecht 375
Gollek, Dieter 100
Gotthold, Kirsten 351
Goyert, Georg 123
Grahame, Kenneth 261, 281f., 457f.
Greiner, Ulrich 196
Gremliza, Hermann L. 172, 178, 183, 265
Griem, Helmut 358f., 395
Grönebaum, Wolfgang 264
Gross, Johannes 392
Gulbransson, Olaf 116
Gysi, Gregor 274, 284

Haag, Peter 326, 328, 361, 377, 406, 451
Habermas, Jürgen 422
Hacks, Peter 335f.
Hader, Josef 334
Haffmans, Gerd 267, 303, 376, 388, 412, 419–421, 436

Haffmans, Tini 274, 319
Handke, Peter 162
Hardenberg, Christoph Graf von 426f.
Haubrich, Paul 108
Heepe, Georg 124
Heidenreich, Elke 219f.
Heine, Heinrich 44, 88
Heinemann, Gustav 45
Hemingway, Ernest 136
Henscheid, Eckhard 88f., 240f.
Henscheid, Regina 240
Herberger, Sepp 377
Herburger, Günter 172f., 178, 184f.
Heß, Jürgen 306f., 312f.
Hilbert, Jon 203–205
Hitler, Adolf 60, 205, 270f.
Hochhuth, Rolf 42
Höfer, Werner 88
Hoffmann von Fallersleben, August Heinrich 299
Hofmann, Marit 446
Holtzbrinck, Dieter von 129
Humboldt, Alexander von 435
Hurtzig, Hannah 139
Hurzlmeier, Rudi 388, 419f.
Huston, John 111

Ingendaay, Paul 250f.

Jakits, Madeleine 370
James, Henry 72
Jenny, Urs 446
Joyce, James 58, 111, 123, 139, 195, 392

Kantereit, Hans 149
Kapielski, Thomas 308, 325, 331
Kästner, Erich 146
Kieseritzky, Ingomar von 335
Kilb, Andreas 446
Kisch, Egon Erwin 363f.
Kleist, Heinrich von 162
Klopstock, Friedrich Gottlieb 78
Kneitz, Harald 296–298
Kohl, Helmut 107, 277
Köhler, Horst 425
Kokoschka, Oskar 116
Kopf, Uwe 94
Koralnik, Eva 342, 365
Kotzwinkle, William 279f.
Krafft-Ebing, Richard Freiherr von 138
Kramer, Olaf 309
Kreisler, Georg 141, 412
Kremer, Jakob 59f.
Kristofferson, Kris 169
Kroll, Edite 117
Kröher, Heim 240
Kröher, Oss 240
Kröner, Alfred 34
Kroth, Lutz 253–255
Krüger, Michael 216–218, 404f.
Kuh, Anton 132
Kühl, Kate 44
Kühn, Caterina 284

Laederach, Jürg 135–137, 143, 147
Landshoff-Ellermann, Antje 299, 406–408
Least Heat Moon, William 82, 84, 86f.
Ledig-Rowohlt, Heinrich Maria 10, 22, 25, 27, 129
Lee, Peggy 331
Lehner, Bertha Barbara 19

Lenz, Siegfried 258, 260, 309
Lessing, Doris 439, 441
Leube, Anna 405
Lewandowski, Peter 436
Lewis, Sinclair 242f.
Löffler, Sigrid 268
Lollobrigida, Gina 99, 123
Loren, Sophia 99, 123
Lösch, Conny 336
Lotze, Wolfram 344
Luger, Joachim 449
Lukács, Georg 42
Lurtz, Sabine 298

Mack, Uli 124
Maischberger, Sonja 417, 447
Marcovaldi, Gaetano 220
Marecek, Heinz 362f.
Maron, Monika 127
May, Karl 270f.
Mayer, Paulchen 24
Mayer, Hans 101, 104f.
McCall, Dan 67–77, 222–225, 227–229, 236–239
McCourt, Frank 246f., 269, 279f., 458
Mencken, H. L. 205
Mennicken, Helmut 122
Mercouri, Melina 42
Mergard, Georg 145f., 150
Middelhauve, Gertraud 95–97, 117–121, 147
Mikula, Anna 11, 288, 296, 314, 346, 377, 388, 451
Miller, Arthur 42
Milne, A. A. 180, 281, 458
Milne, Christopher 174f., 176f., 179f., 182, 186f.
Mitscherlich, Alexander 30
Möllemann, Jürgen W. 284
Mulot, Sibylle 296
Muluzi, Bakili 425
Munch, Edvard 443
Musil, Robert 220
Mutharika, Bingu 425

Nabokov, Vladimir 24
Nannen, Eske 443–445
Nash, Ogden 414
Naumann, Christa 125
Naumann, Christiane 333
Naumann, Michael 124–126, 162f., 324, 414, 457
Neill, A. S. 48f., 453, 458
Nettelbeck, Joachim 339
Nielsen, Dorle 268
Niemöller, Martin 42
Nobel, Alfred 399
Nüchtern, Klaus 207

O'Brien, Flann 57–60, 90, 92, 122, 136, 139, 148, 160f., 169f., 195, 281f., 310, 385, 455, 458
Ockert, Gert 352
Ondaatje, Michael 216
O'Nolan, Brian (s. O'Brien, Flann)
O'Nolan, Evelyn 59
Opitz, Stephan 221
Ostermayer, Fritz 161

Paganini, Niccolò 365
Palm, Kurt 262
Pauw, Annette 426f.
Payer, Peter 277
Peters, Arno 398
Pfitzmann, Günter 357

Pierce, David M. 208–210
Pierenkämper, Franz 422
Pierenkämper, Harry 422
Pierenkämper, Maria 453
Piwitt, Hermann Peter 446
Platen, August von 88
Pleitgen, Fritz 379, 389
Plessen, Elisabeth Gräfin von 88
Pohl, Witta 360f., 394, 396f.
Polgar, Alfred 7, 59, 274, 361, 363, 382, 385, 394, 396, 458
Polt, Gerhard 305, 435
Poth, Anna 434
Poth, Chlodwig 434
Powell, Padgett 169, 242–245
Presley, Elvis 325, 331
Prückner, Thilo 103

Raddatz, Fritz J. 347, 349, 376
Ramsey, Bill 270f.
Rauschenbach, Bernd 142, 160, 191
Ravel, Maurice 151
Reemtsma, Jan Philipp 142, 447
Reiche, Jenny 417f.
Reichert, Volker 424
Reichling, Burkhard 52
Reich-Ranicki, Marcel 81, 88f., 340f.
Reiser, Wolf 90f., 94
Rimbaud, Arthur 138
Ringelnatz, Joachim 45, 290, 309f., 360, 445, 457f.
Rinser, Luise 88
Robeson, Paul 42
Rogosky, Wolf D. 54f.
Röhl, Klaus Rainer 149
Rosenthal, Philip 360
Rosenzweig, Franz 22
Roth, Gerhard 393
Rowohlt, Ernst 116, 309, 453
Rowohlt, Jörg 214
Rowohlt, Martin 214
Rowohlt, Ulla 58, 60, 68, 70–72, 75, 77, 308, 316, 319, 327, 329, 367, 369, 374, 401, 403, 405, 449
Rubinowitz, Tex 207
Ruff, Sandra 285, 287
Ruge, Nina 372
Rühmkorf, Peter 44, 78f., 143
Runkel, Wolfram 324
Russell, Bertrand 42

Sahl, Hans 164, 167
Sander, Otto 277
Sartre, Jean-Paul 42
Schäble, Gunter 141
Scheck, Denis 244f., 373f., 398, 408, 424
Schell, Maximilian 359
Schiller, Friedrich von 45, 268
Schmidt, Andreas 332
Schmidt, Arno 191
Schmidt, Helmut 426f.
Schmidt, Renate 306
Schnabel, Ernst 88
Scholz, Katja 290
Schoenfelder, Friedrich 357f.
Schössow, Peter 146, 150
Schröder-Jahn, Fritz 37
Schulte-Hillen, Gerd 443f.
Schultz, Herr 383, 386
Schwab, Gustav 135
Schweitzer, Albert 159
Schweppenhäuser, Hermann 29
Sedaris, David 267, 290

Sender, Ramón José 34
Senn, Fritz 374
Shepard, E. H. 311
Siemoneit-Barum, Rebecca 375
Snowdon, Lord 174–177, 179, 181
Silverstein, Shel 95, 97, 117, 309, 451, 455, 458
Sordi, Alberto 326, 328
Solshenyzin, Alexander 42
Sotscheck, Áine 161, 170
Sotscheck, Ralf 160f., 170, 308, 340, 457f.
Spiegelman, Art 319
Spitz, Mark 55
Steen, Herr 24
Storch, Wenzel 312, 357
Strack, Günter 360
Strauß, Franz Josef 88
Struck, Karin 132f.
Suhrkamp, Peter 202
Süverkrüp, Dieter 44
Svevo, Italo 240
Swift, Jonathan 112f.

Tabori, György 336
Tardieu, Jean 383, 386
Tesich, Steve 224f.
Teufel, Fritz 360
Thalbach, Anna 277
Thälmann, Ernst »Teddy« 413
Theroux, Paul 216
Thomas, Dylan 117
Tomayer, Horst 265
Tscharre, Ulrike C. 373
Tucholsky, Kurt 44, 357

Uebel, Tina 416
Uecker, Georg 321
Unseld, Siegfried 10, 59, 82, 85f., 201f.
Updike, John 279f.
Urban, Peter 406, 408

Valdivia, Marco de 179, 181, 186f.
Valentin, Thomas 51f.
Vogel, Oliver 334
Vonnegut, Kurt 83f., 270–273, 275f., 404f., 458
Voscherau, Henning 139f.

Wagenbach, Klaus 340f., 351, 405
Wagner, Franz Josef 239
Walter, Fritz 377
Wandrey, Horst 116
Waters, Roger 59
Weigel, Hans 149
Weigle, Fritz (s. Bernstein, F. W.)
Weiss, Peter 42
Westphalen, Joseph von 127
Widmer, Urs 45
Wied, Thekla Carola 358–361, 364, 394–397
Williams, Robin 153, 224f.
Wippermann, Peter 151f.
Wittgenstein, Ludwig 326, 328
Wolfe, Thomas 242f.
Wollschläger, Hans 123, 197, 315, 344

Zadek, Peter 50–54
Zahn, Peter von 88
Zanke, Susanne 362
Zeeh, Burgel 85
Ziegelbauer, Jürgen 392
Zschocke, Fee 438